投资常识

[新加坡] **伍治坚** / 著

中国友谊出版公司

图书在版编目（CIP）数据

投资常识 /（新加坡）伍治坚著. -- 北京 ：中国友谊出版公司，2024.1

（小乌龟投资智慧）

ISBN 978-7-5057-5702-8

Ⅰ．①投… Ⅱ．①伍… Ⅲ．①投资－基本知识 Ⅳ．①F830.59

中国国家版本馆CIP数据核字（2023）第146867号

著作权合同登记号　图字：01-2023-5440

书名	**投资常识**
作者	[新加坡] 伍治坚
出版	中国友谊出版公司
策划	杭州蓝狮子文化创意股份有限公司
发行	杭州飞阅图书有限公司
经销	新华书店
制版	杭州真凯文化艺术有限公司
印刷	杭州钱江彩色印务有限公司
规格	710毫米×1000毫米　16开
	18.25印张　256千字
版次	2024年1月第1版
印次	2024年1月第1次印刷
书号	ISBN 978-7-5057-5702-8
定价	68.00元
地址	北京市朝阳区西坝河南里17号楼
邮编	100028
电话	（010）64678009

推荐序一　成功的投资需要健全的知识架构

　　成功靠的是情商，不败靠的是智商。在中国经济进入新常态，人民币日趋国际化的今天，如何才能使家庭财富保值增值？答案其实很直白：财商，财商，财商。2015年11月，由标准普尔公司组织的世界理财水平调查结果显示，中国人的理财水平在全球148个受访国家中仅位列97位。财商的不足让一批又一批的中国个人投资者赚钱的希望石沉大海，最终不得不仰天长叹："为什么难受想哭的总是我？"

　　研究显示，中国的个人投资者通常存在认识上的三大误区。第一个误区，投资过于集中。经济日报社中国经济趋势研究院编制的《中国家庭财富调查报告（2016）》显示，在全国家庭的人均财富中，房产净值占比超过六成，而金融资产不足两成。第二个误区，喜欢在股市投机。"北京人玩股票就像织毛衣一样普遍。"法国《解放报》在2015年8月中国股市"跌跌不休"时如此评论道。第三个误区，钱放银行最保险。很多人觉得投资套路太深，不愿意学习，不愿意摸索，更不愿意去尝试，却最愿意把钱存在银行。面对通货膨胀带来的财富缩水，不少国人想说的是："我的内心几乎是崩溃的。"

　　的确，我们多么期待能有一本让广大个人投资者喜闻乐见的、"有情怀、有节操"的投资智慧书。小乌龟投资智慧系列的《投资常识》就是这样的一本书，作者伍治坚先生本科毕业于复旦大学管理学院，拥有新加坡国立大学商学院的硕士学位。作为特许金融分析师（CFA），他有着多年的资产管理经验以及对行业的深刻洞悉。伍治坚先生将自己对投资的理解在此书中一一呈现给读者，希望用自己的"小乌龟投资智慧"帮助国人更好地去投资理财。

纵观本书，有两大特色深入人心。

第一个特色，是由浅入深。作者用通俗易懂的语言解释了一个个深奥的理论：从投资者易犯的错误，到投资者需要知道的理论；从各类资产的介绍，到资产配置的组合，用了大量的案例与数据佐证，说得清楚明白，使读者洞若观火，非常符合证据主义的投资哲学。有的人写得出道理，文章却艰涩难懂；有的人文采飞扬，仔细读来却内容空泛。而此书兼具两者的特色，自翻开扉页起，便让人欲罢不能，读完酣畅淋漓。自己在投资过程中到底哪里出了问题？要不要择时而入？在中国这个市场到底应该用怎样的投资策略？在资产配置中应该从哪个角度切入思考？想必读完这本书之后，读者心中都会有自己的答案。

第二个特色，是国际视野。由于作者本人的经历，他能够站在全球视角帮助国内投资者解决现有问题。信息面窄、对投资方式缺乏了解是很多个人投资者的痛点，作者将股票、债券、基金、大宗商品、对冲基金的投资历史、原因、回报与风险娓娓道来，对海外资产的配置也有翔实的叙述，甚至提供了如何在海外投资的实务指南，可谓"一书在手，天下我有"。对国内的个人投资者来说，阅读此书可以对海外资产配置有一个较为清晰的认识，有益于在全球范围内优化自己的资产配置，获得更稳健与高额的回报。

相对于机构投资者这些奔跑速度很快的"老司机""大白兔",很多国内的个人投资者都是名副其实的"三没有小乌龟":没有海量实时的信息,没有高超先进的科技,没有丰富老到的经验。但是小乌龟也有大白兔没有的东西,那就是时间。通过神奇的复利,把"现在"嫁给"未来",个人投资者从长线来看,也可以获得非常可观的回报率。

在本书中,作者在将近300页的篇幅中全面地列出了适合中国个人投资者需要的知识架构,旨在告诉大家,每个人都可以成为成功的投资者,只要像聪明的小乌龟一样,充分认识到自己的优势和短板,最终,就能寻找到适合自己优势和特点的投资方法。

看完全书,浮现在我心头的正是沃伦·巴菲特(Warren Buffett)的名言:"成功的投资生涯不需要杰出的智商与非比寻常的经济眼光或是内线消息,所需要的只是做决策时的健全知识架构,以及有能力避免情绪破坏该架构。"

　　　　　马旭飞　香港中文大学商学院副院长,管理学系终身教授

推荐序二　投资老手学到新东西

作为一名大学商学院的教授，我对自己的投资能力一向充满自信。在我看来，市场上绝大多数的投资类书籍，都和地摊文学差不多，完全达不到我们学术界对于严谨研究文献的要求，最多只能糊弄一下那些炒股的投机者。因此，当伍治坚一开始向我推荐他写的这本书时，我并没有觉得有什么特别，甚至觉得自己根本不需要看这本书。

但后来我粗略翻了本书的第1章，看了关于投资者最容易犯的错误之一"对自己的非理性认识不足"之后，我开始渐渐被这本书吸引。我发现，原来自己也会经常受书中提到的那些常见的行为偏见，比如过度自信、锚定偏见和代表性偏差的影响。在过去的投资经历中，我会时不时堕入非理性的陷阱，而最要命的是我对这些行为还浑然不觉。

本书接下来的第2章，介绍了投资者最容易犯的错误之二：对投资成本的重要性认识不足，再次让我深思。在挑选市场上的基金时，我的思路一向是选择那些名气最大、历史业绩最佳的基金经理，我从来没有对这些基金的收费有太多的关心。而在本书的第2章，治坚用了很多生动的例子，令人信服地证明了投资成本的重要性。事实上，对于绝大多数投资者来说，他们最应该做的事情是努力降低投资成本，而不是去寻找什么明星基金经理。

在治坚和大家分享了投资者最容易犯的三个投资错误之后，他在书中向读者们介绍了一些非常重要的金融理论，比如市场有效性理论。市场有效性理论在中国并不很受欢迎，可能有两个主要原因：首先，很多人都受"过度自信"的行为偏见影响，觉得自己有能力战胜市场；其次，在大家的传统印象中，中国的市场有效性尚有不足。

如今，中国的金融投资市场有超过1万只公募基金，外加9万多只私募证券投资基金，因此，中国市场可能比大多数人想象中的要更加有效。治坚这本书的这几个理论章节再一次适时地提醒了我们牢记投资经典理论，防止自己堕入"瞎投资"陷阱的重要性。

在接下来的几个章节中，治坚介绍了一些主要大类资产的概念、历史回报和主要风险。最后，治坚将这些不同的资产组合起来，向读者介绍了海外资产配置的逻辑和方法。在我看来，最后几章循序渐进，条理清晰，对于越来越多有兴趣做海外资产配置的朋友具有非常高的参考价值。如果你有进行海外资产配置的想法，但感觉无从下手，那么这本书就是你的入门读物。

治坚的这本书让我这个投资老手也学到一些新东西，在此恭喜治坚。

吕文珍　香港城市大学管理学系系主任，教授

推荐序三　资深投资者的感悟

作为一个有长期投资经验的投资者，我对投资类的书籍一向没有太大兴趣。市面上大部分的投资类读物都可以归为骗人钱财的"炒股秘籍"，而少数一些严肃的读物，对于没有接受过系统金融教育的读者来说不免晦涩难懂，难以运用。

治坚的这些文字，我以前看过一些，当时在阅读时，一直在想这种不分析宏观经济或者行业热点的经济类文章会有什么人有兴趣看，但当我读完这本《投资常识》后，才明白他一直在做的是一种投资者启蒙教育。这是一本给投资新手的简明读物，也值得投资老手花几个小时轻松翻阅后进行反思。

治坚先从分析投资者易犯的错误入手，读者在自觉或不自觉地对照自己的投资行为后，便会产生继续往下阅读的兴趣，然后他介绍了市场有效性假设、现代资产组合理论和聪明贝塔理论，帮助读者理解紧接着的各大类资产投资策略，最后以投资中最重要的资产配置作为总结。

我作为一个审计师，一个上市公司前首席财务官（CFO），一个资深投资者，读完这本书也有颇多感悟，那些投资者易犯的错误正是我曾经犯过或者现在仍在明知故犯的。书中引用大量的证据表明个人投资者试图通过择时择股等主动投资策略来战胜市场，而到头来仍然跑输指数，这很让人绝望但又无法拿出相反的证据进行反驳。我相信很多人和我一样，即使认识到了这个事实，也无法放弃"可是我不一样"的念头。也许在我们彻底放弃主动投资之前，通过阅读本书获得启发，引入一些资产配置、长线持有、多元分散及再平衡等理念到个人的投资体系，可以提高一点以弱胜强的概率。

童思侃　资深投资者

序　言

　　不管是否愿意，我们每个人都需要为自己和家人做投资和理财规划，因此我们每个人都是投资者。问题在于：在这场投资游戏中，我们个人投资者的胜算有多大？

　　事实上，有大量的因素决定了我们个人投资者在金融投资游戏中处于绝对的弱者地位。和那些职业的金融投资机构相比，个人投资者在自己的本职工作以外，能够花在投资研究上的时间和精力有限，我们得到的信息量和处理信息的速度也很难比得上专业机构。在进行投资活动时，绝大部分个人投资者在不经意间被各种金融机构收取了明的和暗的服务费用却后知后觉，假以时日，这些费用的积累会严重影响我们的投资回报。不管在资金、科技或是市场规则制定方面，我们个人投资者都处于明显的下风。

　　但是这并不意味着我们只能接受任人宰割的命运。美国投资大师巴菲特说过："当一个傻瓜明白自己有多傻之后，他就不会再傻了。"在投资这场龟兔赛跑中，我们个人投资者就像那只小乌龟。如果乌龟和兔子硬碰硬，在兔子擅长的优势领域挑战兔子，那么无疑是自寻死路。但是，一只聪明的小乌龟，会在充分认识到自己的优势和短板的基础上，寻找最适合自己优势和特点的投资方法来提高自己取胜的概率。

　　这就是我将本系列书命名为"小乌龟投资智慧"的原因所在。通过本书，我希望和广大读者朋友们分享一些作为一个理性的投资者应该学习的必要知识，通过自我教育和提升来武装自己，帮助自己成为一只聪明的小乌龟，用更智慧的投资方法来提高自己在投资赛跑中取胜的概率。

我提倡的投资哲学可以概括为一个中心和三个原则，即以证据主义为中心，坚持三个基本原则：有效系统、控制成本和长期坚持。

证据主义的哲学思想古来有之。东汉末年，"建安七子"之一的徐干在其著作《中论·贵验》中就提出：事莫贵乎有验，言莫弃乎无征。此哲学观从正反两方面强调了事实证据的重要性，即没有什么比证据更加宝贵，没有什么比没有根据的观点更加值得抛弃。

1877年，英国的哲学家威廉·金顿·克利福德（William Kingdon Clifford）在他的代表作《信仰的伦理》（*The Ethics of Belief*）[1]中写道："在证据不足的情况下，不应该在任何地方相信任何事情或者任何人。"

可见证据主义是一个贯穿古今和中西的普遍价值观。

在证据主义哲学观的基础上，我提倡三个投资原则，以应对投资者最容易犯的三大错误。这三个错误分别是：对自己的非理性认识不足、对投资成本的重要性认识不足，以及对长期坚持的重要性认识不足。在本书的第1部分，我会就这三个错误做一些比较详细的分析，并且提出相应的解决办法。

在本书的第2部分，我将着重介绍一些投资者需要理解的重要投资理论。接下来在第3部分，我将分析不同类型的资产适用的投资方法。到最后一部分，我会把这些

---

[1]　CLIFFORD W. K The ethics of belief [R/OL]. (1877) [2020-06-01]. https://www.people.brandeis. edu/~teuber/Clifford_ethics.pdf.

知识结合起来，和大家分享如何在实践中对自己的资产进行全球范围的配置。

希望本书可以帮助投资者朋友们以更理性和科学的态度做出自己的投资决策。同时也欢迎读者朋友们以高标准和严要求来检验本书，随时来信告诉我你们看完书后的反馈和心得。

伍治坚

2023年1月

目 录

▷ ▶
第 3 部分
大类资产的
投资策略

第 10 章　指数基金和 ETF 投资策略

第 11 章　大宗商品投资策略

第 12 章　对冲基金投资策略

第 1 部分

投资者易犯的三大错误

耶鲁大学基金会前主席查尔斯·埃利斯（Charles Ellis）在其著作《赢得输家的游戏：精英投资者如何击败市场》（*Winning the Loser's Game: Timeless Strategies for Successful Investing*）[1]中提到，业余网球选手和职业网球选手最大的区别之一，就在于职业网球手会先尽最大的努力去减少自己的失误。业余球手在每次击球时往往都会用尽自己的全部力气，期望通过一次大力扣杀直接得分，结果反而增加失误。但是职业网球手都深深明白，要提高自己取胜的概率，他应该做的第一件重要的事情就是避免急于求成，保证每次把网球稳稳地击回过网，通过长期稳定的表现来赢得比赛。

在金融投资中，很多投资者犯的错误和业余网球手类似：他们渴望通过买卖股票一夜暴富，实现财富自由，殊不知这恰恰是最容易让自己倾家荡产的错误投资态度。

因此，在本书的第1部分，我会着重和大家分享投资者最容易犯的三大错误：对自己的非理性认识不足、对投资成本的重要性认识不足，以及对长期坚持的重要性的认识不足。

很多在金融界摸爬滚打了几十年的老资格投资者，在看了本书前3章后都会恍然大悟，恨不得早点读到这些研究分析。我希望广大读者朋友们可以边读这3章，边对比一下自己的投资经历，从而达到提高自己投资水平的目的。

---

[1] 查尔斯·埃利斯. 赢得输家的游戏：精英投资者如何击败市场[M]. 笃恒，王茜，译. 北京：机械工业出版主，2014.

第1章 错误一：对自己的非理性认识不足

1720年，英国发生了历史上非常有名的南海公司股价泡沫破裂事件，该公司的股票价格在短短一年中上涨10倍，然后猛跌90%，令无数投资者损失惨重。在这些蒙受损失的投资者中，包括了一位伟大的物理学家、数学家：艾萨克·牛顿（Isaac Newton）。牛顿在这次事件中损失了大约2万英镑，其购买力大约相当于2002年的300万美元。

后来牛顿说："我可以精确计算天体的运行，但却无法估计人类的疯狂程度。"可见即使是最聪明的科学家，也有免不了犯非理性错误的时候。在这一章中，我将通过一些具体的例子，帮助广大读者更深刻地认识自己的非理性弱点。

投资者的不理性

投资者很容易犯的错误之一，就是对自己不够理性的弱点认识不足。一个聪明的投资者，应该首先认识到自己作为人天生的弱点。

很多研究表明，我们人类经常会犯不理性的错误。诺贝尔经济学奖得主丹尼尔·卡尼曼（Daniel Kahneman）曾经说过："人类在处理复杂信息时呈现出不可救药的不一致性。当人们被要求就同一问题做出多次判断时，他们经常会给出不同的答案。"

在面对复杂问题时，一个简单的公式或者系统往往比人类，甚至是专家的判断要来得靠谱得多。

一个比较有趣的例子是人们对于红酒质量的鉴赏能力。全世界有数以万计的品酒师，他们以品尝红酒并给出自己对该红酒的质量判断为业。美国教授罗伯特·霍奇森（Robert Hodgson）在该领域做过不少研究并得出结论：品酒师们对红酒的鉴赏没有丝毫一致性。他分析了13个美国红酒大赛中的4000种入围酒种，发现有高达84%的红酒在某些大赛中获得金奖或者银奖，而在其他大赛中颗粒无收。最令人惊奇的是，品评这些红酒的评委们是同一批人。

普林斯顿大学经济学教授奥利·阿申费尔特（Orley Ashenfelter）曾经提出过一个红酒质量预测公式：

红酒质量=12.145+0.001 17×冬季降雨量+0.061 4×生长季平均温度 − 0.003 86×收获季降雨量

该公式被所有的品酒行业专家嗤之以鼻并长期攻击，但其对红酒质量的预测准确度却出奇地高，超过了很多知名的职业品酒师。

资本市场是非常复杂的。投资者在做出投资决策时需要筛选并处理大量的信息。由于互联网和媒体的发达，一个普通投资者缺少的不是信息，而是经过筛选的有效信息。如果想要做出聪明的投资决策，投资者需要从大量信息中排除不相关的噪声。这一过程需要大量的、可能超出人脑极限的处理能力。受到信息泛滥影响的人脑，做出不理性的错误决策的可能性，反而比在信息有限的情况下犯错的概率更高。

行为经济学经过多年的发展，已经成为经济学中一个重要的分支。有足够的研究表明，人天生就有不少习惯性行为偏差，著名的例子包括过度自信、可利用性偏见、心理账户、损失厌恶等。在这个领域，有不少领军人物获得了蜚声世界的声誉，比如乔治·阿克洛夫（George Akerlof）、罗伯特·希勒（Robert Shiller）、丹·艾瑞里（Dan Ariely）、理查德·塞勒（Richard Thaler）和丹尼尔·卡尼曼。这些杰出的学者中不乏诺贝尔奖获得者，他们的著作对金融学和经济学产生了深刻的影响。在接下来的几个小节中，我将着重介绍几个比较典型的人类非理性的实际例子，帮助大家更好地理解这个话题。

过度自信

人类容易犯的行为偏见性错误之一就是过度自信。过度自信在大部分人当中都存在，平均来说，男性比女性更容易受过度自信的影响。

几乎每个人都觉得自己的驾驶技术高于平均水平，每个家长都坚定地相信自己的孩子在班级中比其他孩子更棒，虽然每次考试结束后总有一部分孩子的成绩低于平均水平。

让我在这里和大家分享几个有趣的例子：68%的律师强烈地认为自己一定会赢下他要打的官司[1]，而我们都知道只有一半律师能够赢得官司；90%的斯坦福大学MBA学生都认为自己比同班同学更加聪明[2]。

一位美国学者对大约2 994名创业者做过一个调查，让他们对自己企业的成

---

[1]　DELAHUNTY J, GRANHAG P, HARTWIG M, LOFUS E. Insightful or wishful: lawyers' ability to predict case outcomes [J/OL]. Psychology, public policy, and law, 2010, 16 (2): 133-157 [2020-06-01]. https://psycnet.apa.org/doiLanding?doi=10.1037%2Fa0019060.

[2]　ZUCKERMAN E, JOST T. What makes you think you're so popular? self-evaluation maintenance and the subjective side of the"friendship paradox" [J/OL]. Social psychology quarterly, 2009, 64 (3): 207–223 [2020-06-01]. https://www.jstor.org/stable/3090112?origin=crossref.

功率做一个估计，有30%左右的创业者认为自己企业成功的概率是100%。[1]事实上在美国，大约有75%的企业在成立5年内会销声匿迹。

过度自信会导致过度交易。在2001年的一篇学术论文中，美国教授巴伯（Barber）和奥德安（Odean）分析了美国一家非常大的券商从1991年到1997年35 000个账户的真实交易历史数据，发现男性投资者的交易频度比女性投资者高出45%。如此过量的交易使男性投资者的净回报受到的损失，比购买并且长期持有指数基金的投资者的年回报率低2.65%，女性投资者因过度交易而遭受的损失是每年1.72%，且两者都比购买并长期持有指数基金获得的回报差。[2]

过度交易不仅广泛存在于挑选个股的散户中，在基金投资者中也十分常见。根据美国的一家投资者行为定量分析公司达尔巴（Dalbar）做出的估算，美国的基金投资者平均持有一个股票型基金的时间是3年，如此频繁地更换基金的行为让投资者付出了高昂的代价。

如图1-1所示，回顾过去30年（截至2021年12月31日），股票型基金投资者在美国的年回报率是7%，而标准普尔500指数在同一期间的年回报率是10.65%。债券型基金投资者平均每年获得了0.34%的回报率，而同期债券指数的年回报率则达到了5.29%。投资者不管是选择股票型基金还是债券型基金，其回报都远逊于购买并持有指数基金的傻瓜型投资策略，而这样的情况在过去1年、3年、5年、10年，一直到30年都是一致的。

---

[1] COOPER A, WOO C, DUNKELBERG W. Entrepreneurs' perceived chances for success [J/OL]. Journal of business venturing, 1988, 3: 97-108 [2020-06-01]. https://www.sciencedirect.com/science/article/abs/pii/0883902688900201?via%3Dihub.

[2] BARBER B, ODEAN T. Boys will be boys: Gender, overconfidence, and common stock investment [J/OL]. Quarterly journal of economics, 2001, 116 (1): 261-292 [2020-06-01]. https://www.researchgate.net/publication/24091730_Boys_Will_Be_Boys_Gender_Overconfidence_And_Common_Stock_Investment.

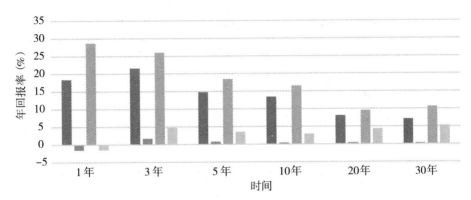

图1-1　美国不同类型投资者的年回报率

广大投资者普遍过度自信，其中一个重要原因是金融行业对我们的影响。事实上，强大的金融系统一个很重要的工作，就是不停地告诉投资者自己拥有超能力。在下意识之中，投资者就被灌输了自己善于挑选股票、善于挑选基金或善于识别宏观趋势的信念，在这种下意识的影响下，投资者在不经意间就会被误导，做出过度交易。

但问题在于，广大投资者并没有通过审时度势获得更好的投资回报，相反，投资者对于时局的判断能力简直可以用惨不忍睹来形容。

比如根据晨星的一项研究发现（见表1-1），2012年大部分美国投资者都看淡股市，因此他们卖出了自己手中的股票基金，买入了大量的债券基金，结果在2013年，美国股市的回报率为35.04%，而美国债市只有0.15%。那些对于自己判断能力过度自信的投资者受到的损失可见一斑。

表1-1 2012—2013年美国投资者的行为与回报率

基金类型	2012年投资者行为	2013年回报率（%）
美国股票基金	卖出930亿美元	35.04
美国债券基金	买入2 690亿美元	0.15

数据来源：晨星（Morningstar，权威基金评级公司）

美国投资者的记录如此糟糕，那么我们中国投资者怎么样呢？好像也没有好到哪里去。

比如在2015年5月的最后一个星期，上海和深圳证券交易所新开户的数量分别为246万和198万左右。这个数字是非常高的，因为在2014年，两家交易所平均每周新开户的数量都还不到10万户（如图1-2所示）。很显然，在2015年5月，有很多股民被屡屡攀升的股市指数所吸引，于是急着去证券交易所开户炒股，渴望在股市中赚到一些快钱。接下来发生的事情恰恰相反，中国A股上证指数在2015年6月达到5 178点的高点之后，一路下滑到8月的2 927点。可以想见，这些在5月新入股市的投资者蒙受的损失一定不小。

数据来源：中国证券登记结算有限责任公司

图1-2 上海与深圳证券交易所新增炒股账户数

聪明的投资者需要充分认识到自己过度自信的先天性弱点，并且在投资活动中尽量避免受这种行为偏见的影响，以免拖累自己的投资回报。

可利用性偏见

人类非理性的另一个很好的例子是可利用性偏见。可利用性偏见讲的是我们更容易被自己所看到或者听到的东西影响，而不是依靠统计学知识理性地思考问题。

在美国发生了"9·11"事件以后，很多美国人受此影响对飞行产生了恐惧，宁愿开车也要避免坐飞机出行。根据德国教授格尔德·吉仁泽（Gerd Gigerenzer）的计算，在"9·11"事件之后的一年内，为了避免飞行而选择坐汽车出行，导致1 595个美国人为此丧命[1]。

美国学者迈克尔·罗斯柴尔德（Michael Rothchild）在另一篇研究中做出估算[2]，如果每个月有一架飞机会被恐怖分子劫持并坠毁，同时假设我们每个月坐4次飞机，那么一个人坐飞机死去的概率是1/540 000；如果每年有一架飞机会被劫持并坠毁，那么一个人坐飞机死去的概率是1/6 000 000；而在美国公路上开车死去的概率是1/7 000，远高于前面提到的死于飞机坠毁的概率。

但很多时候跟大家讲这些概率可能是徒费口舌，因为受此行为偏见影响的人会坚持认为自己做出了理性的选择。这也是行为模式最奇妙的地方：即使大家都知道有这样或那样的问题，但作为一个人，我们还是控制不住自己去犯那些常见的行为错误。

这样的例子在金融领域也屡见不鲜。例如，当一个像阿里巴巴这样的热门公

---

[1]　格尔德·吉仁泽. 风险与好的决策[M]. 王晋，译. 北京：中信出版社，2015.

[2]　BALL J. September 11's indirect toll: road deaths linked to fearful flyers [EB/OL]. (2011-09-05) [2020-06-01]. https://www.theguardian.com/world/2011/sep/05/september-11-road-deaths.

司准备上市的时候，所有的新闻媒体都会专注于报道这个事件。记者们的天分在于他们的报道不光局限于那只股票，还有创始人卧薪尝胆、苦尽甘来的奋斗故事。

图1-3显示了"阿里巴巴"（Alibaba）这个关键词在谷歌搜索引擎中的搜索兴趣。我们可以看到，在2014年9月阿里巴巴公司快上市的时候，该关键词的搜索兴趣达到了高峰，可见当时有非常多的人正在关注阿里巴巴公司和相关的新闻报道。

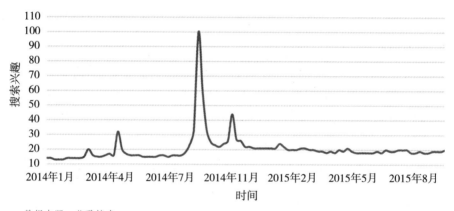

数据来源：谷歌搜索

注：图中纵轴数据表示在特定地区和时间，用户对某一术语的搜索兴趣，100表示最大兴趣。

图1-3 关键词"阿里巴巴"在谷歌的搜索兴趣

有时候投资者甚至感觉自己购买的并不是阿里巴巴的股票，而是一个寄托了自己无限期望的梦想。就像其创始人马云先生所说："梦想是一定要有的，万一实现了呢？"

但事实上，购买首次公开募股（Initial Public Offerings，IPO）公司股票（俗称打新股）对于投资者来说并不见得是一桩划算的买卖，比如图1-4展示了研究分析得出的美国1980年到2019年IPO公司的投资年回报率。可以看到，在购买新股后的1年、3年或者5年后，投资新股的年回报率都低于投资同期相似规模公司股票的年回报率。

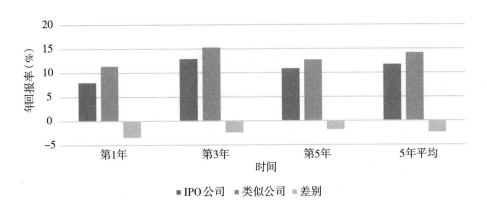

图1-4　美国IPO公司的投资年回报率与类似公司的年回报率的对比

　　新股的投资回报不一定好，有很多原因。比如IPO是投资银行和私募基金的摇钱树，他们和公司高管有共同的利益和动机，即在IPO上获得一个好价钱。如果股票市场不好，公司的高管和投资该公司的私募基金可以延迟公开募股甚至取消上市，等到市场好转以后再伺机而动。反过来，如果市场高涨，估值非常高，那么会有更多的公司主动选择在这个时候上市，因此投资者购买到被高估股票的概率更高。

　　受到可利用性偏见影响的投资者，如果盲目地去购买那些被媒体大肆报道的热门新股，那么他们很可能就会做出一个非常糟糕的、非理性的投资决策，理性的投资者应该时刻提防自己陷入可利用性偏见的行为学陷阱。

处置效应

　　处置效应是指盈利和亏损之间的不对称效用偏好。对于相同数目的标的来说，在亏钱的时候，我们会感到更多的痛苦。

　　在投资中，处置效应会影响投资者在盈利和亏损之间产生一个不对称效用偏好，导致投资者过早平仓卖出盈利的股票，过晚止损平掉亏损的股票。

如表1-2所示，被问到在选项A"赚100元"和选项B"丢一枚硬币来决定赚200元或者0元"这两个选项中选择一个的时候，大部分人会选择A，稳赚100元。但如果相同的问题反过来问，即在选项A"亏100元"和选项B"丢一枚硬币来决定亏200元或者0元"这两个选项之间选择的话，大部分人会选择B来博一下。

这个问题曾经困扰了很多经济学家，因为从数学期望上来说，第一种情况中的两个选项的期望值都是正100，而第二种情况中的两个选项的期望值都是负100，但是人们在这两种情况下会做出截然相反的决定。也就是说，在面临损失时（亏100元时），大部分人的痛苦程度会比获得相同数额的盈利产生的快乐程度高出很多，因此也更愿意冒更大的风险去规避这样的损失。

表1-2　丢硬币的两种选项

情况	选项A	选项B
第一种情况	赚100元	丢一枚硬币决定　正面：赚200元，反面：赚0元
第二种情况	亏100元	丢一枚硬币决定　正面：亏200元，反面：亏0元

数据来源：KAHNEMAN D, TVERSKY A. Prospect theory: an analysis of decision under risk [J/OL]. Econometrica, 1979, (47) 2: 263-292. [2020-06-04]. https://www.jstor.org/stable/1914185.

美国教授奥德安在1998年所做的一项研究[1]中发现，投资者确实受到这样的处置效应的影响。如图1-5所示，奥德安教授发现，投资者们过早地卖出他们赚钱的股票，而这些股票在84天、252天和504天后的回报更高。同时，投资者们在割肉平仓时喜欢拖延，不愿意卖掉亏钱的股票，这些股票在84天和252天之后会继续亏损更多，一直要等到504天以后才可能把以前的亏损弥补回来。

---

[1]　ODEAN T. Are investors reluctant to realize their losses [J/OL]. The journal of finance, 1998, 53 (5): 1775-1798 [2020-06-04]. https://onlinelibrary.wiley.com/doi/epdf/10.1111/0022-1082.00072.

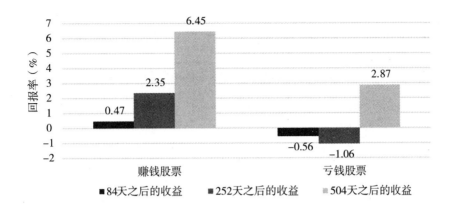

图1-5　投资者的处置效应

从这个意义上来说，如果投资者的耐心够多，坚持捂着自己的股票，可能也会有翻身的一天。但在此期间，由于处置效应导致的投资者过早获利了结、拖延割肉平仓的毛病会让他徒增很多痛苦，并且损失不少回报。

后视镜偏见

后视镜偏见是另一个影响很多投资者的大问题。不仅散户深受其害，很多职业经理人也会不自觉地堕入其陷阱。最常见的后视镜偏见的例子是投资者希望从最近几年的历史中寻找对未来预测的答案。

美国的潘恩韦伯（Paine Webber）公司和盖洛普（Gallup）公司在1999年6月曾经找过一些美国股民做了一项问卷调查，调查的内容是让受访者预测未来10年的股票市场回报。在统计结果的时候，他们把受访者分成两类：股市新手（投资经验少于5年的投资者）和股市老手（投资经验超过20年的投资者）。

调查的结果如表1-3所示。股市新手们预测未来10年的股市年回报率为22.6%，而股市老手们预测未来10年的股市年回报率为12.9%。事实上，从1999年到2009年的10年间，美国股市每年的回报率是-4%。显然大部分受访者都被1999年之前美国股市的大牛市深深影响，对未来产生了脱离实际的盲目乐观。

表1-3 受访者对未来10年股市年回报率的预测

受访者	股市新手	股市老手
预测的股市年回报率（%）	22.6	12.9

数据来源：Paine Webber and Gallup

有时候后视镜偏见并非那么容易觉察，甚至行业专家也会犯类似的错误。

我在这里举一个巴菲特写给伯克希尔·哈撒韦公司（Berkshire Hathaway Corporation）股东信中的例子。巴菲特指出，早在1978年，美国的大公司，如国际商业机器公司（IBM）和埃克森美孚（Exxon Mobile），都会将自己公司养老金账户的预期收益率定在5.5%~7.8%（见表1-4）。而在那个时候，美国政府长期债券的回报率是10.4%。很显然，这些公司养老金账户的预期收益被严重低估了。因为即使什么都不做，在养老金账户里买足100%的政府债券，也会得到可以保证的10.4%的年回报率。那么这些公司聪明的首席财务官们为什么会犯如此低级的错误呢？原因是在1978年之前，美国股市经历了多年的熊市，而首席财务官们想当然地用了之前熊市的回报率来预估自己公司养老金账户未来的收益，因此严重低估了预期收益。

令人惊奇的是，同样的错误在2000年再次发生。这些公司在2000年预计的养老金未来年回报率可以达到10%左右，而当时美国政府长期债券回报率为5.5%。在这种情况下，要达到10%的未来收益，养老金账户中的股票成分至少需要达到每年15%甚至更高的收益，而这显然要比美国股市历史平均收益率高得多。犯错误的原因在于首席财务官们又犯了短视的毛病，他们只看到了2000年之前的那几年黄金牛市，于是把股票的预期回报提高到了远远脱离现实的水平，进而导致严重高估了养老金账户的预期收益。

表1–4　1978年与2000年美国大公司养老金账户
预期收益率与美国政府长期债券回报率对比

年份	1978年	2000年
埃克森美孚养老金账户预期收益率（%）	7.8	9.5
通用电气养老金账户预期收益率（%）	7.5	9.5
通用汽车养老金账户预期收益率（%）	7.0	10.0
国际商业机器公司养老金账户预期收益率（%）	5.5	10.0
美国政府长期债券回报率（%）	10.4	5.5

数据来源：卡萝尔·卢米斯.跳着踢踏舞去上班[M].张敏，译.北京：北京联合出版公司，2017.

锚定偏见

锚定偏见的意思是人在做出价值判断时，会不自觉地受到"锚"的影响。

表1–5显示的一项研究实验中，100名受访者被分为两组，两组人员分别被带去参观一幢同样的房子，并被要求对这幢房子估价。在被带去参观房子的时候，两组人员分别被告知了两个不同的房东开价（11.9万美元和14.9万美元）。

表1–5　房东开价与受访者估价对比

房东开价（美元）	受访者估价（美元）
119 000	114 000
149 000	128 000

数据来源：NORTHCRAFT G, NEALE A M. Experts, amateurs and real estate: an anchoring-and-adjustment perspective on property pricing decisions [J/OL]. Organizational behavior and human decision processes, 1987, (39) 1: 84-97 [2020-06-05]. https://www.sciencedirect.com/science/article/abs/pii/074959788790046X.

实验结束后，研究人员统计得出，两组人员的平均估价显著不同，第一组为11.4万美元，而第二组为12.8万美元。也就是说，尽管两组受访者参观的是同一幢房子，但得知房东开价较高的小组给出了更高的房屋估价。这个更高的开价，就是我们所说的"锚"，实验的受访对象无形中被这个"锚"影响了对房子的估价判断。

这项研究最有趣的发现还在后头。研究结束后，有92%的受访者表示，他们在对房子做出估价时完全没有考虑房东开价这个因素，事实上他们脑子里想的都是一些其他因素，比如房子的地理位置、朝向、内部装潢等。换句话说，当人们被锚定时，他们会坚持认为自己没有受到"锚"的影响，这才是人的行为偏见最可怕的地方：即使你知道它的存在，它也会继续不停地影响你，但连你自己都意识不到。

代表性偏差

代表性偏差指的是人类容易受一些小样本影响，通过有限的小样本推断出代表普遍规律的错误结论。就好像我们看到自己周围的人都喜欢吃大蒜，就得出全世界的人都喜欢吃大蒜的错误结论。

举例来说，图1-6比较了2012年7月—2014年2月标准普尔500指数和1927年7月—1928年11月道琼斯指数的价格走势，两者的价格走势看起来令人难以置信地接近，该图被很多金融分析人员引用，并用于警告投资者可能即将到来的股票熊市。

事实上呢？2012—2014年是美国股市历史上比较大的牛市之一，从图1-7中我们可以看到，标准普尔500指数在2014年6月继续延续2013年的上升趋势，根本没有重复1928年年底道琼斯指数下跌的状态。那些受到选择性偏差影响，在2014年年初卖出股票的投资者，在错误的时机做出了错误的投资决定，并且极大地影响了自己的投资回报。

数据来源：彭博社

图1-6　标准普尔500指数和道琼斯指数价格走势

数据来源：彭博社

图1-7　标准普尔500指数2014年继续上升

克服自己的非理性偏见

行为经济学攻击了传统经济学中最核心的假设，即理性人假设。在《非理性繁荣》[1]（*Irrational Exuberance*）一书中，美国教授罗伯特·J. 希勒试图对市场的非理性行为做出解释。作者在书中指出，有时候投资者们会兴奋异常，推动资产价格上涨到令人炫目和不可持续的高度，但在其他时候，投资者们沮丧不已，会将资产价格压到不可思议的低水平。

希勒将此现象称为"回馈轮回"（feedback loop）。回馈轮回的意思是较高的资产价格导致更多的乐观情绪，而投资者们受到乐观情绪的影响，会继续追捧该资产，导致更高的价格。同理，当市场受到悲观情绪的影响时，被压低的资产价格会导致更多的抛售和更低的价格。因此在回馈轮回的影响下，市场经常会出现不理性的、完全背离基本面的大涨或者大跌。经历过2015年中国A股的很多投资者，可能对这种大喜大悲心有余悸。

美国的两位教授乔治·阿克洛夫和罗伯特·J. 希勒，在2009年合著的《动物精神：人类心理如何驱动经济、影响全球资本市场》[2]（*Animal Spirits: How Human Psychology Drives the Economy, and Why It Matters for Global Capitalism*）一书中强调了政府在制定经济政策中的积极作用。作者提出，政府有必要通过激活"动物精神"这一英国经济学家约翰·凯恩斯（John Keynes）首先提出来的概念，来恢复公众对市场和经济的信心。其中一个最重要的原因，就是人由于非理性会受到市场情绪的影响，做出一些非理性的投资决策行为。在这个时候，政府出手干预市场，恢复大家对市场的信心，能够起到至关重要的作用。

---

[1]　罗伯特·J. 希勒. 非理性繁荣[M]. 李心丹，俞江海，陈莹，岑咏华，译. 北京：中国人民大学出版社，2016.

[2]　乔治·阿克洛夫，罗伯特·J. 席勒. 动物精神：人类心理如何驱动经济、影响全球资本市场[M]. 黄志强，徐卫宇，金岚，译. 北京：中信出版社，2016.

美国经济学家丹尼尔·卡尼曼在他2011年的著作《思考，快与慢》[1]（*Thinking, Fast and Slow*）中总结了他和他的同事阿莫斯·特沃斯基（Amos Tversky）对于人的行为研究的成果。卡尼曼提出将人脑处理信息的方法分成两个系统：系统1和系统2。系统1的反应迅速，主要靠直觉和第一反应做出决策。系统2反应迟钝，需要经过仔细的分析和计算才能得出结论。人类在做出决策时习惯使用系统1，因为系统1非常适合简单的"战斗或逃跑"类型的方案，有助于在物竞天择的自然环境中保住自己的生命。

但是很多时候，靠"短平快"习惯做出决策的系统1给出的往往是错误的答案。因为很多事情并不像表面上看起来那么简单，需要我们静下心来，用逻辑思考慢慢地考虑事情的前因后果和利弊。人类不理性的原因之一就是我们习惯使用大脑中的系统1，而厌恶使用系统2。没有人喜欢被逼着坐下来花两个小时解决一道很难的数学题，因为这需要耗费大量的脑力，很容易让人感觉疲劳和厌恶。

卡尼曼丰富的研究表明，理性的投资者应尽量避免依靠自己的系统1做出"短平快"的轻率的金融决策。一个聪明的投资者，应该最大化地提高系统2在金融决策中的作用。聪明的投资者会充分意识到自己天生的非理性弱点，并依靠建立一套行之有效的系统来弥补自己的短处，争取最大限度地做出逻辑化的投资决策。

---

[1]　丹尼尔·卡尼曼.思考，快与慢[M].胡晓姣，李爱民，何梦莹，译.北京：中信出版社，2012.

第2章　错误二：对投资成本的重要性认识不足

花钱买吆喝，是投资者最容易犯的一个错误。

广大投资者在选择基金的时候，都喜欢选择"高大上"的基金经理。管理该基金的经理最好毕业于美国常青藤大学，外加一个排名靠前的工商管理专业硕士学位，至少要在华尔街银行有多年的工作经验，有着英气逼人的脸蛋和高大壮实的身板。他所就职的基金公司，规模自然是越大越好，最好有数百或者上千的雇员，外加各种电脑信息技术系统、交易程序、风控管理，所有软硬件一应俱全。有这样的想法很正常，但却未必理性。在这一章中，我会和读者朋友们解释如何正确认识投资成本，并且如何通过理解这个问题来帮助自己提高投资回报。

梅西的老板不好当

要讲清楚投资成本这个问题，让我先给大家举个简单的例子。

图2-1显示的是西班牙巴塞罗那足球俱乐部和英国南安普敦足球俱乐部在2014—2015年度的财务状况对比情况。

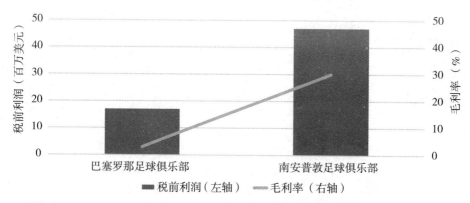

图2-1　巴塞罗那足球俱乐部和南安普敦足球俱乐部财务状况对比

　　左边的是巴塞罗那足球俱乐部，税前利润为近2 000万美元，右边的是南安普敦足球俱乐部，税前利润为4 600万美元左右，比巴塞罗那足球俱乐部高出1倍还多；巴塞罗那足球俱乐部的毛利率大约为5%，而南安普敦足球俱乐部的毛利率则在30%左右。

　　巴塞罗那足球俱乐部一年赚的利润还不到南安普敦足球俱乐部的一半，是不是有些匪夷所思？要知道在2014年当年，巴塞罗那足球俱乐部拥有的MSN[梅西（Messi）、苏亚雷斯（Suarez）、内马尔（Neymar）的简称]锋线可是全世界最强的进攻组合，在欧洲冠军杯中所向无敌。

　　带着这个疑问，让我们再来看图2-2。

　　左边显示的是巴塞罗那足球俱乐部的负债情况，在2014—2015年，该俱乐部借了近6亿美元，杠杆率高达8倍左右；而右边的南安普敦足球俱乐部负债不到1亿美元，杠杆率不到2倍。

　　为什么要举这个例子？因为很多投资者不明白这个道理，想当然地认为投资一家名气很大的俱乐部肯定能够为自己赚到更多的钱。在这个世界上还有哪支球

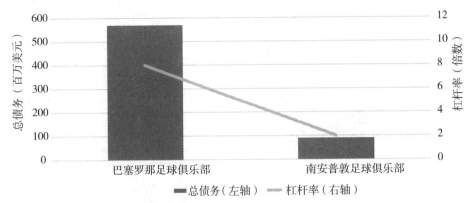

数据来源：巴塞罗那足球俱乐部网站、南安普敦足球俱乐部网站

图2-2 巴塞罗那足球俱乐部和南安普敦足球俱乐部负债状况对比

可是足球俱乐部的名气和其股东的回报是两回事。大牌足球俱乐部股东赚钱很难的原因之一，恰恰在于他们需要为明星球员付出极高的工资，从而背上巨额的债务，影响了股东收益。比如2015年世界年薪最高的十大足球明星中，就有3位来自巴塞罗那俱乐部：梅西（2 100万美元/年）、苏亚雷斯（1 500万美元/年）和内马尔（930万美元/年）。该俱乐部在2014—2015赛季一年的营业收入中，差不多有3/4被用于支付球员的薪水和转会费分摊，梅西一个人一年的薪水收入就相当于巴塞罗那所有股东一年的税前利润总和。

投资者朋友们可能会问，足球俱乐部的经营状况和我个人理财投资有什么关系？事实上如果我们好好想想，其中的道理是相似的。我们寻找基金经理进行投资，就好比足球俱乐部寻找足球明星赢得足球比赛。我们把钱交给基金经理管理的目的是战胜市场，而足球俱乐部的目的则是赢得比赛，两者进行的都是零和博弈。基金经理需要战胜股市中的其他参与人员来体现其价值，而足球俱乐部则需要战胜其他球队获取胜利和冠军。

那么，我们应该雇用像梅西、内马尔这样的基金经理么？大多数投资者确实都是照着这个思路去找基金经理的，这也是大多数人使用的投资方法的错误所在。大家都知道，有了梅西和内马尔，球队确实可以赢球，但是最后该不该请梅西和内马尔，则要仔细分析支付给他们的费用和我们作为股东的预期回报。如果梅西和内马尔的收费太高，导致即使赢了球投资者也没什么回报，那么理性的投资者只能忍痛割爱，寻找要价更合理的球员。

基金经理和投资者的关系

作为投资者，最应该注意的因素就是投资成本，为了说清楚这个问题，我先介绍一下基金经理和投资者之间的法律关系。

图2-3显示的是基金经理和投资者之间的法律关系，基金被设置为一个合法的持有资本的投资者池，其注册地通常在一个免税地，比如英属开曼群岛、美国的特拉华州或者爱尔兰等地。

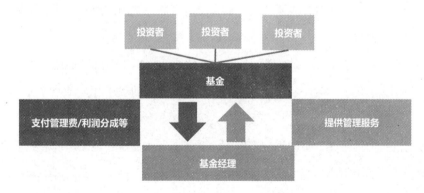

图2-3　基金经理和投资者之间的法律关系

基金经理（如富达国际、摩根大通或邓普顿等公司或集团的基金经理）会和基金管理公司签署投资协议，该协议厘定了基金经理的职责、服务范围以及投资目标。根据不同的投资目标，基金管理公司的投资范围可以涵盖各种不同的资产类型，比如股票、债券、房地产等。

　　作为回报，基金经理会向其管理的基金收取一定的费用。收费结构是一个复杂的问题，在下面的段落中我会提供更多的分析。一般来说，大多数基金经理会收取以下费用之一：申购费（在购买基金之前收取的一次性费用）、管理费（不管基金业绩如何，基金经理每年收取的费用），以及业绩分成（如果基金经理获得了超过某些基准的回报可以分到的奖金）。有一些收费比较多的基金还会收取赎回费（就是投资者在卖出该基金时支付的一次性费用）。

　　基金投资者和基金经理之间是典型的雇佣关系。基金投资者看重基金经理的投资能力，通过雇佣关系来租借基金经理的投资技能，以期获得更好的回报。但是，就像任何雇佣关系一样，这里面有一个潜在的代理人问题，即基金经理和投资者的本质利益并不是完全趋同的。投资者想要低风险、高回报，希望付给基金经理的报酬越低越好。但是，基金经理要收取费用作为自己出借投资技能的补偿。由于基金经理收取的管理费用通常基于其管理的资产规模的百分比，因此对于基金经理来说，关键是要管理更多的资金或者收取更高的费用，而不是给予投资者更好的回报。

　　图2-4显示的是五福资本关于基金成本的综元分析（Meta Analysis）。在综元分析中，五福资本收集了世界上顶级专业期刊发表的关于基金经理收费的研究论文，并且将他们的结论进行分类。那些发现基金经理收费至少等同或者超过经理创造的价值的论文，被归类到了图中左侧，而那些发现基金经理创造的价值大于他们收费的论文，被归类到了图中的右侧。从该综元分析中我们可以看到，绝大多数的研究论文发现，基金经理的收费等同或者超过他为投资者创造的价值。

　　基金经理和投资者的利益错配，是一个典型的代理人问题。当然有些投资者可能会说，这不是一个问题，因为基金经理会为投资者提供丰厚的投资回报。而如果基金经理为投资者带来了高回报，那么他们收费再高，我作为投资者也不在乎，只要我自己赚到钱就行。

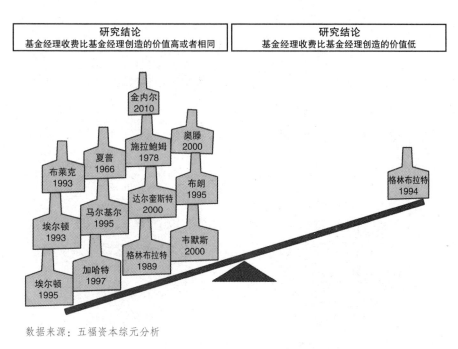

数据来源：五福资本综元分析

图2-4　基金经理收费与其价值的综元分析

但是问题恰恰就在于，有大量的证据表明，基金经理无法为投资者创造价值的主要原因之一就是他们收费太高。晨星2010年的一项研究表明，基金的总费用比率（包括管理费、券商费、法律会计费等）是基金长期业绩表现的最强大的预测指标。换句话说，如果一个普通投资者面对数以千计的基金不知所措，不知道如何做出最合理的选择，那么最好的办法就是选收费和总费用率最低的基金，如此简单的选基金方法比其他很多方法都要靠谱，这个简单的选择基金指标甚至比晨星备受赞誉的基金星级评定系统都更加有效。

基金经理的收费结构

在这个小节里，我将为大家具体谈谈基金经理的收费问题。在这里，我用对冲基金的收费结构作为例子帮助大家理解基金经理是如何收费，并且如何影响投资者回报的。

　　在对冲基金这个行业里，有一个业内规则叫2/20，即基金经理每年收取2%的管理费，同时在年末收取20%的业绩分成。在大多数投资者的脑子里，这个2/20规则看起来是这样的（见图2-5）。

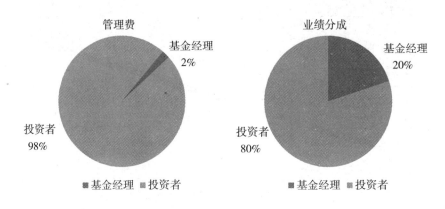

图2-5　投资者认为的2/20规则

　　投资者会觉得，即使给基金经理2%的管理费，我自己还有98%的盈余；即使给基金经理20%的业绩分成，我自己还可以获得80%的投资回报。

　　可是事实上这是错误的计算方式，为什么这么说呢？在这里给大家举个简单的例子。假设一位基金经理创造的超额回报[金融行业内部称为阿尔法（α），即基金经理创造的超过基准（比如上证180指数）的回报]是每年5%。如果基金经理无法战胜基准，那就没有必要把钱给基金经理管理，投资者去股市上买个上证180指数基金就行了。为什么我取5%呢？因为世界上很少有基金经理能够连续多年创造超过5%的超额回报率。

　　这里我们假设基金经理创造的超额回报率是5%，在这种情况下，基金经理收取2%的管理费，然后再收取0.6%（20%×3%）的业绩分成，最后经理得到了

2.6%的回报，而投资者则得到了剩下的2.4%的回报。也就是说，在基金经理创造5%的超额回报率的前提下，他和投资者的分成如图2-6所示。

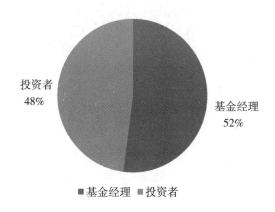

图2-6　基金经理和投资者在5%超额回报率下的分成

我们可以看到，两者回报是差不多五五分成，基金经理的份额稍微多一些。当然，如果基金经理创造的超额回报率不到5%，或者甚至是负的，那么基金经理和投资者的回报分成就会更倾向基金经理，即基金经理会获得比投资者多得多的投资分成。

那么在现实情况中，基金经理和投资者之间的投资分成到底是什么情况呢？

如图2-7所示，根据美国学者西蒙·拉克（Simon Lack）对1998—2010年对冲基金行业的回报分析，对冲基金经理惊人地获取了那些年全球金融投资回报总额的84%，而组合基金经理获取了另外的14%，也就是说真正的投资者只分到了这张大饼中的2%。

这样的研究发现让人瞠目结舌，同时也让整个行业蒙羞，因为这个研究结果揭示的是，在对冲基金这个行业游戏中，真正受益的是基金经理和组合基金经理，而广大投资者则成了真正"人傻，钱多"的代表，他们陪那些基金经理玩了一圈股票却没有获得任何好处。

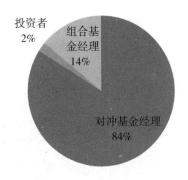

数据来源：Lack S. The hedge fund mirage [M]. New York: Wiley, 2011.

图2-7　基金经理和投资者的回报分成（1998—2010年）

真正的赢家

在基金经理和投资者一起玩的这个游戏中，赢的似乎总是基金经理。因为如果投资者赚钱了，他需要给基金经理分一杯羹，而如果投资者亏钱了，还是需要给基金经理支付管理费。这样的合作关系到底合理吗？在2005年发表的一篇论文中，美国教授乔纳森·伯克（Jonathan Berk）提出，高明的基金经理通常有着非常高的智商，我们大部分普通人和这样的聪明人打交道是很难占到便宜的。基金经理对投资者的营收至少要达到或者超过其管理资产的投资能力，他才会愿意和投资者合作。因此这样算下来，投资者在被扣除费用之后只能得到资本市场的平均收益，恰恰证明了市场的有效性。[1]

[1]　Berk J. Five myths of active portfolio management [J/OL]. The journal of portfolio management, 2005, 31 (3): 27-31 [2020-04-18]. https://scholar.google.com/citations?view_op=view_citation&hl=zh-CN&user=0pz-elAAAAAJ&cstart=20&pagesize=80&sortby=pubdate&citation_for_view=0pz-elAAAAAJ:_FxGoFyzp5QC.

每当路过新加坡中央商务区附近的地铁站时，总会看到一些大型资产管理公司的广告。广告牌上一般都有帅哥美女，还有大大的标语，如"让我们帮助你安排退休计划"。平时我会对这些广告嗤之以鼻，但想到正在写的这本书，我便对这些金融产品做了一些小小的研究，表2-1是其中一个基金经理收取的费用的详细列表。

表2-1　基金经理收取的费用

基金经理收取的费用	费用率（%）
申购费	5
管理费	1.5
其他费用	0.4
投资标的费用	0.5
投资者每年总费用（假设投资3年）	4.07

我们可以看到，一个非常简单的股票和债券基金，投资者每年需要支付大约4%的费用，也就是说，投资者的回报起点是每年-4%。这小小的4%对于投资者来说有什么大的影响吗？答案是，影响大着呢。因为很多时候基金经理能够为投资者创造的价值也只有那么几个百分点（如果他们真的创造了价值的话），在这仅有的几个百分点里一下子扣除4%，投资者还剩下什么呢？这就是在投资者和基金经理合作的游戏中，投资者总是吃亏的主要原因之一。

基于我的行业经验，我观察到很多基金经理的商业模式符合以下规律：基金经理先推出一个新的基金，管理比较小的资金规模，力图获得2~3年的丰厚回报。

当然这2~3年的回报到底是基于其投资能力还是运气好，则很难说得清楚。只要基金获得了不错的回报，就会引起投资者的注意。从此基金资产管理的规模开始上升，而基金经理的腰包也开始慢慢鼓起来。但是如果这2~3年的业绩不佳，那么基金经理一般会把该基金关闭，同时另起炉灶，再成立一个新的基金，并祈祷这一次他的运气能够好一些。

那么基金经理到底有没有为投资者创造价值呢？让我们顺着证据主义的思路，仔细检验一下基金经理是否给投资者带来了他们自称的价值。

事实上，学术界对此问题有着大量的实证研究，得出的结论也很清楚。图2-8显示的是五福资本研究汇总的综元分析研究结果。五福资本的研究汇总中收集了在顶级期刊上发表的绝大部分关于该研究问题（基金经理在扣除费用后是否创造了正的价值）的学术论文，并将研究结论分门别类进行了整理与对比分析。

我们可以看到，绝大部分研究得出的结论是，基金经理在扣除其收取的费用后，给投资者提供的超额回报不是零就是负。因此投资者面临的选择是相当具有挑战性的。如果投资者很幸运地选中了梅西级别的基金经理，但由于付出了高额的成本，自己的回报也很一般，就像上面提到的巴塞罗那足球俱乐部的例子。更为不幸的是，投资者付出了梅西级别的成本，得到的却是比梅西级别差好多的基金经理（因为全世界只有少数几个梅西级别的球员）。在这种情况下，投资者的回报当然惨不忍睹。

在这里让我再通过一个实际例子来说明这个道理。

2008年1月，巴菲特和一家叫Protégé Partners LLC[1]（后文简称Protégé）的组合基金公司打了一个赌。这个赌很简单，巴菲特说，从2008年1月开始，之后的10年，标准普尔500指数的回报将会超过对冲基金给予投资者的平均回报。Protégé是美国一家比较有名的组合基金公司，他们的特长就是选择对冲基金。在公司网站，他们对自己的介绍是"专业选择小型、多种投资策略的对冲基金"，这个赌的赌注是100万美元。

---

[1]   Protégé是一家总部位于美国纽约州的对冲基金公司，经营着8只私募基金，管理的总资产约为13.1亿美元。

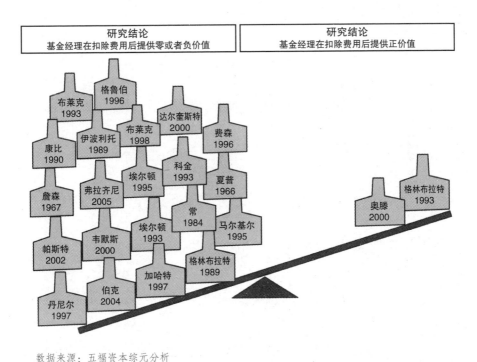

数据来源：五福资本综元分析

图2-8　扣除费用后基金经理创造的价值

　　在开始打赌的第一年，巴菲特一方输得较多，因为那一年正好经历了金融危机，如图2-9所示，标准普尔500指数跌了接近40%，而Protégé投资者的年回报率为-20%左右，虽然也是亏钱，但要比买股票亏得少。这恰恰也是Protégé在宣传其服务时主打的招牌：对冲基金由于既可以做多，也可以做空，因此在市场下跌时可以给予投资者更好的保护。

　　但是在2008年之后的每一年，标准普尔500指数的年回报率都超过了Protégé投资者的回报率。9年之后，截至2017年年底，标准普尔500指数的回报率领先对冲基金投资者高达50%以上，年回报率领先5%以上。这个100万美元的赌约给了投资者们很多思考空间。其中一个非常重要的教训值得广大投资者反复提醒自己，那就是基金经理的高收费最终会毁了投资者。

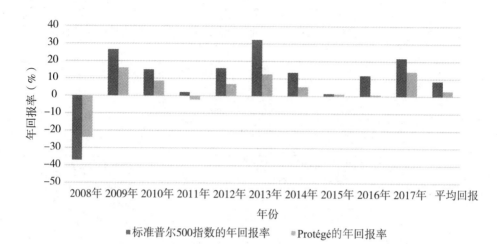

数据来源：伯克希尔·哈撒韦公司2017年年报

图2-9　标普500指数与Protégé回报率对比

事实上，巴菲特对投资者忽视投资成本造成不必要的损失有过多次提醒。在伯克希尔·哈撒韦公司致股东信中，他曾经讲过一个土豪家族的故事。

假设土豪家族拥有全美国所有公司的股权，那么他的所有家族成员都可以享受这些公司每年的盈利，包括分红。这个数字在2014年大概是每年9 600亿美元。有一天，一个帅小伙对土豪家族中的几个兄弟说："我可以帮你们取得比目前更高的回报。"这个帅小伙的名字叫券商，券商帅哥说："如果你们看到要上涨的股票，我就帮你们购买；如果你们看到要下跌的股票，我就帮你们抛出，这样低买高卖，你们就可以取得比其他兄弟姐妹更好的回报。"那几个兄弟觉得这个主意不错，开始通过券商帅小伙进行股票交易。当然券商帅小伙也得到了他的佣金。注意，这个佣金是从那9 600亿美元中扣除的。

过了一段时间，又来了一个美女，名叫基金经理。美女基金经理对土豪兄弟说："你们平时要上下班，还要照顾孩子，又要出国旅游，没有那么多时间关心股票市场，这样炒股不亏才怪。我不一样，我的工作就是职业选股，我可以帮助你获得更好的回报，这样你就可以有时间去干别的事情了。"土豪兄弟一听觉得有理，于是让美女基金经理也来帮他。当然，天下没有免费的服务，美女基金经理在提供自己的选股服务时，又要从上面提到的9 600亿美元中分走一杯羹。

再后来又来了一位大爷，名叫投资咨询顾问。大爷对土豪兄弟说："你看现在市场上有那么多美女基金经理供你选择，你怎么知道谁的水平高呢？万一你选到了一个外强中干的美女经理，岂不是让自己的钱打了水漂？我这里有完整的数据库以及很严格的分析，可以帮助你选择更好的美女基金经理以获得更高的投资回报，当然我也需要收取一定的咨询费。"

每一个来给土豪家族的兄弟们提供帮助的人都会收取相应的费用，而他们本身并没有增加原本的总财富规模。结果就是他们推着一车钱走了，而土豪家族总体上并没有获得任何好处。

巴菲特举这个例子的目的是想要提醒投资者，各种金融公司会巧立名目向投资者收取各种费用。如果投资者不加注意，那么本来属于投资者的回报就会在不知不觉之间从指缝中流走。

第3章 错误三：对长期坚持的重要性认识不足

在中国的传统文化中，人们对于"耐心"是非常推崇的，像"只要功夫深，铁杵磨成针""心急吃不了热豆腐"等俗语讲的都是同一个道理：不要眼高手低，幻想一夜暴富，要想获得成功，只能靠持之以恒，水滴石穿。

但是到了投资上，很多投资者就把这个重要的道理抛到了九霄云外。一些投资者对于投资的态度就像前中国首富王健林说的：先定一个小目标，比如赚上一个亿。

很可惜的是，现实没有想象中那么美好，一个亿也没有那么好赚。在本章中，我将通过数据和分析，向读者们展示在投资中坚持和耐心的重要性，以及无法坚持长期投资对投资者造成的损失，希望可以帮助大家建立更为健康和符合现实的投资心态。

长期投资，回报更加稳定

美国的投资大师巴菲特说过："成功的投资需要时间和耐心。即使付出再多的努力，有再高的天赋，有些事情没有时间是不会发生的。"

　　巴菲特想提醒广大投资者的是，心急吃不了热豆腐。指望在短时间内靠所谓的"投资"一夜暴富是非常愚蠢的，那不叫投资，叫投机。

　　那为什么投资需要比较长的时间呢？有什么证据支持这个说法吗？在这一节我们就详细谈谈这个问题。

　　首先来看看图3-1。

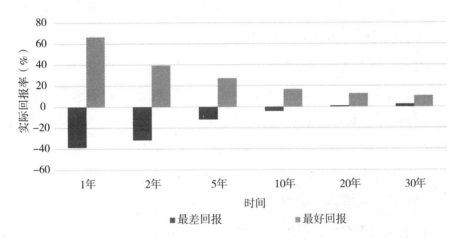

数据来源：杰里米·J. 西格尔. 股市长线法宝[M]. 马海涌，王凡一，魏光蕊，译. 北京：机械工业出版社，2018.

图3-1　美国股市的实际回报率（1802—2012年）

　　图3-1显示的是美国股票市场210年里的年回报范围（扣除通货膨胀后的真实回报）。我们可以看到横轴上将回报区间分成了1年、2年、5年、10年、20年、30年，即该图显示的是在过去210年间的美国任意1年、2年、5年、10年、20年、30年的股市回报范围。最差回报是指任何X年中最差的年回报，最好回报是指任何X年中最好的年回报。

　　从图中我们可以看到，如果一个投资者的投资时间比较短（比如1年），那么他从股市得到的回报会非常难以捉摸。运气好的时候，可能一年就能有高达66%的回报率；如果运气不好，那么他就可能亏损高达40%。但是如果将投资的时间维度拉长，我们就会发现，股票市场回报的范围将大大缩小。比如在过去210年的任意10年区间里，美国股票投资者每年的真实回报率（扣除通货膨胀以后）在-4.1%~16.8%；在过去210年中的任何20年中，美国股票市场的真实回报率在1.0%~12.6%。换句话说，在美国历史上的任何时候，只要购买并持有股票超过20年，那么这位投资者一定赚钱，即他的投资回报会超过通货膨胀。

如果投资者对于短期的股市走向没有判断能力的话，那么他更好的选择是长期持有股票，因为长期持有股票的回报更加稳定，并且亏钱的概率更小。

上面说的是美国的情况，那么中国的情况如何呢？

图3-2中显示的是从1993年到2021年年底中国A股市场的实际年回报率（扣除通货膨胀）。大家可以看到，如果持有周期只有一年，那么投资者最可能的结果就是大喜或大悲，即在运气好时可以赚很多，而在运气差时也会亏损很多。但是如果将投资期限拉长，投资回报的范围会大大缩小。截至2021年年底，过去任意20年的A股股市实际年回报率（扣除通货膨胀后）在1.2%~9.3%，也就是说只要投资者有耐心持续持有A股20年，就能大概率跑赢通货膨胀。

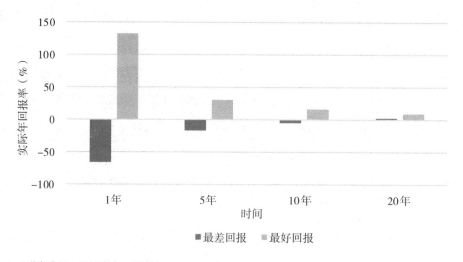

数据来源：五福资本，彭博社

图3-2 中国A股市场的实际年回报率（1993—2021年）

为什么短期来讲股市回报大起大落，但长期来看却要稳定得多呢？这就要从股市回报的来源说起。

大致来讲，我们可以把股市回报分为两类：基本面和投机面。基本面是指股票自身给予投资者的回报，主要来自公司分红和盈利增长。而投机面则主要反映了大众对于市场的悲观或者乐观情绪。从比较长的时间维度来看，基本面给予投资者的回报是可以预测并且比较稳定的，而投机面则变化无常，经常在"天堂"和"地狱"之间游走。

图3-3显示了美国股市在1920—1990年的70年中，每10年给予投资者的年回报分析。我们把年回报分成两类：基本面（即股息和盈利增长部分），以及投机面（市盈率倍数回报部分）。市盈率倍数主要反映了投资者对于股票市场的情绪感觉：如果投资者比较乐观，那么所有股票的市盈率倍数都会比较高，而当投资者比较悲观的时候，所有股票的市盈率倍数都会比较低。因为市场情绪乐观的时候，所有股票的估值都会被推高，它们的平均市盈率倍数也会增长，在这样的年代里，垃圾股的价格也会上涨不少；而当市场情绪悲观时，所有股票的估值倍数都会下降，即使是业务非常稳定的蓝筹股，也可能遭到大量抛售导致其价格处于低到离谱的水平。

我们可以看到，在美国股票历史上，除了20世纪30年代大萧条那10年，其他时期股票市场的基本面回报率大致来说是非常稳定的，扣除通货膨胀之前大约为每年10%，但是股票市场的投机面，即人们的情绪对于股票的影响，则有非常大的起伏。

有时候大众非常乐观（比如20世纪50年代），因此股票给予投资者的回报非常高；而有时候大众则非常悲观（比如20世纪70年代），那个年代的股票给予投资者的回报则令人很失望。这方面的例子在各国股市中都很常见，比如2015年上半年，很多人都对中国股市充满了乐观情绪，像打了鸡血一样，期望上证指数达到8 000点，甚至1万多点。而到了2015年下半年，市场情绪完全反转，从"天堂"一下子跌入"地狱",充满了各种悲观情绪。

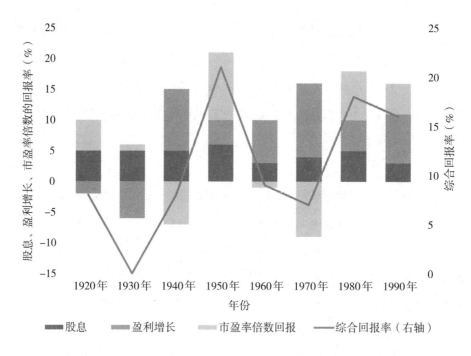

数据来源:约翰·博格.共同基金常识[M].巴曙松,吴博等译.北京:北京联合出版公司,2017.

图3-3 美国股市历史回报分析(1920—1990年)

　　如果将时间维度拉长,我们可以发现,投机面因素(即人们的乐观和悲观情绪)大致可以互相抵消,因此在过去100多年间,美国股市的回报率大约是每年10%(扣除通货膨胀前)。而这10%的回报率恰恰是基本面因素(股息和盈利增长)给予投资者的长期平均回报。

　　如果投资者想要在短期内从资本市场获利,那么非常重要的一点,就是他需要对短期内的投机面,即大众的投资情绪(乐观或者悲观)有一个非常准确的判断。用行内话说,就是投资者需要择时而动。如果投资者没有择时的能力,那么更好的投资策略便是选择长期持有低成本的指数型基金。

聪明的投资者放弃择时

择时，英语里叫作market timing，顾名思义，就是选择买入股票和卖出股票的时机，并试图从中获利。

每个投资者都喜欢择时而动，因为每个人都有自己的观点。我们每天阅读报纸、杂志和互联网上大量的财经新闻，同时也从彭博社和财经频道观看各种关于经济形势的辩论。将自己看到的、听到的综合起来，形成自己的观点，并在此基础上进行买卖，是一件很有趣的事。

除此之外，我们对择时交易的偏好还有行为学上的原因。大量研究表明，冒了风险之后获得胜利的感觉会给人相当大的快感。从这个意义上说，预测美元兑日元的汇率或者A股指数的涨跌并从中交易获利，可以获得一定的快感。

因此，择时对于投资者的诱惑是非常大的。除了上面提到的赌博的快感，如果可以正确地判断股市的低点和高点，那么通过在低点买入高点卖出，投资者就可以获得非常丰厚的回报。

图3-4中做了一个简单的计算，回顾了美国股市过去25年（1996—2021年）的回报率，这25年中一共有6 500多个交易日。如果在这25年中投资并持有标准普尔500指数，那么投资者的回报率是每年大约8%（不包括红利），但是如果可以预测到下跌最大的5天，并且避免掉这5天（假设在这5天中的每一天之前都把股票卖掉，并在1天后买回相同的股票），那么投资者的回报率可以提高到每年10%左右。如果可以避免掉这25年中下跌最大的40个交易日，那么投资回报率可以上升到每年18.6%左右。当然，5天相对于6 500多个交易日来说还不到总样本的0.1%。要想取得这样的超额回报，投资者需要有非常高超的预测能力，能预见到第二天是一个大跌的日子，并且在大跌前把股票卖掉，同时在大跌后一天再把股票买回来。进行这样的择时的一个危险在于，如果投资者的预测发生错误，在不该卖出的日子将其持有的股票卖掉，那么他的投资回报将会受到毁灭性的打击。

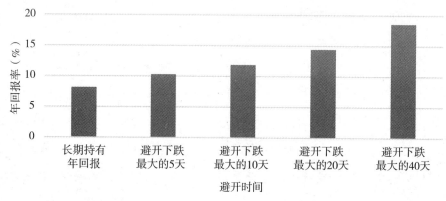

数据来源：彭博社

图3-4 避开下跌日的标准普尔500指数的年回报率（1996—2021年）

如图3-5所示，同样以过去25年（1996—2021年）的标准普尔500指数年回报率为例。这25年投资并持有标准普尔500指数的投资回报率为每年8%左右（不包括红利），但是如果投资者由于各种原因在股市上涨最大的5天没有持有股票（踏空），那么其回报率就会下跌到每年6.2%左右。如果投资者错过了股市上涨最大的10天，那么其回报率会进一步下跌到每年5%左右，而如果投资者不幸错过了上涨最大的40个交易日（占总样本的0.6%左右），那么其回报率就变成了惨不忍睹的每年-0.5%左右。

也就是说，如果投资者搞错了6 500多天中的5天，在上涨最大的5天阴差阳错没有持有股票，那么他即使坚持投资20年，也很难把那5天的损失补回来。如果错过的天数更多（比如20天或者40天），那么投资者很可能一辈子都不能把损失弥补回来了。

有朋友可能会问，你上面说的都是美国的股市，我们国内股市和美国股市不一样，上面提到的美国股市规律在中国股市也适用吗？

事实上，上面提到的道理在A股也是类似的，甚至更加明显，因为A股的波动更大。

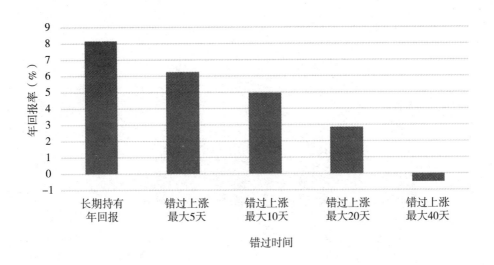

数据来源：彭博社

图3-5　错过上涨日的标准普尔500指数的年回报率（1996—2021年）

如图3-6所示，同样以过去25年（1996—2021年）的上证综合指数年回报率为例。这25年中投资并持有上证综合指数的投资回报率为每年9.3%左右（没有包括公司红利回报），但是如果投资者由于各种原因在股市上涨最大的5天没有持有股票，那么其回报率就会下跌到每年7.4%左右。如果投资者不幸错过了上涨最大的40个交易日，那么其回报率就变成了惨不忍睹的每年-1.4%左右。

在1996年到2021年的25年里，上证综合指数的年回报率每年大约为9.3%，其实是很不错的。但是很多投资者在这样一个"牛市"中也无法赚钱，其中很大一个原因就是择时的企图落空，错过了股市上涨最大的几个交易日，以至于严重拖累了自己的投资回报。

美国作者马克·赫布纳（Mark Hebner）在他的著作《指数基金：主动型投资者的12步转型方案》[1]中提到了几篇关于投资者择时问题非常不错的研究分

[1]　HEBNER M. Index funds: the 12-step program for active investors [M]. California: IFA Publishing Inc., 2006. （中文书名为编者译）。

析，我在这里和读者分享一下。

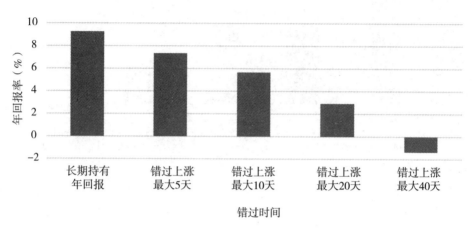

数据来源：彭博社

图3-6　错过上涨日的上证综合指数的年回报率（1996—2021年）

首先，很多投资者最关心的一个问题是：如果我的择时策略是有效的，我需要保证的最低预测准确率是多少？

美国著名金融经济学家，诺贝尔奖得主威廉·夏普（William Sharpe）曾经研究过这个问题。他在一篇学术论文中提出，要想在择时的游戏中占得便宜，预测者需要达到74%的准确率，如图3-7所示。如果无法达到74%的准确率，那么投资者还不如做个傻瓜，买个被动型指数基金并长期持有。

那么有没有人能够达到74%的预测准确率呢？夏普统计了当时美国一些比较有名的股票预测专家的记录，发现竟然没有一个人能够达到74%的准确率。在图3-8中我们可以看到，记录最好的预测专家肯·费舍尔（Ken Fisher），他的预测准确率为66%左右，这已经是十分惊人的准确率了，但还是没有达到74%这个可以帮投资者赚钱的准确率，其他那些蹩脚的预测专家就更不用提了。

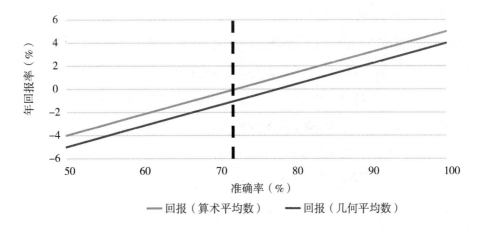

数据来源：SHARPE W. Likely gains from market timing [J/OL]. The financial analysts journal, 1975, 31 (2): 60-69 [2020-06-01]. https://www.tandfonline.com/doi/abs/10.2469/faj.v31.n2.60.

图3-7　预测者需要达到的准确率

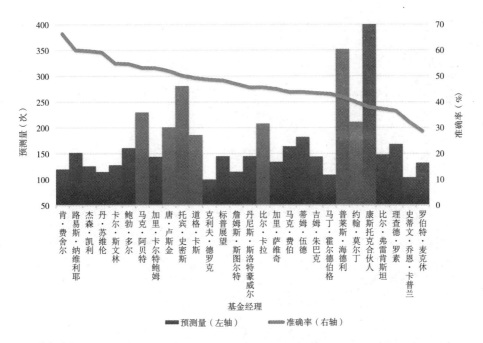

数据来源：SHARPE W. Likely gains from market timing [J/OL]. The financial analysts journal, 1975, 31 (2): 60-69 [2020-06-01]. https://www.tandfonline.com/doi/abs/10.2469/faj.v31.n2.60.

图3-8　预测者实际达到的准确率

在美国，预测股市的除了上面这些专家，还有很多投资简报和投资杂志，这类出版物大多由"专家"或者"专家组"撰写，其中有很大一部分重要的内容即预测股市的走向，那么这些期刊的预测准确率有多高呢？

美国有位学者约翰·格雷厄姆（John Graham）收集了数百本投资期刊，并对它们对于股票市场的预测做了统计分析，得出的结果同样不乐观。

如图3-9所示，横轴显示的是投资月刊中建议读者增加购买股票的比例（0～60%不等），而纵轴显示的是在做出推荐之后的下一个月美国股市的回报率（介于-20%～20%）。我们可以看到，这些投资期刊做出的购买股票的预测，和股市的走向基本没有相关性。很多时候，投资期刊给出了增加购买20%～40%股票的建议，而下一个月股市就下跌了10%，甚至在个别月份还会下跌20%。

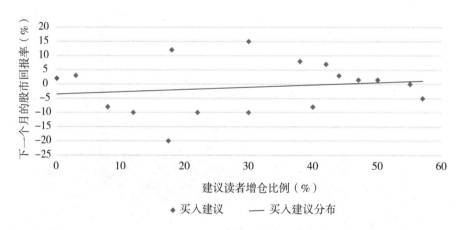

数据来源：GRAHAM J, HARVEY C. Market timing ability and volatility implied in investment newsletters' asset allocation recommendations [J/OL]. Journal of financial economics, 1996, 42 (3): 392-421 [2020-06-01]. https://www.sciencedirect.com/science/article/abs/pii/0304405X96008781.

图3-9　投资期刊中买入建议的准确性

在这些投资期刊做出看跌预测、建议投资者卖出手上的股票时，其正确率也很差劲。比如图3-10显示，在这些投资期刊建议卖出股票后的一个月，美国股市大约有一半时间是上涨的，也就是说那些所谓的"专家建议"和投一枚硬币然后根据正反面去买卖股票结果差不多。

现在，让我们将学术界做过的研究综合起来，分析一下到底投资者择时而动的能力有多少。

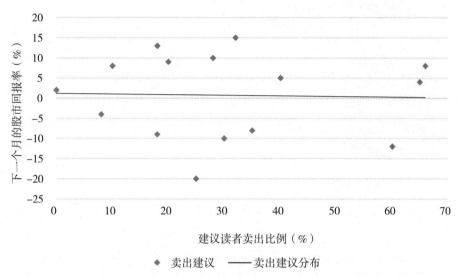

数据来源：GRAHAM J, HARVEY C. Market timing ability and volatility implied in investment newsletters' asset allocation recommendations [J/OL]. journal of financial economics, 1996, 42 (3): 392-421 [2020-06-01]. https://www.sciencedirect.com/science/article/abs/pii/0304405X96008781.

图3-10 投资期刊中卖出建议的准确性

如图3-11所示，五福资本研究汇总的综元分析中花了不少时间整理了发表于国际顶级期刊的学术研究结果，并将研究结果划分为两类。

第一类：投资者有择时的能力，即使在扣除交易费用和其他费用之后，投资者仍能获得超额的回报，用右侧的砝码表示。

第二类：择时对于投资者来说创造了负价值或者零价值，由左侧的砝码表示。

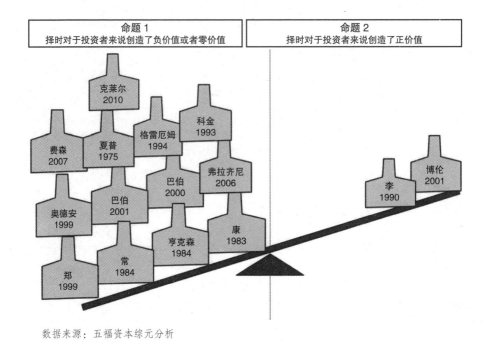

数据来源：五福资本综元分析

图3-11　投资者择时而动的能力

大多数研究发现，择时会让投资者的回报更差，即广大投资者无法通过择时为自己赢得更好的投资回报。例如，一项研究表明，"择时的努力会让投资者每年损失2.65%的净回报"[1]。另一项研究发现，"在1991至2004年，股票型基金投资的择时决定每年会让投资者损失1.56%"[2]。

这些学术研究的结论和我们观察到的结果是相符的。

如表3-1所示，截至2021年年底，不管是过去1年、3年、5年、10年、20年或

[1]　BARBER B, ODEAN T. Boys will be boys: gender, overconfidence, and common stock investment [J/OL]. Quarterly journal of economics, 2001, 116 (1): 261-292 [2020-06-05]. https://www.researchgate.net/publication/24091730_Boys_Will_Be_Boys_Gender_Overconfidence_And_Common_Stock_Investment.

[2]　FRIESEN G, SAPP T. Mutual fund flows and investor returns: an empirical examination of fund investor timing ability [J/OL]. Journal of banking & finance, 2007, 31 (9): 2796-2816 [2020-06-10]. https://www.sciencedirect.com/science/article/abs/pii/S0378426607001422.

者30年的投资回报，希望通过择时获得回报的投资者的真实回报总是低于傻瓜型购买并持有指数基金的投资者的回报。过去30年间，美国主动型股票基金每年的平均回报率是7.13%，而标准普尔500指数基金在同一期间的平均回报率则为每年10.65%。

表3-1　美国股票基金平均回报率与标准普尔500指数平均回报率对比

时间（截至2021年年底）	美国股票基金投资者回报率（%）	标准普尔500指数回报率（%）
过去1年	18.39	28.71
过去3年	21.56	26.07
过去5年	14.8	18.47
过去10年	13.44	16.55
过去20年	8.13	9.52
过去30年	7.13	10.65

数据来源：DALBAR. 2022 Quantitative analysis of investor behavior - variable annuities ("QAIB-VA") [R/OL]. (2021-12-31) [2022-01-03]. https://www.dalbar.com/catalog/product/168.

在本节的最后，让我援引几位智者对于投资者热衷择时这一行为的评论吧。

价值投资理念的鼻祖，巴菲特的老师——本杰明·格雷厄姆（Benjamin Graham）曾经说过："在我研究了华尔街过去60年的历史后，我得出的结论是：没有人可以预测股市的走向。"

美国著名学者威廉·伯恩斯坦（William Bernstein）在他的一本著作《有效资产管理》[1]（*The Intelligent Asset Allocator: How to Buid Your Portfolio to Maximize Returns and Minimize Risk*）中说："这个世界上有两种投资者，第一种是不知道股市往哪里走的，第二种是不知道他们自己不知道股市走向的，但是事

[1]　威廉·J. 伯恩斯坦. 有效资产管理[M]. 王红夏，张皓晨，译. 北京：机械工业出版社，2013.

实上还有第三种人，他们靠假装可以预测股市的走向来骗吃骗喝。"

耶鲁大学基金会前主席查尔斯·埃利斯在《投资艺术》[1]（*The Elements of Investing: Easy Lessons for Every Investor*）中提到："择时是一个非常糟糕的主意，永远不要去尝试。"

坚持长期投资的关键：多元分散

在和众多投资者沟通的过程中，我发现了一个很多人面临的共同难题。绝大部分投资者都同意应该保持长期投资的习惯，但是他们经常无法坚持下来。其中一个主要的原因就是：很多投资产品（比如股票）的价格波动实在太大。当某只股票的价格下跌超过20%甚至更多时，很多投资者就坐不住了，感觉一定要做些什么，而很多研究表明，投资者在这个时候做出的决策恰恰是最不理性的。

那么有什么应对方法呢？答案是：跨资产类别和跨地域的多元化投资策略。在这一小节中我将详细谈谈这个问题。

塔木德的智慧

多元投资，即不要把鸡蛋都放在一个篮子里。这个概念可以追溯到3000多年前的犹太法典《塔木德》（*Talmud*）。《塔木德》在犹太教中被认为是地位仅次于《塔纳赫》（*Tanakh*，即犹太教正统版的《希伯来圣经》）的宗教文献。在《塔木德》中，一位睿智的古人明智地给出了以下建议：把一个人的财富平均地分散在商业实体、房地产和现金之间。《塔木德》中的原话是这么说的："一个人应当每时每刻都把自己的财富分成3份：1/3投入土地，1/3投入商业，1/3留在手上。"（如图3-12）

---

[1] 查尔斯·艾里斯.投资艺术[M].刘思延，译.北京：中国财政经济出版社，2002.

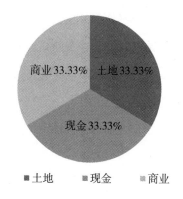

图3-12　《塔木德》中的财富分配建议

这个古老的概念后来被莎士比亚加以发挥，体现在其著作《威尼斯商人》之中。让我在这里摘抄一段这部经典著作的名言：

My ventures are not in one bottom trusted

Nor to one place; nor is my whole estate

这首诗的意思是：我的财富不能放在一个篮子里，它们不在一个地方，也不在一所房子中。可见威尼斯商人夏洛克在如何保护自己财产方面可谓十分精明。

现代金融理论对于投资多元化的研究始于20世纪50年代。从大的方面来讲，多元分散需要在多个维度上实现：资产分散（不同的资产类别）、市场分散（不同的国家市场）和时间分散（坚持长期投资）。

资产分散

资产分散的理论依据来自诺贝尔经济学奖获得者哈里·马科维茨（Harry Markowitz）提出的现代资产组合理论（Modern Portfolio Theory）。现代资产组合理论提出，如果在资产组合中加入新资产，那么就有可能在不改变资产组合收益的情况下降低风险。

现代资产组合理论的基本逻辑是投资者在做出自己的投资决策时，不应该孤立地看待自己的投资标的，而应该把他们放在一起作为一个投资组合看待。比如只关注自己买的可口可乐股票或者在上海浦东的某套商品房，是没有意义的，聪明的投资者应该把所有的资产全都组合起来一起研究。

通过一些科学的方法，把不同资产组合在一起，马科维茨为投资者发现了一道"免费午餐"。因为不同的资产之间的相关性不高，把他们放在一起就可以在不损失资产回报的前提下，有效地降低整个投资组合的风险（即波动性）。相关性不高是什么意思？就是比如投资者同时持有股票和房子，股票的价格会上下波动，房子的价格也会上下波动，但这两者的价格不会在同一时间一起上下波动。在大部分情况下，股票价格上升时，房子的价格可能上升，可能不动，也有可能下降，房价和股票一起上涨的情况较少。

在这里举个很简单的例子，图3-13是美国一些大公司从2001年到2011年（10年）的股票价格收益和风险（股价变动标准差）之间的对比关系。可以看到，如果把市场上所有的公司都汇总在一起（图中标准普尔500指数），其收益要高过很多单独的公司（比如英特尔、通用电气、思科等大公司），而风险却要低过这些大公司。这就是马科维茨对金融领域的贡献：通过将不同的股票组合起来，投资者不仅降低了投资风险，同时也提高了投资回报。

马科维茨的发现是划时代的，这也是他获得诺贝尔奖的原因之一。现代投资组合理论对于金融理论的贡献在于，它证明了通过分散投资，可以有效地降低投资风险。

一个好的多元分散的资产组合，其理想的状态是兼容并包，囊括所有的资产，在这里举个简单的例子。

如果在一个股票组合中加入公司债券，那么该投资组合的风险可以被显著降低。表3-2比较的是两个不同的资产组合在2002年年底到2022年年底的回报表现。资产组合1是100%的美国股票，而资产组合2是一半美国股票、一半美国投资级别公司债券。我们可以看到，投资组合2的风险（波动率）明显比组合1低很多，最大回撤也要小不少。这也验证了马科维茨现代资产组合理论的正确性，即将不同资产组合起来，可以有效降低投资风险。

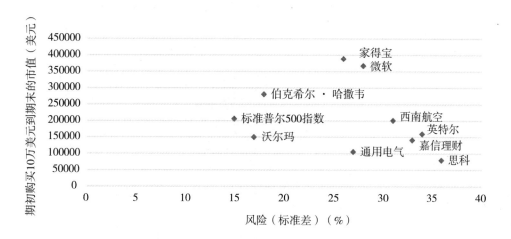

数据来源：标准普尔公司，彭博社

图3-13　美国大公司的收益和风险（2001—2011年）

表3-2　不同资产组合的回报与风险

项目	资产组合1	资产组合2
内容	100%美国股票	50%美国股票，50%美国投资级别公司债券
年回报率（%）	7.69	5.07
年波动率（%）	18.6	12.8
最大回撤（%）	57	42

数据来源：五福资本，彭博社

如此资产组合的另一个好处是，在金融危机时期，组合资产的抗跌能力要比单一资产好很多。比如美国股票在2008年金融危机的最大回撤达到了57%，而同期双资产组合配置的最大回撤为30%，比单个股票的资产组合要好很多。

所以在一个理想的多资产配置设计中，该组合应该包括各种能够给予投资者长期回报的资产类型。比如图3-14显示的就是一个典型的多资产配置组合，在这个资产组合中，投资者的配置包括了股票、政府债券、公司债券、房地产和短期债券，可谓大而全。

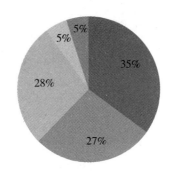

图3-14 多元资产配置组合

数据来源：五福资本

市场分散

多元分散还有一个重要的原则就是市场分散。以股票投资来说，作为投资者的我们是应该持有美国股票还是中国股票？持有的股票要不要包括欧洲和日本的，或者印度和巴西的？这是很多投资者面临的比较头疼的问题，而我的建议是：你应该持有全世界所有国家的股票。

我们在购买全世界所有国家的股票时，可以把自己想象为"世界资本主义集团"这家公司的股东。"世界资本主义集团"在2014年的市值是43万亿美元左右，销售额达到了26万亿美元，利润总额2万亿美元。这家公司有1万多个首席执行官（CEO），覆盖400多个行业，在全球接近200个国家都有分公司。

根据目前世界股票市场上的市值，在这家"世界资本主义集团"的国家分配权重如下：美国大约占一半，其次是欧洲，然后是日本和其他国家。作为这家公司的股东，我们应该投资所有这些国家上市公司的股票。

通过投资所有国家来进行合理分散的另一个重要原因是：作为一个投资者，我们很难预测接下来哪个国家的股票表现会更好。

从历史上来看，发展中国家由于在这些方面的建设不及发达国家，因此其资本市场的回报也不及发达国家。英国伦敦商学院的教授埃尔罗伊·迪姆森（Elroy Dimson）和他的同事们检验了世界上40个国家从1900年开始到2020年年底的股市，股市回报如图3-15所示。最后，埃尔罗伊和同事们得出的结论是在过去的100多年间，发达国家的股市年回报率达到8.4%左右，而发展中国家的股市年回报率在7.1%左右。这样的差别看似不大，但经过100多年的复利增长，就产生了4倍左右的回报差距，即投资发达国家股市的回报要比投资发展中国家的股市回报多4倍左右。

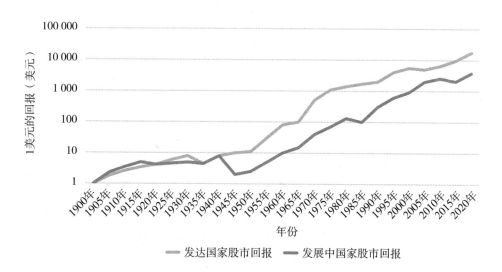

数据来源：E.迪姆森，P.马什，M.斯汤腾.投资收益百年史[M].戴任翔，叶康涛，译.北京：中国财政经济出版社，2005.

图3-15　发达国家与发展中国家的股市回报（1900—2020年）

那么是不是购买发达国家的股票一定会胜过发展中国家的股票呢？这倒也不尽然。

图3-16显示的是过去100多年间，世界上发达国家和发展中国家股票市场的回报率。我们可以看到，在每个10年区间里，发达国家和发展中国家的股票回报大相径庭。

比如在20世纪80年代和20世纪90年代，发达国家的股市表现要比发展中国家出色，但是到了21世纪的头10年（2000—2009年），发展中国家的股市表现又超过了发达国家，而这个情况到2010—2020年又开始发生逆转。

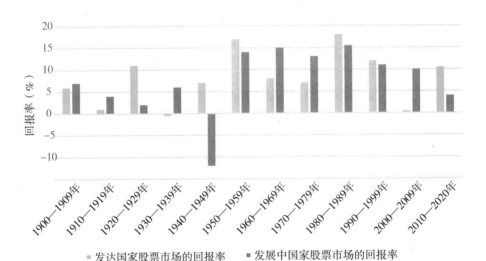

数据来源：E.迪姆森，P.马什，M.斯汤腾.投资收益百年史[M].戴任翔，叶康涛，译.北京：中国财政经济出版社，2005.

图3-16 发达国家与发展中国家股票市场的回报率（1900—2020年）

如果我们把投资范围局限于一个国家，就可能面临难以预测的不确定性投资风险，导致自己蒙受非常严重的投资损失。以日本的股市为例，日经指数从1980年的5 000点左右上涨到1990年的40 000点左右，10年间涨幅高达700%，堪称世界之最。同时，1985年日本和美国、英国、法国、德国签订了《广场协议》后，日元在接下来的5年（1986—1990年）中从1美元兑250日元升值66%左右，到达了1美元兑150日元的水平。如果以美元计，日本股市在1980年1月—1990年1月的升值幅度远超过世界上任何一个国家。

但是如果投资者继续把投资放在日本国内，那么他在接下来的10年中的回报则会惨不忍睹。从1990年到1999年的10年间，日经指数从40 000点左右的高点下跌到10 000点左右，跌幅高达75%。同期，标准普尔500指数的涨幅大约在317%（从1990年1月1日的350点上涨到1999年12月31日的1 458点），如果投资者将全部鸡蛋都放在一个篮子里，那么他需要承担的风险是巨大的。

让我们再就2000—2020年的世界股票回报表现做一下分析研究。

表3-3显示的是过去20年美国、欧盟和中国的股票历史回报（扣除当地货币通货膨胀前）。大致来讲，前10年由于受到两次金融危机的打击，美国和欧盟的股票回报相当差劲，中国A股的回报明显优于美国和欧盟。然而到了后面10年，形势发生了反转，作为危机始发国的美国采取了非常激进的宽松货币政策作为应对，因此很快从危机中恢复了过来，欧盟的股市也有所复苏，但受到其他一些因素（比如欧元的先天性设计缺陷，西班牙、葡萄牙、希腊、意大利等国的债务问题等）的影响，其反弹幅度不如美国。而中国A股的回报则依然不温不火，落后于美国和欧盟的股票市场。

表3-3　美国、欧盟和中国的股票年回报率（2000—2020年）

国家及其股票代表指数	2000年12月31日—2010年12月31日	2010年12月31日—2020年12月31日
美国（标准普尔500指数）（%）	-0.52	11.52
欧盟（MSCI EU指数）（%）	0.08	6.85
中国（上证综指）（%）	3.08	2.15

数据来源：彭博社

站在今天的角度，我们要考虑的问题是，相对美国和欧盟股市，中国股市的位置在哪里？我们所处的情况更类似1980年的日本，还是1989年的日本？就像我在上文中举的例子，当日本经济在1990年开始走下坡路，继而经历那下跌的10年、20年甚至30年时，没有人可以预见这场大危机的来临。

事实上，没有证据显示任何人有能力准确地预测接下来的10年中，哪个国家的哪种资产表现会更好。在这种情况下，更理性的选择就是多元分散，将每个国家的不同资产都购买一些。

不可知的不确定风险

美国前国防部部长拉姆斯菲尔德（Rumsfeld）说过，这个世界上有很多种不同的风险，比如有我们知道的确定风险，也有我们知道的不确定风险。但我们面临的最大风险，是不可知的不确定风险。如果回顾历史，就会发现这种连我们自己都不知道的不确定风险会对我们造成最大的伤害。

坚持多元投资策略的另一个更重要的原因，是我们在未来可能面临不可知的不确定风险。这种风险的特点就是，首先我们很难量化其发生的概率和可能造成的损失，其次我们压根不知道有这样的风险，因此根本不可能提前准备。多样化的投资是应对这样一个充满未知的世界的最好方法之一。

2008年发生的金融危机就是这样一个典型的不可知的不确定风险事件。没有人预料到2008年金融危机的来临，以及它对经济造成的影响，所有的政府领导人和央行行长们只是在对不断发生变化的时局做出自己的本能反应。由于没有人是做好充分准备来应对这场危机的，因此更加加剧了事件变化的不可预测性，没有人知道政府和央行会推出何种政策来应对危机，所有这些不确定性加在一起，就极大地增加了投资者在当时做出理性决策的难度。

在2008年的最后一个季度，雷曼兄弟（Lehman Brothers）公司宣布破产，美国国际集团（AIG）在破产的边缘徘徊，而花旗银行（Citibank）很有可能被政府国有化。在那一刻，投资者面临的是十分困难的局面：坚持持有股票的话，手中的财富可能会变得一文不值，因为虽然股市已经下跌了40%，但难保不会继续下跌。当然投资者也可以在当时股市估值非常低的情况下出售股票，保有现金，但这也会导致投资者失去股市反弹时挣回之前损失的机会。

事实上，大多数投资者选择的方式是出售部分甚至全部股票，这一决定在今天看来十分错误，因为投资者恰恰在股市达到底部时选择了割肉平仓，错过了之后的大牛市，但要任何一个投资者在当时的情况下坚持持有股票也是一件非常困难的事情。这也是2009年股市反弹如此迅猛的原因之一。因为大部分投资者都已经离开股市，因此在市场复苏的时候，绝大部分投资者都需要买进股票以补仓。

多元化的投资组合可以向投资者提供一些缓冲，因为即使股票大跌，至少还有其他资产，比如债券、现金和房地产，可以为投资者提供一些回报。这也是现代资产组合理论的贡献之一，即所有的资产类别，包括股票、债券、现金和房地产，在同一时间大幅度下跌的概率是很小的。

当然，2008年的金融危机是比较少见的，因为那时候标准普尔500指数、房地产信托、大宗商品和公司债券全都在下跌，唯一挺住的是政府债券和现金（如图3-17），这也凸显了在投资组合中囊括所有资产类别的重要性，即在一个理性投资者的资产配置中，需要包括那些偏风险的资产如股票和房地产，也需要囊括那些偏保守的资产如政府债券和公司债券。

如果回顾美国过去210年的资产回报就会发现，在任何一个30年间，股票回报有91.2%的机会高过债券或者现金。然而，债券仍然有8.8%的机会将提供比股票更好的回报，最近的一次是1982年到2011年。所以即使是最大胆的投资者，纵使有无限长的投资时间，他也应该持有一些多样化的资产组合。

在这里再给大家举一个美国股票和债券长期回报的例子（如表3-4）。

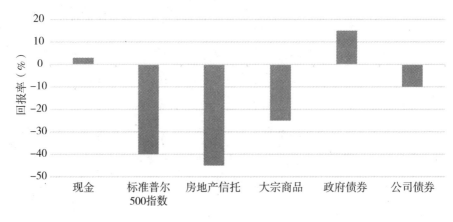

数据来源：彭博社

图3-17 2008年不同资产（美元）的回报率

表3-4 美国股票和债券的回报（1802—2012年）

持有年数	股票回报大于债券回报的概率（%）
1年	58.5
2年	60.5
5年	67.2
10年	67.6
20年	83.9
30年	91.2

数据来源：杰里米·J.西格尔.股市长线法宝[M].马海涌，王凡一，魏光蕊，译.北京：机械工业出版社，2018.

忽视多元分散给投资者带来巨大损失

很可惜的是，即使在现代资产投资理论被提出70多年后，甚至在该理论已经进入了大部分大学金融系的教材之后，大多数投资者还是对多元分散投资的重要性熟视无睹。

图3-18显示的是五福资本对于该问题的综元分析研究结果。大部分研究发现，世界各国的投资者都没有做到充分分散自己的投资组合。

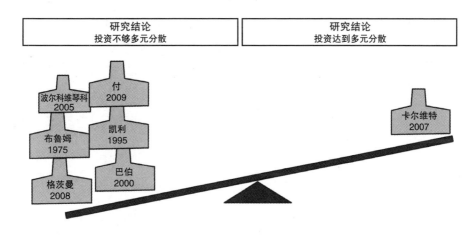

数据来源：五福资本综元分析

图3-18　投资者是否达到了多元分散投资

那么为什么普通投资者对分散投资这一建议不感冒呢？其中有不少原因，比如我们之前提到的行为偏见，如过度自信和本国偏见。本国偏见大多见于大国，如美国、英国和中国的投资者，即这些国家的投资者更喜欢投资本地的股票、债券和房地产市场，而忽略了国际多元分散的重要性。

举个例子，2001年12月，美国的能源企业巨头安然（Enron）公司宣布破产，经历破产风波的安然公司股票价格从2001年1月的每股80美元，一路下滑到2002年1月的每股0.7美元。

在安然公司宣布破产的时候，退休基金的持有者将大约62%的退休基金投资到了本公司的股票中，这些退休基金的持有者大多数是安然公司的在职和退休员工，这些员工和他们的家庭蒙受了巨大的损失。这就是一个投资者忽略多元分散投资的重要性而吃大亏的典型例子。在这个例子中，安然公司退休基金的持有者将自己的投资过多地集中在一只股票上，因此在出现没有人能够提前预测到的"黑天鹅事件"时，遭受了灭顶之灾，连自己的"棺材本"都搭了进去。

聪明的投资者会用合理的成本达到投资的多样化，以帮助自己在资本市场中更好地长期坚持自己的投资策略。合理的多元分散是保证投资者能够长期坚持的重要条件之一。

第 2 部分

投资者必须要了解的投资理论

在和很多有多年炒股经验的投资者聊天时，我发现他们有一个共同的特点，即都认为书本上的金融投资理论没什么用，实战经验才更可靠。

　　这些投资者得出这样的结论，可能和中国资本市场的历史和环境有一定的关系。但是在相对成熟的金融市场，知识就是力量这句话并没有过时。

　　在本书的第2部分，我会向读者朋友们介绍一些重要的投资理论，以及这些理论在实践层面的操作应用。在读完这部分后，希望读者朋友们可以和我一样，意识到金融理论背后蕴含的高度的人类智慧，以及这些理论对于指导投资者获得投资成功的重要作用。

第4章　市场有效性理论

市场有效性理论从诞生开始就饱受争议，特别是华尔街的金融从业者，他们对于来自象牙塔的市场有效性理论一向充满鄙夷和不屑。要知道，如果市场确实是有效的，那么这些华尔街的券商和基金经理做的工作就和占星师差不多［诺贝尔奖得主尤金·法马（Eugene Fama）语］，完全是在忽悠大众。

但是也有越来越多的证据表明，发达国家的资本市场，其有效程度确实非常高。美国一家非常大的基金公司德明信（DFA）的创始人雷克斯·辛克菲尔德（Rex Sinquefield）说过："现在还有谁在怀疑市场的有效性？显然只剩下主动型基金经理。在美国、英国等发达国家，资本市场很难战胜，这一点已经被相当多的证据和研究所证实。"

在本章，我会和大家分享市场有效性理论的来源和背后的逻辑，以及该理论在实践层面的应用。

什么是市场有效性

我在和很多投资者朋友沟通的时候，经常会聊到市场有效性的问题。

大家知道，如果市场是有效的，那么我们在试图选股、择时，或者挑选主动型基金经理时就是在浪费时间，更好的策略应该是购买并长期持有低成本的指数型基金。而如果市场是无效的，那么我们就应该多花一些时间去挑选股票，去择时，或者把钱交给主动型基金经理，让他们帮我们选股和择时。因此市场是否有效，对于广大投资者来说是一个很重要的问题。

很多中国的投资者对于国外的"成熟"市场是比较敬畏的，他们愿意承认美国和欧洲市场属于强有效市场，很难战胜。但是对于中国国内的市场（比如A股市场），他们则会搬出各种理由强调自己进行主动投资的正确性。比如有些朋友会说："你没看到巴菲特吗？股神的存在不就恰恰证明了市场的无效性？"后面没有说出来的一句话是："因此我也可以像巴菲特那样战胜市场。"

另外有些朋友会说："中国市场和美国市场不一样，中国股市里有80%左右的散户，有这么多业余玩家存在，所以这个市场一定无效。"后面没有说出来的一句话是："因此我可以轻松战胜这些业余散户，从而获得比市场平均水平更好的投资回报。"

产生这样的想法很正常，但是这样想究竟有没有证据支持呢？在这一小节中，我就来说说这个问题。

在讨论上面这些问题之前，我们需要先对关于市场有效性理论的历史研究做一个非常简要的概述。1900年，法国的博士生路易·巴舍利耶（Louis Bachelier）写了一篇博士毕业论文，叫《投机理论》。在论文中，巴舍利耶得出结论：在证券价格的历史中没有有用的信息。[1]

巴舍利耶通过数学证明的方式得出结论：买卖股票的预期收益为零（如果算上交易费用，那么买卖股票的预期收益为负）。当时，巴舍利耶的这个论点非常离经叛道，完全背离了大家对于投资的传统认识，因此他的论文被导师们嗤之

---

[1]　BACHELIER L. The theory of speculation [D/OL]. Paris: Sorbonne University, 1990 [2020-06-01]. https://www.investmenttheory.org/uploads/3/4/8/2/34825752/emhbachelier.pdf.

以鼻。

60多年之后，巴舍利耶的理论被美国著名经济学家保罗·塞缪尔森（Paul Samuelson）和尤金·法马等人加以发展，形成了现代金融理论中重要的随机漫步理论和市场有效性理论。

塞缪尔森在他1965年发表的一篇重要的学术论文中得出以下结论：

第一，市场价格（比如股价）是公司价值最准确的估计。

第二，市场价格的变动是随机的。

第三，未来的股价无法预测。[1]

塞缪尔森曾经说过："投资是很无聊的，就像看着油漆慢慢干掉或者草慢慢长出来，如果你想要刺激，那就拿上800元钱去拉斯维加斯好了。"

1970年，美国另一位著名的经济学家尤金·法马提出了有效市场假说。在该年发表的论文中，法马指出：股票市场中的股票价格不断地反映了关于股票的所有信息，股票市场的价格趋势无法预测。[2]

法马曾经说过："在我看来，选股的那些家伙和占星师干的行当差不多，但我不想玷污占星师的名声。"

在有效市场假说模型中，法马提出了3种有效程度不同的市场（弱有效、半强有效和强有效市场）。在强有效的市场中，股票的价格反映了所有公开和不公开的信息。

举个例子，假设工商银行的股票价格是每股50元，那么根据强有效理论，这每股50元的股票价格已经将所有关于工商银行的信息包含了进去，比如该银行的

---

[1]　SAMUELSON P. Proof that properly anticipated prices fluctuate randomly [D/OL]. Boston: Massachusetts Institute of Technology, 1965 [2020-06-01]. https://www.proquest.com/docview/1302995663.

[2]　FAMA E. Efficient capital markets: a review of theory and empirical work [J/OL]. The journal of finance, American finance association, 1970, 25 (2): 383-417 [2020-06-01]. https://ideas.repec.org/a/bla/jfinan/v25y1970i2p383-417.html.

盈利前景、成本估算、行业竞争情况等。目前市场上交易的股票价格，是最公平、最准确的价格。

这样的市场被称为是有效的，但市场有效并不代表股票价格就静止不动了，如果有更新的信息被发现，那么股票价格就会变化，比如当大家知道工商银行下一季度的盈利会下降时，其股票价格会随之下跌，一直跌到一个新的公允价格为止。新的公允价格包括了这只股票盈利预期下降的新信息，这个时候，市场价格将重新成为均衡价格。

在完全有效的市场下，任何买卖股票的行为都是在浪费时间，因为当前的股票价格已经完全反映了所有的相关信息，也就是说，股票价格是公平合理的，不高也不低。如果此时去买卖股票，相当于赌未来的不确定性。因为未来的新信息可能是利好，也可能是利空，在这种情况下买卖股票和投一枚硬币猜正反面的性质是类似的，投资者无法从买入或者卖出中占到任何便宜。

众人的智慧

有效市场假说背后隐含的逻辑是：多数人做出的判断要优于某些人做出的判断。一只股票的价格，比如工商银行的股票价格最后显示是50元，是因为市场上有千千万万的交易者，在经过多次交易以后，形成了对这只股票价格的共识。

这也意味着如果你想购买这只股票，别人不会愿意以49元卖给你，而如果你要卖出这只股票，也没人愿意以51元买入，50元是市场上所有人对这只股票形成的价格共识。对于成千上万的投资者来说，他们对工商银行股票的估值肯定不同，有些人可能会估30元，有些人可能会估100元，但股市将所有人的估值综合起来以后，就形成了50元这个综合的平均估计。

那么问题来了：众人的智慧肯定高于组成众人的每个个体吗？

1907年，英国科学家弗朗西斯·高尔顿（Francis Galton）在《自然》

（*Nature*）杂志上发表了一篇学术论文，在该论文中他提到了下面这个例子。[1]
在英国的一个小村庄里，每年都要宰牛以庆祝节日。在庆祝前，镇长会让每个村民猜将要被宰杀的牛的重量，结果他们发现所有村民给出的猜测数值的中位数，与牛的实际重量是最接近的，比任何一个村民的猜测都更加准确。于是高尔顿在论文中得出结论：众人的智慧要高于其中任何一个个人。

1968年，美国海军的一艘"蝎子号"（Scorpion）潜艇在北大西洋消失。在茫茫大海中寻找一艘沉没的潜艇，简直就是大海捞针，可以想象其中的艰巨。当时美国政府指派了一位名叫约翰·克雷文（John Craven）的官员负责搜寻该潜艇。为了完成这个艰巨的任务，克雷文召集了一批不同领域的专家，包括数学家、潜艇专家、物理学家等。克雷文让他们各自分别测算潜艇的沉没地点，在这些不同领域的专家做出各自独立的判断之后，克雷文将这些猜测的地点综合起来，最后确定出一个大概的位置。5个月后，美国海军找到了该潜艇，实际地点距离克雷文提出的可能地点约200海里。这又是一个众人智慧高于个人智慧的经典例子。

那么在资本市场中，众人的智慧程度如何呢？有炒股经验的朋友可能会忙不迭地举出不少众人不理性的例子，比如1999年的纳斯达克股灾、2008年的金融危机、2015年的中国A股股灾等。这样的想法无可厚非，但却不一定正确。

美国经济学家费希尔·布莱克（Fischer Black）曾经在他的学术论文《噪声》（*Noise*）中提出，市场上有两种交易者，即噪声交易者和信息交易者。[2]噪声交易者在买卖时比较冲动，比如他们一听到风吹草动，如看到新闻报道或收到一些小道消息，就忍不住要买入或者卖出自己的股票；而信息交易者则是那些专

---

[1]　GALTON F. Vox populi [J/OL]. Nature, 1907, 75: 450-451 [2020-06-01]. https://www.nature.com/articles/075450a0.

[2]　FISCHER B. Noise [J/OL]. The journal of finance, 1986, 41 (3): 528-543 [2020-06-01]. https://onlinelibrary.wiley.com/doi/epdf/10.1111/j.1540-6261.1986.tb04513.x.

心分析高质量信息，有能力将噪声剔除的理性交易者。

在这样的情况下，噪声交易者不断买卖，会人为地造成市场的非理性波动，而信息交易者则有机可乘，可以低买高卖。由此可见，如果一个市场中大多数都是噪声交易者，那么这个市场的有效程度就很低，因为大部分人都在瞎买瞎卖，资产价格很难反映合理公平的水平。而如果一个市场中有更多的信息交易者，那么这个市场就会趋向有效，因为信息交易者只会在资产价格偏离基本面时交易，并且会把价格水平拉回到合理的位置。

在文章的最后，费希尔·布莱克的结论是："我认为绝大部分市场在绝大部分时候，即90%的时候，都是有效的。虽然也确实会有市场无效的时候，但那属于非常少数的情况。"

市场有效性的两条推论

仔细分析市场有效理论，可以认识到该理论包括下面两个推论：

第一，市场很难被战胜，即天上不会掉馅饼。

第二，市场上的价格总是正确的。

从我们整理的大量实证研究结果来看，第一条结论基本正确，即使是职业基金经理也很难战胜市场。

在上文我们提到过五福研究汇总综元分析中检验过的大部分实证研究，发现基金经理管理的基金，在扣除其费用之后无法战胜市场。很多在学术界有杰出贡献的知名学者也都支持这个结论。

比如2002年诺贝尔经济学奖得主丹尼尔·卡尼曼说过："散户是不可能战胜市场的，这种事情完全不可能发生。"

1990年诺贝尔经济学奖得主默顿·米勒（Merton Miller）说过："如果一个养老基金的经理没有将他投资组合中的绝大部分资产投入到以指数为核心的被动

投资组合，那么这个基金经理就没有做好他的本职工作，这个基金经理就是有罪的！"

1990年诺贝尔经济学奖得主威廉·夏普也说过："基金经理给投资者带来的平均回报在扣除费用后，一定低于以指数基金为核心的被动投资组合。"

对于有效市场理论中的第二条核心思想，即"价格总是正确的"，有不少学术界的著名教授提出反驳，比如耶鲁大学教授罗伯特·希勒就对市场有效理论提出了不少疑问。

希勒教授写过一本很出名的书，叫《非理性繁荣》。在书中，希勒教授指出，市场上的价格经常会背离资产价值的基本面，其中有很多人为的因素，比如羊群效应、人性的贪婪和恐惧等。因此，有效市场假说中关于市场价格总是正确的假定很值得推敲。

广大投资者需要明白的是，即使希勒教授是正确的，也未必表明我们就有能力从市场的无效性中赚钱。比如希勒教授本人从1996年开始就多次表示科技股票的估值偏高，但是科技泡沫一直到2000年才破裂。如果一个投资者从1996年开始就卖空美国科技股票，那么他很可能等不到泡沫破裂的那一天就已经倾家荡产了。

有效市场假说的实践应用

法马教授提出的有效市场假说石破天惊，引起了学术界和华尔街业界的广泛讨论。在一个有效的市场中，一个投资者比较理性的选择是付出最小的代价去投资并且持有市场上所有能够买到的公司股票。但是在实践中如何做到这一点呢？

从理论到实践的跨越，需要等到指数基金的诞生。1974年，芝加哥大学商学院的两位校友，当时在富国银行（Wells Fargo）工作的戴维·布思（David Booth）和在美国国家银行（American National Bank）工作的雷克斯·辛克菲尔德各自为他们的雇主设计了美国历史上第一只标准普尔500指数基金，但仅限于机构投资者购买。后来布斯和辛克菲尔德联合成立了德明信基金公司，这是一家非常成功的基金公司，法马教授是该基金的高级顾问。

2008年，戴维·布思捐款3亿美元给芝加哥大学商学院，从此芝加哥商学院被命名为布斯商学院，他的合伙人辛克菲尔德是市场有效理论的坚定支持者。

辛克菲尔德曾经说过："现在还有谁在怀疑市场的有效性？显然只剩下主动型基金经理。"在辛克菲尔德看来，一个成熟运作的资本市场中，看不见的手会促进信息的快速流通，提高市场的有效性，这条定律只在不相信市场力量的一些人和主动型基金经理的眼里不适用。

法马教授还有一位非常有名的徒弟，叫作克利夫·阿斯内斯（Cliff Asness），他是美国著名的对冲基金AQR的创始人。阿斯内斯说过："我不认为市场是完全有效的，我认为我们可以做得更好。约翰·博格尔（John Bogle）是一个投资英雄，我与他在这个问题上意见不同。但是，我认为对大多数人来说，去相信博格尔是一个更好的开始。在我的亲友问我投资建议时，我会说，去找博格尔！"

这位博格尔是谁？就是美国先锋集团（Vanguard Group）的创始人约翰·博格尔。

1975年，博格尔创建了美国面向散户投资者的第一只指数基金：先锋标准普尔500指数基金。以管理的资金规模计，先锋集团是全世界最大的基金管理公司，该集团在2022年管理的资金规模超过7万亿美元。

博格尔对公募基金行业充满了批判，他曾经说："公募基金这个行业建立在巫术之上。"这句话的意思和法马教授把挑股票的基金经理比作占星师的意思类似，即他们都只是忽悠投资者，假装会预测而已。

1973年，美国的一位学者伯顿·G. 马尔基尔（Burton G. Malkiel）写了一本畅销书叫作《漫步华尔街》[1]（*A Random Walk down Wall Street: The Time-Tested Strategy for Successful Investing*）。在书中，马尔基尔列举了大量证据证明股票价格的波动完全随机，无法预测，所有号称有能力预测股价的基金经理和券商分析员都是忽悠投资者的骗子。马尔基尔说："把一只猴子的眼睛蒙起来，让它通过乱扔飞镖去选股票，回报都能比基金经理选的股票多。"

马尔基尔对金融行业从业人员如此不客气的侮辱，引起了很多人的愤怒。2012年，英国《观察家报》就这个话题举办了一场选股大赛。他们邀请了3支队伍：一只名叫奥兰多的小猫，一队来自基金公司和券商的职业经理人，以及一群中学生。2012年1月1日，每队被给予5000英镑，让他们选5只股票，每3个月可以换一次。奥兰多被给予一个塑料小老鼠，工作人员让奥兰多把小老鼠扔到一张金融报纸上，小老鼠停在哪只股票上面，工作人员就帮奥兰多买入。

到了2012年12月31日，奥兰多的股票组合回报最高，战胜了职业经理人团队和中学生团队，这个真实的例子也从侧面支持了马尔基尔的说法。

1975年，后来成为耶鲁大学基金会前主席的查尔斯·埃利斯写了一篇学术论文，叫作《失败者的游戏》[2]。在文中，埃利斯提到他发现投资和很多运动比赛，比如网球、高尔夫等都很像。

打过网球的朋友都明白，职业选手和业余选手最大的区别就在于，职业选手追求的是击球稳当和少犯错误。每次回球，职业选手都会选择花费最少力气的途径把球稳稳地击过去，然后耐心地等待对方犯错。而很多业余选手每一次击球时都急不可耐，企图一拍子把对方砸死。业余选手这种急躁的心态导致他们犯下更多的失误，不是把球打出界就是打入网下。因此，在这篇论文中埃利斯呼吁广大投资者，要向职业网球选手学习，少犯错误，长期坚持。

---

[1]　伯顿·G.马尔基尔.漫步华尔街[M].张伟，译.北京：机械工业出版社，2012.

[2]　ELLIS C. The loser's game [J/OL]. The financial analysts journal, 1975, 31 (4): 19-26 [2020-06-01]. https://www.tandfonline.com/doi/abs/10.2469/faj.v31.n4.19.

　　美国的投资大师巴菲特在被问到自己百年之后希望家族信托基金被如何管理时回答："我对我的信托受托人的建议很简单，用信托基金的10%购买短期政府债券，另外90%购买一个低价的标准普尔500指数基金。我相信这样的安排得到的投资回报会比其他方式得到的都要高。那些把钱交给基金经理管理的投资者，他们被基金经理收取的费用太高了。"

　　就像上面五福资本综元分析中列举的那些研究所揭示的，即使是职业基金经理，能够持续战胜市场的也是少之又少。一个普通投资者能够战胜市场的概率，就如同我们在网球比赛中打赢费德勒（Federer）的概率——基本为零。

　　业余投资者最容易犯的错误就是，把市场并非完全有效等同于自己有能力辨别市场无效的机会并从中获得收益。就好像很多球迷朋友，踢了几年业余足球，就开始想象自己能像梅西那样在诺坎普球场驰骋进球了。一个理性的投资者，会认识到自己的能力和不足，避免因自己的过度自信而做出非理性的投资决策。

第5章　主动投资和被动投资

在上一章中，我主要向大家详细介绍了市场有效性理论。在市场有效性理论的基础上，再做一定的延伸，就能理解主动投资和被动投资的定义和区别了。在这一章中，我就向大家详细介绍一下主动和被动投资，以及投资者为什么要清楚这两个概念。

主动投资

事实上，我们平时所说的"投资"，在绝大多数情况下都可以归类为某种"主动"类型的投资活动。

主动投资的关键词是"主动"，也就是说，你得"有所为"。在具体实践中，主动投资活动可以分为以下3个层级，如图5-1所示。

第一层，选股。中国A股股民中热衷于讨论贵州茅台、格力电器或者工商银行的投资者，进行的都是这一类投资活动。选股的目的是挑出将来表现更好的股票，剔除（或者做空）将来表现更差的股票，以获得更好的投资回报。

第二层，选行业。这类投资方法主动的范围并不在一只或两只单独的股票，而在于对行业的把握。在私募股权投资里，这种方法叫作"投赛道"，就是看准某一个行业，然后把其中能投的公司都投一遍。举例来说，投资者可能看好家电行业，但是他不确定哪一只股票表现最好。于是，他就把格力、海尔、美的、长虹、海信、春兰等都买一遍。到最后，只要家电行业比其他行业表现更出色，他的投资决策就能获得回报。

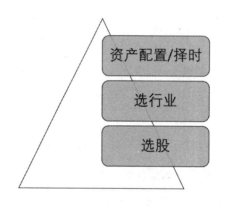

图5-1　主动投资活动的3个层级

选股和选行业的目的都是战胜一个基准指数（比如沪深300指数）。如果连指数都不能战胜，那就没必要费时费力地选股、选行业了，买一个低成本的指数基金就行。

第三层，资产配置。资产配置也可以理解为择时，是在主动投资的顶层做股票、债券、现金等大类资产之间的资金配置决定。为什么把资产配置称为择时？因为如果投资者看好股市，那么他可以选择重仓股票，轻仓债券。反之，他可以选择轻仓甚至空仓股票，重仓现金。这些决策背后体现的是他对市场接下来运行方向的判断。

A股中大多数的公募基金经理都需要在顶层做一定的择时决策，以决定自己基金中的股票、债券是配上限还是下限。当然，很多研究显示，那些能够创造阿尔法的基金经理，主要的能力在于选股，而非择时[1]。

如果一个投资者热衷于主动投资活动，那我们也可以把他称为主动型投资者。主动型投资者通过各种主动投资活动来获得投资回报。美国作家马克·赫布纳在其著作《指数基金：主动型投资者的12步转型方案》中归纳了几个主动型投资者的普遍特点。

第一，购买主动型投资基金。

第二，挑选个股，挑选买卖股票的时间。

第三，追逐最流行的投资热点。

第四，基于最近几年的业绩挑选基金经理。

第五，在进行投资时最关注短期业绩，忽略长期的历史数据和规律。

被动投资

讲完了主动投资，我们再来讲讲被动投资。什么是被动投资呢？我对被动投资的定义是持有市场。

如何理解"持有市场"的定义？想象你是一个超级大富豪，拥有全世界所有上市公司的所有股票，这些股票加起来到2022年年底一共值110万亿美元左右。

由于你是这些公司的股东，因此，你每年可以获得分红。同时，如果这些公司的股价上涨，你的净财富也会水涨船高。在这个财富增长的过程中，你不需要做任何事情，只需要继续持有这些股票就行了。

在这里，有一个关键词是"被动"。你什么都不用做，只需坐享其成，这就是"被动投资"名称的由来。你的财富增长主要来自这些公司的盈利增长，继而传递到股价和公司分红上。其背后的逻辑是，只要世界人口不断增加，经济不断

---

[1] 伍治坚. 中国的基金经理能否战胜市场 [EB/OL]. (2017-05-24) [2020-06-01]. https://zhuanlan. zhihu.com/p/27074628.

发展，GDP（Gross Domestic Product，国内生产总值）不断上涨，公司的盈利就会增加，因此股东的财富水平也会和他拥有股票的公司市值同步上升。

被动投资为什么吸引人，主要有以下3个原因：

第一，被动。这意味着我们什么都不用做，躺着就能赚钱。

第二，背后有很强的经济逻辑。公司的市值增长反映的是基本面的经济增长。这种财富增长是实打实的，而不是充满投机性的无中生有。只要人类科技进步，生产力提高，这种财富增长就会继续。从历史来看，世界经济确实是遵从这个规律发展的。

第三，主动投资很难战胜被动投资。即使你花了大力气进行各种投资活动，最后的回报还不如被动投资这样的懒惰方法。比如标准普尔公司的研究显示，回顾过去20年，能够战胜指数的基金平均不到10%。也就是说，差不多九成的主动型基金都无法战胜被动投资。基金经理尚且如此，普通散户就更不用说了。

主动投资和被动投资的区别

如果进行更深入的分析，可以从以下几个方面来对比主动投资和被动投资的区别，如表5-1所示。

表5-1　主动投资和被动投资的区别

项目	主动投资	被动投资
投资目标	战胜市场	满足于市场平均回报
历史平均回报	低于被动投资	高于主动投资
策略	选股、择时、选行业、选基金经理	指数化投资、定期再平衡、长期持有

（续表）

项目	主动投资	被动投资
交易量	高，每年更换持仓量的62%左右[1]	低，每年更换持仓量的3%左右[2]
宣传	券商、银行、基金公司等都是主动投资策略的鼓吹者	鲜少有宣传

投资目标：主动投资的目标是要战胜市场，而被动投资则满足于收获市场平均回报。当然，主动型投资者能否真的战胜市场，则是另一个问题。

历史平均回报：从美国历史上来看，在个人投资者中，主动型投资者的平均回报要远远低于被动型投资者。根据美国研究公司达尔巴的统计显示，在过去的30年（截至2021年年底）间，美国主动型投资者在股票和债券类资产中的回报远远不及被动型投资者，比如股票主动型投资者的年回报率在7%左右，而同期标准普尔500指数的回报率在每年11%左右。

策略：主动型投资者需要做出很多决策，比如选股、择时、选基金经理等。因此相对而言，主动型投资者需要动的脑筋要远远超过被动型投资者。

交易量：由于主动型投资者需要做出很多选择，因此也需要做出更多的交易。平均来讲，美国主动型投资者每年的交易量大概是被动型投资者交易量的6倍。不管这些决策是否合理，有一点是肯定的，主动型投资者需要付出的交易费用（给券商的佣金）要远远高于被动型投资者。

宣传：绝大部分的券商、银行、基金公司等都是主动型投资策略的鼓吹者，主要原因是他们可以从中赚到更多的钱（比如佣金、管理费、渠道分成等）。举例来说，各大券商不断地向投资者发出各种投资研究分析、经济学简报等，让投资者形成一种印象：在阅读了这些材料之后，就有了看透未来市场走向的能力。于是投资者不自觉地就下注了。当投资者沉浸于和市场"搏杀"时，这些金融服

---

[1]　以美国股票型主动基金为例。

[2]　以标准普尔 500 指数基金为例。

务商在不知不觉中就赚了个够。

情绪的作用

在上文中我提到,绝大多数个人投资者的主动投资回报明显不如被动投资回报。这背后有很多原因,其中一个比较重要的就是投资情绪对于个人的影响。

大多数主动型投资者不会在市场低迷时进场购买,因为那时候市场情况还不明朗,有很多不确定因素,投资者的心情介于不确定和有兴趣之间。

随着市场慢慢好转,越来越多的报纸和电视开始报道市场大好的环境,投资者也开始变得自信起来,很多主动型投资者会在这时候开始入场购买。随着股价不停上涨,主动型投资者的自信心变得爆棚,其心理状态也从自信变为贪婪,于是我们就看到了诸如2015年A股市场曾经发生过的事情:砸锅卖铁买股票、场外融资、多重杠杆等。

当市场开始有下跌势头时,主动型投资者的态度会从贪婪变为怀疑。这个时候他们不能确定市场是否已经开始反转,还是只是暂时的回调,投资者的心情是很复杂的:一方面他们可能还有小额盈利,因此非常害怕失去这些赚来的浮盈;而另一方面,贪婪又给他们壮了胆:一辈子一次的大牛市,如果不搏一下,下次可能就要等上好多年了。在这个阶段,主动型投资者承受的压力也是巨大的,吃不香、睡不好,每天盯着股市价格上涨和下跌,自己的心情也随着涨跌忽好忽坏。

当市场继续下跌时,主动型投资者终于顶不住了,他们的心理状态会从怀疑变为惊慌。有些投资者由于保证金不够或者场外融资的保本线被触及而被强行平仓,有些投资者则被市场的悲观气氛影响,在万分痛苦中割肉认栽。

很多情况下,这还没完。一般来说还有后手,即市场在经历了动荡之后又反弹了。在这个时段,留给主动型投资者的除了痛苦还有后悔:早知道这样,当初就不应该在最错误的时候把股票卖掉。

如图5-2所示，中国的上证综合指数从2015年年初的3 400点左右上涨到年中的5 000点以上，然后跌到年底的3 600点左右。从全年来看（2014年12月31日—2015年12月31日），A股指数上涨了12%，因此被动型投资者的回报是12%（如果购买指数基金，则需要扣除基金费用，净回报稍低于12%）。

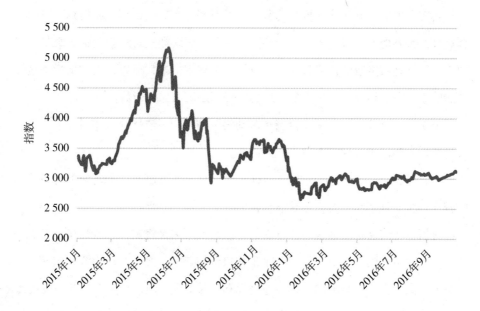

数据来源：彭博社

图5-2 上证综合指数（2015年1月—2016年9月）

那么主动型投资者呢？很多股民在回顾自己2015年的炒股经历后，不难得出自己亏了一把的结论。在一个股票上涨的牛市里还亏钱，这就是主动型投资者面临的窘境。

区分主动投资和被动投资的重要性

对于普通投资者来说，区分主动投资和被动投资非常重要。为什么呢？有两个原因。

首先，很多人以为自己是在被动投资，其实是在主动投资，或者有些基金经理打着被动投资的旗号，出售主动投资策略。明白了两者之间的区别，投资者就能更好地判断该投资策略的类别，并能用合适的标准衡量它的好坏。

其次，主动投资和被动投资的区别涉及对基金经理的评判。如何判断一个基金经理是否有能力，该不该获得年终奖，这是绝大多数投资机构面临的最棘手问题之一。被动型指数的价值就在于提供了一个客观标准，可以让机构衡量基金经理的业绩好坏。到目前为止，最常用的标杆都是市值加权指数。

事实上，很多人对于主动投资和被动投资的定义不清楚，因此引发了一些让人啼笑皆非的谬误。举例来说，有人认为：

（1）被动投资的核心是规则明确，没有人为主观判断，于是分不清楚具体的调仓和买卖是主动行为，还是被动投资。

分析：相信这是很多人的普遍误解。误解的原因是将被动投资和量化投资混淆了。有明确规则、没有人为干预是量化投资的定义，而非被动投资的定义。举例来说，高频交易有清晰的规则，完全没有人为干预，但这显然不是被动投资。

（2）我只购买被动型指数基金，在低点买入，高点卖出，因此我的行为属于被动投资。

分析：这又是另一个让人哭笑不得的普遍误解。就像上文中提到的，低点买入，高点卖出，其实就是在资产配置层面做择时决策，是主动投资的一种。事实上，约翰·博格尔在他的著作中就多次批评短线投机客短期炒作标准普尔500指数ETF（Exchange Traded Fund，交易型开放式指数基金）的行为，认为他们完全违背了指数基金一开始设立的初衷。基于指数基金试图低买高卖，其实是放弃了择股和择行业层面，而专注于资产配置层面的主动投资。

如何实现被动投资

行文至此，相信读者朋友们对于主动投资和被动投资已经有了更为清晰的认识。那么我们普通人如何实现被动投资呢？指数基金的价值，就在这里体现出来了。指数基金、ETF，提供了一个廉价又方便的工具，让我们足不出户就可以购买全世界所有上市公司的股票，成为它们的股东，并且享受这些公司市值增长和分红带来的好处。

注意，这里说的指数基金指的是市值加权指数基金，原因在于被动投资的初衷是通过一种简单廉价的手段，成为市场上所有上市公司的股东。这里的"所有"意味着包括大市值、中市值和小市值，包括价值股和成长股，包括美国、中国、欧洲和其他国家地区的一切上市公司。

为什么要强调"所有"两个字？因为"被动"的关键是我不想选，也不需要选。我不想预测接下来的几年，是大股票回报更好，还是小股票回报更好；是科技行业股票更有前途，还是消费行业更有前途；是美国的股票好，还是中国的股票好。如果要去选，那就不是被动投资，而是主动投资了。

唯一符合上述"被动"标准的，只有市值加权指数，这是因为市值加权指数反映的是整个市场的市值变化。购买了市值加权指数基金的投资者，其财富增长和市场规模增长是同步的。整个市场规模变大，市值增加，投资者的财富会以同比例增长，反之亦然。其他的不同类型的指数都做不到这一点。

有些读者可能会问，照这个逻辑，标准普尔500指数基金就不属于被动投资了吗？严格来说，标准普尔500指数基金确实应该归入主动投资类别，原因如下：

第一，标准普尔500指数中的成员并不是严格按照市值大小选进去的。在市值这个标准之上，有一个标准普尔500指数委员会，委员会成员有权决定包括或者不包括某只股票。因此严格来讲，标准普尔500指数基金是一只由人管理的主动型基金。

第二，即使我们去除标准普尔500指数人为干预的部分，严格来说它也还是主动投资策略，因为标准普尔500指数选的都是大市值公司。由于公司的市值在不停变化，每年都有新的大公司被加入指数，也有老公司由于市值下跌而被剔除出指数。因此标准普尔500指数覆盖的是市场的一部分，而不是全部。你也可以把它理解为基于"规模"这个因子去选的公司，因此有"主动选择"的成分。

但是在金融行业中，很多从业人员和研究人员会把标准普尔500指数等同于被动投资。背后的原因主要有两条：

第一，根据回测显示，过去70年的美国股市，标准普尔500指数和全市场指数（Total Market Index）回报几乎一样，没有差别。由于回报没有差别，因此将两者混为一同使用倒也说得过去。

第二，标准普尔500指数历史更长，知名度更高。很多人习以为常，就这么传承下来了。

那么，假设我想要做一名全球股票市场的被动型投资者，有没有可以让我购买的指数基金呢？在本书的第10章"指数基金和ETF投资策略"里，我会更详细地为大家解答这个问题。

阿尔法和贝塔

在讲完了主动投资和被动投资的定义，以及两者之间的区别后，接下来让我为读者朋友们详细解释一下阿尔法和贝塔。阿尔法（α）和贝塔（β）是希腊字母表中的前两个字母，它们在金融领域里的用途非常广泛。

在当代金融领域，阿尔法代表的意思是超额回报，那么什么叫超额回报呢？让我用图5-3来简单解释一下。

图5-3　超额回报

　　如果一个投资者想要获得市场回报，那么他就需要把股市中所有的股票以当时的市值购买下来，也就是上文中说的"被动投资"。

　　在指数基金还没有被发明的时候，这个工作有些烦琐。比如股市中共有100只股票，那么投资者就需要把这些股票根据市值加权权重分别购买下来。有了指数基金以后，这个工作就变得简单很多。比如中国的投资者如果想要获得中国股市的市场平均回报，就可以购买沪深300指数基金，虽然该指数只包括了300只股票，但它覆盖了上海和深圳股票市场60%左右的总市值，具有良好的市场代表性。因此，该指数基金给投资者带来的回报，可以近似地认为是市场给予投资者的平均回报。

　　投资者把钱交给基金经理的唯一原因，是基金经理可以给予投资者比市场平均回报更好的回报。因为如果只是满足于市场回报，投资者可以自己随时购买一只指数基金（我们称为获得市场贝塔），完全没有必要把钱交给基金经理。而如果投资者想要获得比市场平均回报更好的回报，我们就把它称为超额回报，简称阿尔法。

　　如果一个基金经理是出色的，那么他的超额回报就应该大于零，我们也会说该基金经理有阿尔法，这是对基金经理的一种赞誉。而如果该基金经理的回报还不如市场，那么他的超额回报就是负的，我们也会说这位基金经理没有阿尔法。

　　说完了阿尔法，现在再来谈谈贝塔。

上文提到，如果购买一个指数基金（比如沪深300指数基金），那么投资者可以获得市场贝塔。这里的贝塔指的是整个股市的贝塔，其数值为1。

除此之外，每一只股票都有自己的贝塔值。每只股票的贝塔值不太可能和市场一样，它们要么大于1，要么小于1。贝塔在数学上可以通过以下公式进行计算。

$$\beta = \frac{Cov(r_a, r_b)}{Var(r_b)} \text{ [1]}$$

从贝塔的公式中我们可以看出，某一个公司股票贝塔值的大小，取决于该股票和市场价格走势的相关程度。如果股票价格波动高于市场波动率，那么其贝塔值相对来说会比较大，因此也被认为风险更高。

为了更好地解释这个概念，下面我举个例子来具体说明。

图5-4显示的是从2015年10月1日到2016年9月30日之间，美国的苹果公司股票和标准普尔500指数的价格变动。在这一年中，市场的价格上升了12%左右，而苹果公司的股票价格上涨了3%左右，那么问题来了：苹果公司股票的贝塔值是多少？

要回答这个问题，首先需要将图5-4的价格曲线图转换成日价格变化图。

图5-5显示了这一年中苹果公司股票和标准普尔500指数每日价格变动。按照上文的公式，我们需要先计算出两者之间的协方差和市场回报的方差。将两者相除，我们可以得出苹果公司股票的贝塔为1.04左右。也就是说，我们可以近似地认为，当市场价格上升1%时，苹果公司的股票价格会上升1.04%左右；当市场价格下跌1%时，苹果公司的股票价格会下降1.04%左右。一般来说，如果一只股票的贝塔值高于1，我们就可以认为该股票是高风险股票；如果一只股票的贝塔值低于1，那么该股票就是低风险股票。

---

[1] 公式中的r_a代表单个股票的期望回报，r_b代表整个股票市场的期望回报。Cov（r_a，r_b）代表r_a与r_b的协方差，Var（r_b）代表r_b的方差。

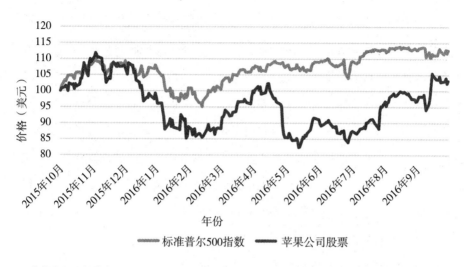

数据来源：彭博社

图5-4　苹果公司股票和标准普尔500指数走势（2015年10月—2016年9月）

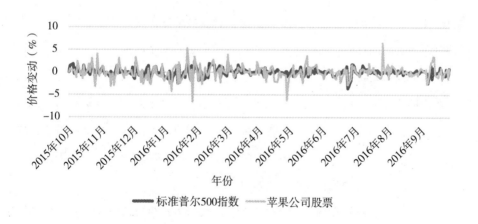

数据来源：彭博社

图5-5　苹果公司股票和标准普尔500指数每日价格变动（2015年10月—2016年9月）

需要指出的一点是，上面苹果公司的贝塔值计算只是基于12个月的历史数据。12个月的时间较短，因此数据不能体现经济增长和衰退周期，因此根据这些数据算出来的贝塔值不一定有很强的代表性。如果未来经济周期发生变化，通过这些数据算出来的贝塔值对未来的预测性不一定准确。我在这里举这个例子只是想告诉大家如何计算贝塔值。

同时还要提醒大家的另一个重要概念是，低风险不代表一定赚钱，高风险也不代表一定亏钱。在这里，风险衡量的只是该股票的价格波动和市场价格波动之间的相对关系，而并非股票价格的走向。在上面的例子中，我们看到苹果公司的风险比市场更高，且在过去一年中的股票回报不如市场。但是换另外一只股票，即使风险更高，也有可能得到更高的回报。以贝塔衡量的股票风险和其回报之间并没有正相关的关系。

对于投资者来说，最理想的投资标的是这样的：

有正的阿尔法，即投资标的回报高于市场回报，这一条似乎不用太多解释。

有低的贝塔，即该投资标的的回报的波动性低于市场波动性，或者该投资标的价格的变化和市场价格涨跌相关度比较低。投资者需要基金经理提供低贝塔的投资回报，主要原因在于大部分人的投资组合中都会包括市场风险。也就是说，在大多数人的投资组合中，本来就不缺市场贝塔。

在这种情况下，投资者付出高昂的管理费来委托基金经理管理资产时，就需要基金经理提供物有所值的服务。如果基金经理提供的产品也有很高的贝塔，那么就相当于在投资者原来的市场贝塔上再叠加一个贝塔，对于降低投资组合风险、提高风险调整后的收益没有多大帮助。

这就是很多大机构在选择基金经理时，要求对方提供高阿尔法、低贝塔的原因所在。只有这样的基金经理，才能为投资者带来真正的价值。

第6章 聪明贝塔理论

聪明贝塔（Smart Beta），也称为因子投资（Factor Investing），是最近几年投资界比较引人注目的一个热门话题。在与广大投资者的沟通中，很多人会问我：什么是聪明贝塔？这种投资策略有什么聪明之处？普通投资者可以购买聪明贝塔基金吗？

在这一章里，我会专门讨论这个话题，帮助大家解答这些问题。

聪明贝塔

在上一章中，我为大家介绍了阿尔法和贝塔的概念和区别。在搞懂了阿尔法和贝塔的定义之后，我们就可以了解聪明贝塔是怎么一回事了。

聪明贝塔的理论基础

图6-1已经比较形象地解释了聪明贝塔。

在图6-1中，左边的圆圈代表市场贝塔（即市场回报），可以通过被动投资购买指数基金获得，而右边的圆圈代表阿尔法（即超额回报），可以通过主动投资获得。

聪明贝塔，就是图6-1中间的圆圈，介于市场贝塔（被动投资）和阿尔法（主动投资）之间。聪明贝塔有非常清晰和透明的指数编排规则，同时根据历史回测也能帮助投资者获得超过市场平均水平的更高回报。这也是它被称为聪明贝塔的原因，即投资者能够通过"聪明"的投资方法获取比市场回报（贝塔）更好的收益。

图6-1 聪明贝塔

聪明贝塔投资思路的理论基础源于因子投资。说到因子投资，我需要再一次提到美国芝加哥大学前金融学教授尤金·法马。

法马教授在2013年获得了诺贝尔经济学奖，他的学术成就除了前面章节提到过的有效市场假说，还有很多。法马教授在20世纪90年代初期和另外一名教授肯尼思·弗伦奇（Kenneth French）共同合作提出了一个股票回报模型，叫三因子模型（Three Factor Model）。[1]

两位教授在这个模型中提出，美国历史上的股票回报，很大程度上可以用三因子来解释。这三个因子是：股票市场回报（β）、小规模股票超额回报（small minus big），以及价值超额回报（high minus low）。

---

[1] FAMA F, FRENCH K. The cross-section of expected stock returns [J]. The journal of finance, 1992, 47: 427-465 [2020-06-01].

　　为什么这个模型很重要？因为两位教授将股票的回报分解到了因子层面，这样就进一步揭示了获得超额回报的源头。

　　图6-2显示的是法马和弗伦奇对美国股市做的从1928年到2007年接近80年的历史数据回测。在这段股票历史回测中我们可以看到，平均股票市场指数的回报率为每年10%，小型平均股票市场指数的回报率为每年12%，大型价值股票指数的回报率为每年11%。小型价值股票指数的回报率最高，为每年14%左右。

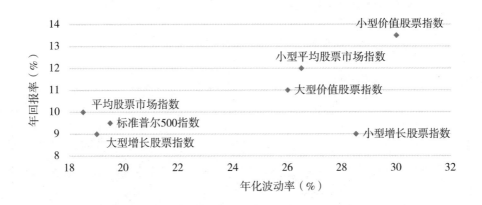

数据来源：达特茅斯大学塔克商学院数据库

图6-2　美国股市三因子风险与年回报率（1928—2007年）

　　也就是说，小规模因子的超额回报率为每年2%（即小型平均股票市场指数回报率12%—平均股票市场指数回报率10%），价值因子的超额回报率为每年1%（即大型价值股票指数回报率11%—平均股票市场指数回报率10%）。如果投资者坚持选择购买小型股票或者低价股票，那么他就有可能获得超过市场平均水平的额外回报。在因子回报这个领域，美国另一位经济学家巴尔·罗森伯格（Barr Rosenberg）也做出了不少贡献，罗森伯格是美国加州大学伯克利分校的经济学教授。20世纪70年代，他开始为富国银行做金融研究方面的咨询工作，主要分析上市公司的回报和股票市场的相关性。后来罗森伯格基于自己的研究成果创办了一家咨询公司，叫Barra［2004年，Barra被明晟（MSCI）收购，新公司叫作MSCI Barra］，主要分析公司股票的回报风险因子。这是什么意思？我在这里给大家举个非常简单的例子。

假设你作为一个基金经理选了一些股票，你需要知道这些股票组合的回报会受哪些因素影响，换句话说，你需要知道风险在哪里。根据很多专业人士做的研究，如表6-1所示，一般来说有这些风险因子影响股票的回报：行业、价格动量、公司规模、公司股价波动率等。

表6-1　股票回报因子的相关系数

股票回报因子	平均相关系数
材料行业	0.42
金融行业	0.43
价格动量	0.34
公司规模	0.18
公司股价波动率	0.43

罗森伯格和他的合伙人理查德·格林诺德（Richard Grinold）的贡献就在于，他们发明了一套模型——Barra风险模型（Barra Risk Model）[1]，可以根据历史价格推算出不同的因素对于股票价格变动产生的不同影响。这套模型现在已经成了业界标准，被很多金融机构采用。

这套风险系统还有一个很有用的功能，就在于可以用它检测基金经理的选股能力。比如基于基金经理选的股票组合，我们就可以借用这个系统来判定，这位基金经理选的股票的回报情况，有多少可以用一些普通的风险因子来解释（比如

---

[1]　Barra风险模型由罗森伯格和格林诺德首创，主要对股票回报做归因分析，即计算出某只股票的回报来源于哪些风险因子。常见的风险因子包括：市值、价值、成长、动量等。后来该模型被明晟（MSCI）公司收购。

上面提到的小股票、动量、价值等），而有多少是他真正的阿尔法。

下面我来介绍一下在因子投资领域被援引得比较多的理论研究。

（1）法马和弗伦奇：上文中提到，法马和弗伦奇在1992年发表的论文中提出了三因子模型，后来该三因子模型被运用到美国以外的国际市场，并被扩展到五因子模型（增加了利润率和投资两个因子）。

（2）卡哈特（Carhart）四因子模型：卡哈特在法马和弗伦奇三因子模型的基础上加入了"动量"，提出了四因子模型，得到了广泛的关注和研究。

（3）基本面指数模型（Fundamental Index Model）：该模型由美国经济学家罗伯特·阿诺特（Robert Arnott）提出。阿诺特提出的基本面指数是对传统的基于市值而编制的指数的一种修改。

在基于市值编制的指数（比如标准普尔500指数）中，指数中股票的权重由市值决定。举例来说，如果苹果公司股票的市值占到标准普尔500只股票总市值的5%，那么苹果公司股票在标准普尔指数中的权重就是5%。如此编排指数的优点是指数不用再平衡，因为价格变动不影响指数成分变动；缺点是在市场估值不合理的情况下，越是被高估的股票，其权重越大。比如在1999年科技股泡沫达到顶峰的时候，各大指数中科技股的权重都高得离谱。在这种情况下，投资者持有的股票指数估值有被高估和低估的可能。

阿诺特对于上面这个缺点提出的修正意见是，改变指数中成分股权重的计算方法。阿诺特抛弃了基于市值计算成分股权重的传统方法，而代替以基本面量化标准，比如公司的销售额、现金流、红利和市净值。用这种方法计算指数中成分股的权重，可以避免指数中被高估的股票的权重过高，被低估的股票的权重过低。

股票回报的风险因子

法马和罗森伯格等研究人员对于金融投资行业的贡献在于：他们的研究揭示

了从股票市场获得超额回报，即超过市场回报（贝塔）的源头。比如法马的研究显示，如果专注于挑选价值股票，那么假以时日，投资者就可以获得比市场平均水平更好的回报。那么我们的研究人员一共发现了哪些可以提供超额回报的因子呢？

价值

挑选估值低的股票可以获得超额回报，并不是法马的首创。看过几本炒股书籍的朋友都能举出格雷厄姆和巴菲特的例子来支持价值投资。

表6-2显示了美国股票从1971年到2009年价值因子为投资者提供的超额回报。我们可以看到，如果坚持挑选价值股票，那么这些股票可以在接近40年的时间里，为投资者提供大约50%的超额回报。但是要想通过投资价值因子获得超额回报，并不是那么简单的事。

表6-2　价值因子为投资者提供的超额回报（1971—2009年）

美国股票因子	超额回报（%）	夏普比率（Sharpe Ratio）
价值	50	0.26

数据来源：ASNESS C. Value and momentum everywhere [J/OL]. The journal of finance, 2013, 68 (3): 929-985 [2020-06-01]. https://pages.stern.nyu.edu/~lpederse/papers/ValMomEverywhere.pdf.

首先，投资者面临的一个问题是：股票估值低的标准是什么？在这个问题上没有标准答案。比如法马用的是市净率，但也有其他不同的衡量指标，比如市盈率、市现率等。法马和弗伦奇的研究让人信服，有一个重要原因是从始至终他们用的都是非常一致的指标，这样回测的结果才是比较有说服力的。

其次，价值投资者需要注意的另一个问题是，从价值投资获得超额回报的前提是耐心和长期坚持。当我们说价值投资可以给予投资者超额回报时，我们指的是长期平均而言（比如法马做过的美国过去70年的历史回测），但是价值投资每年能够提供的超额回报波动幅度是非常大的。也就是说，在有些年份，价值投资

可以给予投资者比市场更高的回报，而在另外一些年份，价值投资者的投资回报
则会远远落后于市场回报。

比如在1996—2000年间，价值型股票遭到了大量抛售。1999年，巴菲特的伯
克希尔·哈撒韦公司股票价格下跌20%左右，是其公司历史上股票回报率最差的
年景之一，甚至连巴菲特长期推崇的价值投资理念都遭到了很多人的质疑。

价值投资提供的超额回报在各个国家也是不同的，上面提到的法马的研究仅
限于美国。后来法马和弗伦奇将他们的研究扩展到世界上其他国家，虽然在大
部分国家也都有类似的价值投资超额回报现象，但是每个国家的回报情况有所
不同。

红利率

有很多研究文献指出，公司的红利率是一个可以提供超额回报的因子，也就
是说，如果投资者专注于挑选那些红利率比较高的公司，那么假以时日，这些股
票就可以提供高过市场平均水平的回报。

表6-3显示的是从1995年到2022年，MSCI世界股票指数和MSCI世界股票红
利指数的年平均回报率和夏普比率。我们可以看到，以过去27年的历史数据来
看，MSCI世界股票红利指数的年平均回报率要高于MSCI世界股票指数，其风险
调整后的回报率即夏普比率也更高。因此，如果投资者有比较长的投资周期，那
么他就有可能从投资红利型股票中获得比股票大盘平均水平更好的超额回报。

表6-3　MSCI世界股票指数和MSCI世界股票红利指数的年平均回报率和夏普比率

项目	MSCI世界股票红利指数	MSCI世界股票指数
年平均回报率（%）	8.65	7.63
夏普比率	0.48	0.40

数据来源：标准普尔

但是需要指出的是，从投资红利型股票中获得超额回报并不是稳定无风险

的。比如图6-3显示的是标准普尔红利指数和标准普尔500指数2005年到2014年的年回报率对比。以这10年的历史来看，红利指数股票的回报几乎和大盘股票一模一样。虽然在2008年红利指数中的公司价格下跌要小于股市大盘，但是在一些其他年份（比如2005年和2007年），其回报又不如股市大盘。因此，投资者要想获取红利因子带来的超额回报，选准投资时机是非常重要的。

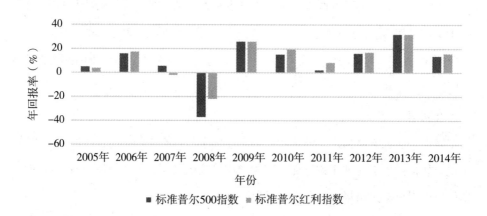

数据来源：标准普尔

图6-3　标准普尔红利指数和标准普尔500指数的年回报率（2005—2014年）

动量

如果在最近一段时间（比如过去一年），某只股票的价格上升比较多，那么投资者购买这样的股票，同时卖空在最近一段时间价格下降比较多的股票，就可能获得超过市场平均回报的超额回报。

表6-4显示的是从1971年算起，如果买入那些有正动量，并且卖空那些有负动量的股票，在接近40年的美国股票历史中，大约可以获得100%的超额回报。当然值得一提的是，该超额回报假设交易成本为零，因此实际交易中不可能获得如此高的回报。动量策略需要依靠非常频繁的交易频率，不停地买入和卖出股票

才能实现，因此投资者得到的真实回报会比计算的要小。

表6-4 动量因子为投资者提供的超额回报（1971—2009年）

美国股票因子	累计超额回报（％）	夏普比率
动量	100	0.45

数据来源：ASNESS C. Value and momentum everywhere [J/OL]. The journal of finance, 2013, 68 (3): 929-985 [2020-06-01]. https://pages.stern.nyu.edu/~lpederse/papers/ValMomEverywhere.pdf.

其他风险因子

除了以上几个风险因子，还有低波动、质量和规模等风险因子。

低波动：如果持续购买并持有在历史上价格波动比较低的股票，那么从长期来看，投资者可以获得超过市场平均回报的收入。

质量：如果持续选择那些基本面质量比较高的公司（比如股本回报率、净资产收益率比较高的公司），那么从长期来看，投资者可以获得比市场平均水平更好的回报。

规模：如果持续选择那些规模比较小的公司，那么从长期来看，投资者可能获得超过市场平均水平的回报。

需要指出的是，所有这些能够带来超额收益的回报因子，其超额回报并不是稳定不变的。从历史上来看，这些因子的回报可谓风水轮流转，比如价值因子在1996—1999年的表现差强人意，动量因子指数基金则在2007—2009年遭受重大打击。

也就是说，如果真的想要从因子投资中获得稳定的超额回报，那么投资者就需要预判在未来的一段时间（比如3～5年）内，哪个因子的回报会更好，或者建立一套行之有效的系统，在不同因子之间进行轮换，而这无疑和选股、择时一样，是非常困难的。

因子指数和因子指数基金

上文中提到的这么多理论研究，和我们普通投资者有什么关系呢？要详细解释这个问题，就需要向大家介绍一下因子指数（Factor Index）这个概念。因子指数，是以一些可以带来超额回报的因子（比如价值、动量等）为基础而编制的指数，该指数中仅包括那些符合因子挑选标准的股票或者其他金融资产。举例来说，价值因子在历史上可以为投资者带来超额回报，那么我们就可以制定一些清楚的标准，专门选那些估价比较低的股票，将它们组合起来制定出价值因子指数。

有了因子指数以后，我们就可以照着这个指数创建一个指数基金。指数基金的目的很简单，就是复制它追踪的指数的回报，这样就可以实现让广大投资者进行因子投资的目的了。

因子指数

在因子指数这个领域，有几家公司是全球的领先者，我在这里简单介绍一下。首先是MSCI。它的前身是摩根士丹利资本国际指数，后来从摩根士丹利独立出来，又并购了Barra，所以现在的全称是MSCI Barra。

对金融新闻感兴趣的朋友应该会知道，每年MSCI是否将A股列为其成分股，总能成为热门新闻，主要原因是目前全球金融界有相当多的机构和基金都会追踪MSCI各种指数，也就是说，这是一个行业标杆。MSCI是否决定将A股纳入其世界股票指数，会直接影响到国际资金对于A股股票的购买量，因此会被大家关注也就不足为奇了。

MSCI编制的因子指数比较全，包括上面提到的价值、规模、动量等所有因子。其因子指数涵盖的国家主要是欧美发达国家，发展中国家（包括中国）的覆盖面非常小。

　　第二个比较大的指数编制公司是标准普尔道琼斯。标准普尔的拳头产品是标准普尔500指数，被业界广泛采取为代表美国股市的基准。道琼斯是编制指数历史最悠久的公司，旗下有非常著名的道琼斯工商指数（美国30只蓝筹股）。标准普尔和道琼斯合并后称为标准普尔道琼斯，它编排的指数主要覆盖美国市场。

　　富时罗素（FTSE Russell）由富时和罗素公司合并组成，是另外一家非常大的指数编制公司。该公司旗下的因子指数种类也很繁多，而且覆盖了很多美国以外的其他国家市场，上面提到的阿诺特提出的基本面指数也属于该公司旗下。

因子指数基金

　　讲完了提供因子指数的指数编制公司，再来介绍一下追踪这些指数的基金经理。这些基金经理的工作是根据指数编排的规则，复制这些指数，从而给予投资者和指数类似的回报。回报当然是和指数回报越接近越好，但在实际中无法做到，因为在复制指数的过程中，需要扣除交易费用和基金的管理费用等其他费用。

　　在这个领域做得比较超前的有这么几家公司。首先是贝莱德安硕（Blackrock iShares），其在2009年以135亿美元的价格并购了英国巴克莱银行旗下的资产管理部门——巴克莱国际投资（Barclays Global Investors, BGI），同时也购买了安硕（iShares）这个品牌。贝莱德安硕旗下有比较全的因子指数基金，比如上面提到的价值、动量、低波动等因子指数基金。这些基金的总费用率大概在0.15%，但它们绝大多数都仅限于美国市场。

　　先锋集团是指数基金领域另一大巨头。目前先锋在因子指数方面提供的产品不多，只有红利率、低波动和小股票指数基金，且仅限于美国市场。当然如果这个领域是未来发展的方向，相信各大公司都会相继推出更多的产品。

　　景顺（Invesco）和嘉信理财（Charles Schwab）也提供了不少因子指数基

金，缺点是他们的费用率都比较高，一般介于0.25%～0.6%之间。嘉信理财管理了一系列基本面指数基金，这些基金每年的费用率介于0.25%～0.39%。也就是说，这些基本面指数基金需要每年至少战胜标准普尔500指数基金0.21%～0.35%（先锋的标准普尔500指数基金费用率为0.05%）才可能让投资者获得好处。

因子指数基金回报

有了因子投资这一新工具，普通投资者是不是就一定能够比以前用老套路的投资者获得更好的回报呢？也未必，其中一个主要原因是，很难预测接下来的几年，哪些因子的回报会更高。

如图6-4所示，我们可以看到，基本面指数（Fundamental Index，FI）相对于股市大盘指数来讲，有时候表现好，有时候表现差。比如在2008—2009年金融危机阶段，基本面指数的回报要比股票大盘指数回报好很多。但是在2006—2008年，基本面指数的回报又比股票大盘指数回报差很多。在2009—2011年，两种指数的回报基本差不多，没有实质性的区别。

要想预测回报什么时候好，什么时候差，是一件非常困难的事。换句话说，如果无法准确地预测未来哪个因子的回报会更好，想要通过因子投资获得超额回报会是一件非常困难的事。

有些读者会问，上面的研究是不是说明只要我购买小股票或者估值便宜的股票，那么我的回报一定会更好？从长期来看，法马和弗伦奇的研究确实证实了这一点，但我们不要忘记了，在有效成熟的市场中，风险和回报是成正比的。

法马教授对于投资者可以通过购买小规模股票和低价股票获得超额回报的解释是，投资者获得的超额回报来自他们承担了更高的风险。也就是说，这个世界上是没有免费午餐的，并不是投资者购买了小规模股票就占到了便宜。

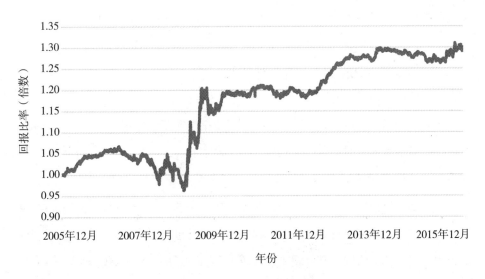

数据来源：MALKIEL B. Is smart beta really smart [J/OL]. The journal of portfolio management 40th anniversary, 2014, 40 (5):7-9 [2020-06-01]. https://www.princeton.edu/~bmalkiel/Is%20Smart%20Beta%20Really%20Smart.pdf.

图6-4　基本面指数与股票大盘指数回报比率

　　这里需要特别指出的是，法马和弗伦奇以及后来的一些研究专家做出的贡献是，他们发现了对冲基金经理获得超额回报的秘密并公之于众。对于投资者来说，以前选择一个对冲基金经理，就好像把钱扔到了一个密不透风的盒子里，基金经理可能会给投资者好的回报，也有可能是不好的回报，但是投资者无从知晓他是如何做到这一点的。有了上面提到的因子分析这个武器，投资者就可以将基金经理贡献的价值进行分解，并分门别类地给予相应的定价。比如某个基金经理的超额回报其实只是由于他买了很多小股票，而他的收费高达2%，那么在这种情况下，投资者就可以购买一只便宜得多的小规模股票指数基金来代替这个基金经理，这对于广大投资者来说是一个革命性的好消息。

　　我相信，在未来的几年里，中国的资本市场也会受惠于这样的金融创新，并出现越来越多类似以上因子指数基金的金融产品，散户投资者以低廉的价格购买基金经理水平的投资策略的梦想，很可能在不久的将来就可以实现。

对于因子投资的批评

作为一个相对来说比较新鲜的概念，因子指数和因子投资的成长历史并非一帆风顺。对于基本面因子指数和其基金的批评主要有以下几点。

第一，很多所谓的基本面因子，比如低波动因子、高质量因子等，究其本质其实还是价值投资。自从格雷厄姆出版《证券分析》（*Security Analysis*）[1]以来，价值投资在全世界有了越来越多的信徒，并且也有很多证据表明价值投资确实管用。这些基本面因子其实就是"新瓶装老酒"，用了一个更时髦的名称来包装价值投资这个比较老的概念而已。

第二，基本面因子指数基金想要和市值加权指数基金竞争市场份额，关键的一点是要降低费用率。目前市场上因子指数基金的总费用率（美国市场平均费用率）大概在0.25%，而市值加权指数基金的总费用率可以低到0.05%（比如先锋标准普尔500指数基金）。也就是说，投资者如果要购买一只因子指数基金，那么每年他就需要付出比市值加权指数基金多0.2%左右的费用，但问题在于因子指数基金并不能保证每年一定能够给予投资者至少0.2%的超额回报。根据历史回测，各种因子指数的超额回报并不稳定，有时高有时低，有时候甚至是负的。因此，投资者如果选择放弃市值加权指数基金而选择因子指数基金，就相当于赌博，赌在未来的几年之内，因子指数基金的回报会比市值加权指数基金至少每年高出0.2%。如果这个乐观的估计没有成为现实，那么投资者就无法获得自己期望的投资回报。

第三，相对于市值加权指数基金，基本因子指数基金由于规模比较小，因此

---

[1]　GRAHAM B. Security Analysis [M]. New York: McGraw Hill, 2008.

在流动性上会有一些潜在的问题。比如有时候投资者想快速买入或者卖出某个因子指数基金时，可能会发现市场上没有足够的流动性，这也是阻止更多人投资因子指数基金的重要原因之一。

尽管有上面提到的这些弱点，因子指数基金和聪明贝塔指数基金仍是金融界的一大创新和进步。它们最大的贡献，是让投资者了解到可能提供超额回报的源头。普通投资者可通过因子指数基金，以比较低廉的价格获得这些风险因子提供的超额回报。

在没有因子指数基金和聪明贝塔指数基金的世界里，投资者想要获得这些因子回报，只能通过将钱交给基金经理，并付出比较高的费用来实现。投资者需要支付的投资费用可能是每年1.5%～2%，在有些私募基金里，可能还需要外加15%～20%的利润分成。而上文提到的因子指数基金和聪明贝塔指数基金只收取0.15%～0.6%左右的总费用，没有利润分成，对于投资者来说确实是一个好消息。

从长远来看，风险因子指数基金和聪明贝塔指数基金向广大投资者提供了创建自己的对冲基金策略的可能性。在绝大部分股票型对冲基金中，基金经理做的工作无非是买入一些风险因子，卖空另外一些风险因子。如果市场上有了基于风险因子的指数基金并且可以卖空的话，对于广大投资者来说，创建自己的对冲基金策略就不再是梦了。

第 3 部分

大类资产的投资策略

在本书的第3部分，我将着重向读者朋友们介绍一些主要的大类资产的投资策略，这些大类资产包括：股票、债券、大宗商品、主动型公募基金和指数基金。这部分是对于本书前面两部分，即投资者易犯的三大错误和投资者必须要了解的投资理论的延伸，目的在于帮助投资者完成从理论指导到实践操作的转变和升级。

第7章　股票投资最佳策略

在和许多投资者的日常对话中，我发现有些投资者即使已经炒股多年，但是对一些基本概念，比如为什么我们要持有股票，股票到底可以给我们什么价值等问题的理解还是有些含糊，所以在这一章里，我就来和大家深入讲讲这几个问题。

明白为什么要买股票

在购买股票之前，投资者需要搞清楚的第一个问题就是：为什么要投资股票？

在这个问题上我倾向引用美国投资大师巴菲特的见解。巴菲特曾在多个场合建议广大投资者：在购买股票时，投资者应该想象自己成为这家公司的"老板之一"。这样想的好处有几个：首先，投资者把自己摆在公司老板的位置上，就能够把眼光放得更长远一些，真正关注被投资公司的主营业务和基本面，而不会被短期的市场情绪波动所影响。

其次，如果从公司老板的角度来看，投资者应关注的是当地的实体经济。巴菲特经常说自己非常幸运地出生于20世纪30年代的美国。如果他出生于其他国家，那么他积累的财富很可能远远比不上现在的程度。从实体经济角度来说，一个国家如果蓬勃有生气，民众积极乐观，那么这个国家的公司就会不断赚取利润，增加营收，而这些公司的股东也能享受红利和股票价值的增长。

从历史上看，股票作为一项资产，能够给予投资者比其他资产更好的回报，并且能够抵挡通货膨胀的风险。

比如巴菲特在2014年致伯克希尔·哈撒韦公司的股东信中指出，从1964年到2014年的50年间，美国股市（标准普尔500指数）从84点上升到2 059点，总回报（包括红利再投资）为11 196%。同期，美元的购买力下降了87%。也就是说，投资者如果手持美元现金，那么他在50年间由于通货膨胀的侵蚀而丧失的购买力是惊人的。

因此，巴菲特在信中强调：过去50年给予我们的一个毋庸置疑的教训就是，购买一揽子多元分散的公司（比如标准普尔500指数），要远远比购买债券或者将钱放在银行里更加安全。

表7-1显示的是过去200多年间，美国各项资产扣除通货膨胀后的年回报率。我们可以看到，股票的回报率是最高的，达到每年6.6%，而长期政府债券的年回报率则为3.6%。值得一提的是，短期政府债券和长期政府债券的历史回报差别不大，也就是说，投资者购买时间更长的政府债券承担了更大风险，但并没有得到相应的回报。很多人都感觉黄金能够对冲通货膨胀的风险，但这个感觉是没有证据支持的。比如表7-1显示，黄金在扣除通货膨胀后的回报率仅为每年0.7%，还不如债券。回报最差的是现金，在扣除通货膨胀后的回报是负的。

表7-1　美国各项资产扣除通货膨胀后的年回报率（1802—2012年）

资产	1802—2012年年回报率（%）
美国股票	6.6
美国长期政府债券	3.6
美国短期政府债券	2.7
黄金	0.7
美元现金	-1.4

数据来源：杰里米·J. 西格尔. 股市长线法宝[M]. 马海涌，王凡一，魏光蕊，译. 北京：机械工业出版社，2018.

作为目前全世界唯一的超级大国，美国本土在两次世界大战中都没有受到过攻击，因此美国可能是个特例，其股票的高回报可能是个特殊现象。为了验证这样的说法是否正确，美国教授杰里米·J. 西格尔（Jeremy J. Siegel）检验了其他一些国家不同资产的长期回报，发现股票回报比其他资产更好的规律在其他国家也适用。比如意大利长期股票的真实回报率是每年1.7%（扣除通货膨胀后），而其长期政府债券的回报率则是每年-2%。

除了杰里米·J. 西格尔，英国教授埃尔罗伊·迪姆森、保罗·马什（Paul Marsh）和迈克·斯汤腾（Mike Staunton）也对世界各国的长期资产价格做了不少研究，得出了类似的结论。

比如表7-2显示的是英国在1900—1954年、1955—2000年以及1900—2000年的各项资产扣除通货膨胀之后的年回报率。从表中我们可以看到，无论在哪一段时间，股票的年回报率都是最高的，而无论是长期还是短期的政府债券，在扣除通货膨胀后，其回报率每年都只在0.5%～2%之间，比股票要差得多。同时值得一提的是，英国的通货膨胀率，特别是在1955年之后是比较高的，在这种情况下，股票是应对通货膨胀风险的最佳资产。

表7-2　英国各项资产扣除通货膨胀后的年回报率

时间 资产	1900—1954年	1955—2000年	1900—2000年
英国股票	3.8%	8.1%	5.8%
英国长期政府债券	0.6%	2.1%	1.3%
英国短期政府债券	0.3%	1.9%	1.3%
英国通货膨胀率	2.3%	6.2%	4.2%

数据来源：E. 迪姆森，P. 马什，M. 斯汤腾.投资收益百年史[M].戴任翔，叶康涛，译.北京：中国财政经济出版社，2005.

不要小看这每年几个百分点的差别，如果把这些年累计的回报加起来，在100年之后，股票的回报差不多是债券回报的近80倍，这就是巴菲特经常提醒投资者注意"复利"的重要性的原因所在。

有些读者可能会问，如果一个国家发生了战争或者恶性通货膨胀，股票还能保值吗？

表7-3显示的是德国从1900年开始的股票和政府债券年回报，假设投资者在1900年花1元钱买了德国的股票、长期政府债券和短期政府债券，到了100多年后的2013年，扣除通货膨胀后，德国股票的价值为38元，而长期政府债券的价值变为0.2元，短期政府债券价值变为0.1元。由于德国在两次世界大战中损失惨重，再加上20世纪20年代魏玛共和国经历了严重的恶性通货膨胀，因此持有德国国债的投资者在这100年间损失惨重。相对而言，投资德国股票的回报则要高得多。

表7-3　德国股票和政府债券扣除通货膨胀后的年回报（1900—2013年）

不同投资品种（假定为1元基数）	1900—2013年年回报（元）
德国股票	38
德国长期政府债券	0.2

（续表）

不同投资品种（假定为1元基数）	1900—2013年年回报（元）
德国短期政府债券	0.1

数据来源：瑞士信贷全球投资回报年鉴（2014）

从上面这些研究中我们可以得出结论：从长期来看，股票能够给予投资者最好的投资回报，并且能够帮助投资者有效地应对通货膨胀风险。

客观认识自己的选股能力

既然股票能够给予投资者这么好的投资回报，那么投资者应该如何投资股票呢？大多数投资者想到的第一个方法就是选股。

选股，本身是一件非常有趣的事情。投资者自己收集资料和信息，通过一定的分析得出自己的结论。在做出选择后，如果股票价格和自己的预期相符，开始上涨，那么投资者就会得到极大的满足感。

交易越多亏损越多

那么，那些整天忙碌于股市中选股的散户们，到底有没有赚到钱呢？要回答这个问题是很难的，主要有以下一些原因。

首先，很多人并没有严格的交易记录，如果我们去问那些散户，你炒股有没有赚钱？我相信绝大部分人都会说："当然赚钱了。"或者即使亏了他们也会说："股票还在。"言下之意是再等一段时间市场上涨后就赚了。

其次，很多人都会选择性记忆。他们对自己在某只股票上赚钱的经历记忆犹新，可以重复几十遍滔滔不绝地告诉不同的朋友，自己在股票投资上是个天才，但是在自己亏钱的股票上却选择淡忘，绝不告诉任何人。还有一些人在股票上亏了以后，又从自己其他的银行账户或者父母那里拿钱再补仓，在他看来账面总额增加了，因此也不算亏损。

所以要检验散户真正的赚钱情况，不能问他们自己，而要从其他更客观的途径研究。美国加利福尼亚大学的教授巴伯和奥德安曾经研究了一家美国券商提供的66 465个个人交易账户1991—1997年的交易记录，得出结论：炒股会减少投资者的财富。[1]

如表7-4显示，在这6万多个个人账户中，那些买卖股票越是频繁的散户（即表中每月换手率越高的投资者），其净回报率越低。所有账户的平均年净回报率比同期标准普尔500指数的净回报率低1.5%，而那些交易最频繁的散户的年净回报率比同期标准普尔500指数低6.5%。

表7-4　美国不同换手率股民的年净回报率（1991—1997年）

股民炒股每月换手率	年净回报率（%）
1%	17
3%	16
6%	14
22%	11
所有账户平均	16
同期标准普尔500指数	17.5

数据来源：BARBER B, ODEAN T. Trading is hazardous to your wealth: the common stock investment performance of individual investors [J/OL]. The journal of finance, 2000, 55: 773-806 [2020-06-01]. https://onlinelibrary.wiley.com/doi/abs/10.1111/0022-1082.00226.

有些读者可能会说："散户选股当然亏啦，因为他们是散户嘛，没有专业技

[1]　BARBER B, ODEAN T. Trading is hazardous to your wealth: the common stock investment performance of individual investors [J/OL]. The journal of finance, 2000, 55: 773-806 [2020-06-01]. https://onlinelibrary.wiley.com/doi/abs/10.1111/0022-1082.00226.

能。"那么那些专业选股的基金经理，他们的选股能力如何呢？

美国的3位教授巴拉斯（Barras）和斯凯莱特（Scaillet）、韦默斯（Wermers）曾经对美国1975—2006年（31年）的2 000多名公募基金经理做过定量分析[1]，得出结论：在这2 000多名基金经理中，高达99.4%的基金经理没有选股能力，而在剩下0.6%的基金经理中，很难分清楚他们到底是有选股能力，还是只是运气好而已。

得出这个结论的并非只有上面两个研究，事实上，很多研究都有类似的发现。在上文中提到的五福资本综元分析中，我们整理了关于研究基金经理投资能力的一流期刊上刊登的学术论文，结果发现大部分论文都得出了相同的结论：基金经理在扣除各项费用之后，给投资者的回报还不如一个被动指数基金（比如标准普尔500指数基金）。

选股比你想象的难多了

上面这些发现其实并不奇怪，因为选股本就是一件非常困难的事。

如表7-5所示，在1957年时，标准普尔指数中包括500家公司，但在40年后的1997年，只有74家公司还在该指数中。也就是说，其他的426家公司（约占总样本的85%）都已经被剔除出美国最大的500家公司行列了（它们可能被并购、倒闭，或者市值变小而跌出了500强）。而其中公司股票回报比指数更好的，只有区区12家。换句话说，基金经理或者散户要想战胜指数，就需要独具慧眼，找到那500家公司中最强的12家公司，而这个概率是2.4%。

---

[1] BARRAS L, SCAILLET O, WERMERS R. False discoveries in mutual fund performance: measuring luck in estimated alphas [J/OL]. The journal of finance, 2010, 65 (1): 179-216 [2020-06-01]. https://www.jstor.org/stable/25656289.

表7-5　标准普尔500指数企业的变迁

时间	标准普尔500指数企业的变迁
1957年	500家
1997年	74家
公司股票回报战胜指数回报：12家	

数据来源：标准普尔

很多时候，不管是散户也好，基金经理也好，大部分人都对蒸蒸日上的大公司情有独钟，殊不知购买这些名头响亮的大公司股票未必会带来好的投资回报。

表7-6列出的是美国历史上的十大破产公司，它们都是当时名头响当当的大公司，比如雷曼兄弟、通用汽车、安然等。很多投资者业绩不佳，获得的回报不如指数回报，原因之一就是过多地依靠直觉，顺着公司名气去买股票。而通过表7-6的分析我们就可以看出，公司的名气响亮，并不代表购买该公司股票就一定安全。对于这个现象巴菲特曾经说过："这个世界上最傻的买股票的理由就是因为股票正在上涨。"

表7-6　美国历史上的十大破产公司

公司	破产前总资产（百万美元）
雷曼兄弟（Lehman Brothers）公司	691 063
华盛顿互惠公司（Washingtong Mutual Inc.）	327 913
世通公司（Worldcom Inc.）	103 914
通用汽车公司（General Motors Corp.）	91 047
CIT 集团（CIT Group）	80 448
安然公司（Enron Corp.）	65 503
康赛克公司（Conseco Inc.）	61 392

（续表）

公司	破产前总资产（百万美元）
全球曼氏金融公司（MF Global Holdings Ltd.）	40 541
克莱斯勒（Chrysler）公司	39 300
桑恩伯格房贷（Thornburg Mortgage）公司	36 521

数据来源：美国破产协会（American Bankruptcy Institute）

莫顿·米勒曾经说过："如果有1万个股民在选股，那么根据概率，其中有一个会选到涨好多倍的股票，这只是个概率游戏。很多人认为他们在有目的地选股，但其实根本不是。"

美国著名基金公司DFA的创始人雷克斯·辛克菲尔德说过："股市中的任何一个人，和全世界的60亿人比起来，他所知道的信息只是非常微小的一部分，这也是没有人能够战胜市场的原因之一。"

美国的"债券之王"，太平洋投资管理公司（PIMCO）的创始人之一比尔·格罗斯（Bill Gross）的一段话尤其值得我们深思，他说："每个投资大师，像巴菲特、乔治·索罗斯（George Soros），还有我自己，都受惠于这个伟大的时代。一些投资者承担了一些风险，加了一些杠杆，获得了一些回报，便被冠以'大师'的称号，殊不知他们只是比较幸运而已。"

聪明的投资者，首先会客观地审视和评估自己的选股能力。如果没有充分的证据证明自己有超出常人战胜市场的选股能力，那么他就会选择更适合自己的理性投资方法，通过购买并长期持有低成本指数基金来实现自己拥有股票的投资目标。

通过指数投资股票

如果投资者缺乏选股能力，那么他们应该用什么方法投资股票呢？现代金融理论经过几十年的积累和发展，已经形成了一套比较完善的体系。在这套体系中，有一条比较核心的理论，即多元分散。

根据诺贝尔奖得主马科维茨提出的现代资产组合理论，以多元分散的方式投资并持有资产，可以帮助投资者在不影响投资回报的情况下降低投资风险。多元分散的意思是投资者不光要持有各种不同的股票（比如大市值股票、小市值股票、成长型股票、价值型股票等），而且要跨越国界（持有发达国家股票和发展中国家股票），在这一理论基础上的最大金融创新之一，就是股票指数的诞生。

股票指数的编排是一门技术活，值得我在这里稍微展开解释一下。假设我们可以投资的股票市场有几十个国家，每个国家有好几百只股票，那么我们应该如何设计一个比较合理的世界股票指数呢？可以考虑下面几种选项。

市值加权：市值加权是最常见的股票指数编排方式。该方式根据每只股票的市值，决定该股票在世界股票指数中的权重。大家耳熟能详的标准普尔500指数就是市值加权指数。国内一些主要的股票市场指数，比如上证180、沪深300等指数，也是市值加权指数。

GDP加权：该指数编排方式是根据每个国家的GDP规模，配置这个国家在世界股票指数中的权重。举个例子，2015年世界上GDP总量排名前三的国家是美国、中国和日本，那么在世界股票指数中，占权重最高的就应该是美国、中国和日本的股票，并且其权重和它们各自的GDP成正比。在确定了每个国家的权重后，在各自国家之内，再选择市值加权或者其他加权方法来确定每只成分股票的权重。

价格加权：价格加权指数是根据股票市场上每只股票的价格来决定其在指数中的权重。世界上历史最悠久的股票指数之一道琼斯工业平均指数，就是典型的价格加权指数，日本的日经225指数也是价格加权指数。

等权重指数：等权重指数的意思是给予指数中的所有股票成员相同的权重，比如标准普尔指数有500只股票成员，那么每个成员被分配到的权重就是0.2%。等权重指数和市值加权指数最大的区别在于，在等权重指数中，小规模股票（比如标准普尔指数中第300 ~ 500名的公司的股票）占到的权重要更大，而大规模股票（比如标准普尔指数中前100家公司的股票）占到的权重要更小。

等权重指数和市值加权指数的另外一个区别是等权重指数需要通过不停地再平衡来调整其指数成员的权重。由于每只股票的市场价格随时都在变动，因此即使在一天之后，每个成员的权重也会发生变化，偏离原来设立的等权重目标。因此理论上来说，要保持等权重指数中股票成员的权重始终等权的话，指数管理者需要时刻买卖那些股票来调整它们的仓重。而过于频繁的买卖会导致过高的交易费用，从而拉低投资者的回报。

世界上第一个指数基金就是等权重指数基金。1971年，美国富国银行的威廉·福斯（William Fouse）和约翰·麦奎恩（John McQuown）开始为新秀丽（Samsonite）公司管理世界上第一个指数基金账户，启动资金为600万美元。该基金管理的指数会追踪纽约证券交易所里1 500只股票的回报，每只股票受到等权配置。由于频繁交易导致费用过高，所以投资者回报不佳。在1973年，富国银行将该账户追踪的指数从等权换为了标准普尔500指数（市值加权指数）。

等权重股票指数在最近几年重新引起了学术界和业界人士的关注。在2013年的一篇学术论文[1]中，作者回测了1990—2010年的股票回报，得出结论：标准普尔500等权重指数比标准普尔500指数的回报每年高出2%左右，但这个超额回报是在扣除交易费用之前得到的。也就是说，如果等权重指数的交易成本比加权指数的交易成本高出2%或者以上，那么等权重指数的回报就会不及加权指数的

---

[1]　ZENG L Y, LUO F. 10 years later: where in the world is equal weight indexing now [P/OL]. (2013-04-20) [2020-06-01]. https://papers.ssrn.com/sol3/papers.cfm?abstract_id=2257481.

回报。

也有其他研究指出，等权重指数在理论上可以获得比市值加权指数更高回报的主要原因是等权重指数承担的风险更高，这个风险主要来自流动性和波动性风险。投资者承担的风险高，投资回报才高，体现的还是市场有效的原则。

市值加权指数

在综合考虑了上面提到的不同指数编排方法的利弊之后，我认为市值加权指数是目前最适合投资者投资股票市场使用的指数，主要有以下几个原因。

第一，GDP加权指数不考虑各国股票市场的流动性。举个例子，根据GDP加权，在一个世界股票指数中需要包括非常多的中国A股，但是从一个全球美元投资者的角度来说，他可以购买的自由流通的中国股票非常有限，主要因为人民币还没有实现完全自由的跨境流动，因此让投资者追踪这样一个GDP加权的全球股票指数有些不合理。

第二，市值加权指数不需要像等权重指数那样频繁地调权重，因此可以节省更多交易费用，给予投资者更高的回报。

第三，绝大多数的金融研究都是基于市值加权指数，其合理性得到了一些认可度比较高的金融理论支持，如有效市场理论和资本资产定价模型。

第四，市值加权指数也是目前绝大多数金融机构使用的基准。由于大家都使用这样的基准，因此追踪市值加权指数的指数基金数量最多，费用最低，流动性最高，对于投资者来说选择性最大。

第五，市值加权指数在理论上没有持有数量的限制，因为在市值加权指数中，市值越大的公司，其权重也越高。指数本身就是市场，因此不管投资者有1亿、10亿还是100亿的资金量，在投资并持有市值加权指数基金时都没有规模限制。

第六，市值加权指数的计算方法并不复杂，也比较容易复制，因此对于指数基金经理来说，这样的指数比较容易管理，其追踪误差（tracking difference）也会比较小。截至2021年年底，全球可供投资者选择的上市流动的股票里，美国的股票大约占到全球股票总市值的60%，而美国的GDP约占全世界的17%，因此从金融投资角度来看，美国的股票市值占比是非常高的。

在美国之后的股票大国是日本、英国、中国和法国。中国（包括中国香港）的股票市值大约占到全世界的3.6%（2021年年底）。随着人民币国际化的推进，以及中国金融市场的不断开放，中国股票的比重会越来越大。

当然，市值加权指数也并非完美，对它的批评一般有以下几点。

第一，市值加权指数在给指数中的股票成员配重时只看市值，忽略了其"内在"或者"基本面"的价值。在一个市值加权指数里，越是被高估的股票，其市值就越高，而其权重也越高。比如在1999年互联网泡沫处于顶峰的时候，最被高估的那几只科技股，在指数中得到的权重也最高，这让一些投资者觉得不太合理。

第二，市值加权指数合理的一个理论基础是有效市场理论，即市场价格是对的。关于有效市场理论的争论从未停息过，而我们如果回顾历史，很容易就能得出市场有时候并不那么有效的结论。当然，有效市场理论从来没有说过市场总是有效的，这应该是很多人对有效市场理论的误解，但不管怎么说，如果市场总有无效的时候，那么基于市值加权的指数也会有估价不合理的时候。

第三，如果再深一步细分市值加权指数的风险因子，我们就可以得出结论，市值加权指数受动量和规模因子的影响比较大。举例来说，标准普尔500指数选的是美国市值前500名的公司[1]。按照标准普尔500指数选公司的方法，被标准普

---

[1]　严格来说标准普尔500指数并不是一个完全量化的指数，因为标准普尔公司有一个委员会专门决定该指数的成员。委员会在某些特殊时候，比如2008年金融危机时，有权力根据他们的主观判断得出结论，决定指数中的成员。但总体来说，标准普尔500指数选的公司和美国市值前500名的公司高度重合。

尔500指数选中的公司是大股票（规模因子）或者价格上涨比较快的股票（动量因子），并且规模越大，价格上涨越快，其在指数中的权重也越大。因此在风险因子层面，像标准普尔500这样的市值加权指数就没有包括小规模股票，并且在其指数中，价值型股票的权重过低，从而可能影响投资者的收益。

第四，市值加权指数有时候可能会有严重的行业偏见。比如在1999年科技股泡沫破裂之前，指数中的科技和电信行业占比非常高；2008年金融危机爆发之前，指数中的银行股比重非常高。市值加权指数反映了不同行业周期的兴替，并将其放大。

在指数编制的选择中，没有完美的方法。作为投资者，我们只能在考虑各种不同的因素后，通过妥协和取舍选择最合适的指数。在综合了各种利弊后，我认为市值加权指数是目前最适合广大投资者的股票指数。

股票投资总结

作为一名股票投资者，在购买股票时，我们应该把自己想象成这家公司的老板，用比较长远的眼光来看待自己的投资。

从历史上看，股票作为一项资产，能够给予投资者最好的回报，并且能够抵挡通货膨胀的风险。基于多元分散的原则，通过指数基金的方式来购买并且持有股票，是适合广大投资者的最优的股票投资方法。

股票指数有不同的编排方法，目前来说最常用和最适合普通投资者购买的是市值加权型股票指数基金。

第8章　债券投资策略

债券，也被称为固定收益证券，是广大投资者资产配置中必不可少的一个组成部分。

债券的原理非常简单，大部分人不需要学金融知识都能理解。在一个典型的债务关系中，债权人先把钱借给债务人，债务人按照借款约定按时偿还利息，并且在债务到期时偿还本金。

在日常生活中，债权和债务关系无时无刻不存在于每个人的周围。比如我们去银行存款，就是作为债权人把钱借给银行，而银行则作为债务人向我们支付利息。很多人喜欢购买国库券，这也是一种债务关系，本质上我们购买国库券，就是把钱借给政府，然后政府按照国库券利率向债权人支付利息。在这一章中，我将为大家详细分析债券的投资要点。

世界债券市场

从全球金融市场的规模来看，包括政府债券、公司债券、商业地产抵押贷款支持证券、非抵押债券等各种债券的市值要远远大于公司股票的市值。根据麦肯锡公司在2012年的估计，当时全世界所有公司的股票市值大约为50万亿美元，而所有的债券加起来的市值则高达175万亿美元，是前者的3倍多。光是全世界的政府债券，其市值总额就差不多达到了47万亿美元，和全球所有股票的市值差不多。

截至2022年年底，在全世界所有政府中，绝对负债最多的是美国政府，其负债总额达到了全世界所有政府负债的31%左右。紧跟着的是日本，日本政府债券（JGB）的市值大约占到全世界所有政府债务总和的17%，其他一些债务总额比较高的国家有中国、德国、意大利、法国和英国。[1]

值得一提的是，这里列举的只是债务总额（根据当时的外汇汇率转换成美元计算），而没有考虑各个国家经济总量的大小。

如图8-1所示，如果把国家的经济总量算上，那么2021年负债率［（政府总负债/GDP）×100%］最高的国家为日本，接下来依次是委内瑞拉、希腊、苏丹、厄立特里亚、新加坡和意大利。

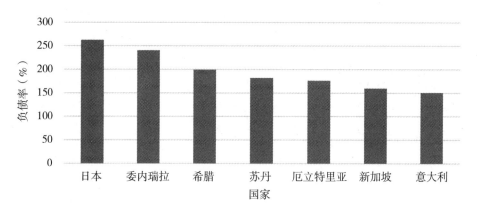

数据来源：福布斯，以上计算基于2021年12月数据

图8-1 2021年高负债率的国家

---

[1] 数据来源：彭博社

回到开头的问题，为什么投资者要投资债券呢？大致来讲有以下几个原因。

第一，债券是相对来说投资风险比较低的资产。只要债务人按时偿还利息和本金（即不违约），那么债权人的投资就有稳定回报（在扣除通货膨胀之前）。一般来讲，把钱借给国家政府（即购买政府债券）是非常安全的。一来政府破产违约属于小概率事件，二来如果是以本国货币计价的国债，政府可以通过无限印钞来偿还其债务。因此如果投资本币国债，在理论上不可能有违约风险。

第二，从历史数据角度来看，政府债券的回报波动率要比股票小很多，这也从实证角度印证了上面提到的债券风险比较小的论断。

第三，债券的回报和股票回报相关性不大。在很多时候，两者的关系呈负相关（比如美国债券和美国股票）。根据现代投资组合理论，在一个股票组合中加入债券的话，可以提高资产组合风险调整后的收益。

第四，有些政府提供防通货膨胀债券（比如美国的通货膨胀保值债券TIPS，英国的通胀联动债券Inflation Linked Gilts等）供广大投资者选购。防通货膨胀债券的投资回报和通货膨胀率挂钩，可以帮助投资者应对无法预测的通货膨胀风险。

所以说，在每个投资者的资产组合中，债券都应该占有一席之地。为了更好地分析作为投资标的的债券，我们可以把债券的回报（也可以称为风险，回报和风险其实就是一枚硬币的两面）进一步地细分为下面的组成部分。

（1）无风险回报

（2）期限溢酬

（3）信用利差

（4）通货膨胀

下面我们就每一种回报来具体地讨论。

无风险回报

无风险回报，指的是理论上投资者不需要承担任何风险就可以获得的回报。在现实生活中，严格来讲没有任何资产可以在没有风险的情况下给予投资者回报。和无风险回报最接近的回报是短期政府债券能够提供的回报。

短期政府债券的定义是政府发行的短于1年的国债。绝大部分的金融学术研究都会假设美国政府不可能在其发行的美元债务上违约，因此，这些短于1年的美国国债就被视作是绝对安全的投资品种。相应地，从这样的短期债券上得到的回报被称为"无风险回报"。同理，如果假定中国政府不可能在人民币债务上违约，那么中国政府发行的短期国债提供的回报就是"无风险回报"。

从历史上来讲，短期政府债券可以给予投资者非常不错的回报。前文中表7-1显示了美国过去200多年间的各种资产的年回报率（扣除通货膨胀之后）。我们可以看到，短期政府债券的回报率是每年2.7%，考虑到这个回报率在不承担任何风险的前提下战胜了通货膨胀，可以说是相当地不错。

从世界范围来看，不同国家的实际利率回报则相差比较大。如表8-1所示，1900—2000年，算术平均实际利率（扣除通货膨胀之后）最高的工业化国家为丹麦，平均每年3%，而算术平均实际利率低的工业化国家为意大利、德国和法国。这几个欧洲国家在"一战"或者"二战"之后都经历了严重的通货膨胀，因此实际利率较低，介于每年-2.9%～0.1%之间。

德国在20世纪20年代的魏玛共和国时期，经历了世界上主要工业国之中最为严重的通货膨胀。举例来说，1922年，1美元大约值320德国马克，而到了一年之后的1923年，美元兑德国马克的汇率达到了1美元兑4.2万亿德国马克[1]。如此疯狂的恶性通货膨胀导致今日的德国人对通货膨胀的风险仍旧高度警惕。

---

[1]　COLE J, SYMES C, COFFIN J, STACEY R. Western civilizations: their history and their culture [M]. New York: W. W. Norton & Company, 2011.

表8-1　5个主要工业国实际利率（1900—2000年）

国家	算术平均实际利率（%）	最低实际利率（%）	最高实际利率（%）
法国	-2.6	-41.7	38.9
丹麦	3	-16.6	23.6
德国	0.1	-100	38.8
意大利	-2.9	-76.6	14.2
美国	1	-15.1	20

　　数据来源：E.迪姆森，P.马什，M.斯汤腾.投资收益百年史[M].戴任翔，叶康涛，译.北京：中国财政经济出版社，2005.

　　德国人对于通货膨胀的态度也可以解释他们对于金融政策的态度，比如欧洲中央银行是全世界为数不多的，仅以价格稳定作为其核心政策目标的中央银行。相比之下，美国的中央银行美联储就同时将价格稳定和降低失业率作为其政策目标。

　　当然，严格来讲，中央银行很难同时兼顾价格水平目标和失业率目标。因此，在实际工作中更多的是一种取舍和平衡。欧洲中央银行将价格稳定作为其唯一的政策目标，直接省略就业率目标，就是明确地告诉市场，在这两个目标中，价格稳定（即每年2%左右的通货膨胀率）占有绝对的主导地位。而这背后的原因，有很大一部分就是德国人对于通货膨胀有着深深的忌惮。

　　大致来讲，全世界主要工业国的通货膨胀威胁在1980年以后基本得到了控制。以美国为例，美国在20世纪70年代经历了严重的通货膨胀危机。1979年保罗·沃尔克（Paul Volcker）被当时的美国总统吉米·卡特（Jimmy Carter）任命为美联储主席时，美国的通货膨胀率在10%以上，并在1980年达到创纪录的14.8%。同时，美国的失业率也攀升到10%以上，美国面临着无法从"滞胀"泥潭中摆脱出来的经济难题。

为了应对通货膨胀，保罗·沃尔克推出了一系列强硬的货币政策，如大幅度提高利率，美国联邦基本利率在1980年被升高到20%。到了1983年，通货膨胀终于被成功控制，通货膨胀率回落到3%左右。

从表8-2中我们可以看到，全世界的主要工业国，在1980年以后都有比较显著的正的真实利率（扣除通货膨胀之后的利率），和1980年以前的情况完全相反。平均来说，主要工业国在1980—2000年的实际利率达到了每年3.7%，曾经让人谈之色变的通货膨胀基本上从人们的生活中消失了。这也是当今的投资者对于通货膨胀威胁不太紧张的原因之一，因为我们已经有好多年没有经历过像20世纪20年代德国魏玛共和国和1948年中国内战时国统区那样的恶性通货膨胀了。

表8-2　主要工业国实际利率

国家	1900—1980年实际利率（%）	1980—2000年实际利率（%）
法国	-4.8	2.6
日本	-3.1	2.1
德国	-1.5	3.1
英国	0.1	4.5
美国	0.4	2.8
主要工业国平均	-0.7	3.7

数据来源：E.迪姆森，P.马什，M.斯汤腾.投资收益百年史[M].戴任翔，叶康涛，译.北京：中国财政经济出版社，2005.

短期政府债券给予投资者的另外一个好处是，它的回报和股票回报的相关性非常小，有时候甚至是负的。从现代资产组合理论来看，在一个多资产的组合配置中，投资者应该加入短期政府债券来降低整个资产组合的风险，提高其风险调整后收益。

期限溢酬

期限溢酬，指的是投资者可以从承担"久期风险"中得到的超过无风险回报的那部分投资回报。

作为门外汉，我们可以这么理解期限溢酬：假设我们要买一种国库券，在通常情况下，我们能够购买的国库券从短期到长期，有3个月、1年、3年、5年期甚至更长，在大多数情况下，国债的期限越长，其收益率越高。

比如下面是2015年9月28日中华人民共和国财政部公布的关于国债发行的公告：

根据国家国债发行的有关规定，财政部决定发行2015年凭证式（四期）国债（以下简称本期国债），现将发行等有关事宜公告如下：

1. 本期国债最大发行总额300亿元，其中，3年期150亿元，票面年利率4.25%；5年期150亿元，票面年利率4.67%。

2. 本期国债发行期为2015年10月10日至2015年10月19日。

3. 投资者提前兑取本期国债按实际持有时间和相对应的分档利率计付利息，具体为：从购买之日起，本期国债持有时间不满半年不计付利息，满半年不满1年按年利率0.99%计息，满1年不满2年按2.72%计息，满2年不满3年按3.74%计息；5年期本期国债持有时间满3年不满4年按4.26%计息，满4年不满5年按4.40%计息。

其他事宜按《中华人民共和国财政部公告》（2015年第10号）规定执行。

特此公告。

中华人民共和国财政部

2015年9月28日

从上面的公告中我们可以得知：

第一，5年期的国债利率（4.67%）要比3年期的国债利率（4.25%）高。

第二，如果提前兑取国债，那么投资者得到的实际利率会随着持有时间的增加而升高。比如：持有不满半年的，利率为零；持有半年到1年的，利率为0.99%。

在绝大部分时间，这两条规律在世界各国都适用。为什么持有更长期的国债可以获得更高的利息？一般来说有以下几个原因：

第一，国债的久期越长，其价格对于利率变动的敏感度越高，所以该国债的利率风险越大。投资者可以把久期想象成一个杠杆，举例来说，如果基本利率上升1%，久期为1的债券，其价格会下降1%；而久期为10的债券，其价格则会下降10%。因此久期越长的债券，波动率越高，风险也越高。那么购买更长期限国债的投资者就需要获得一个风险溢价，来补偿他所承担的更高的风险。

第二，投资者如果购买更长期的国债，那么他就放弃了短期的流动性。就像上文所说，如果投资者购买了一种5年期国债，那么要获得每年4.67%的收益率，投资者需要持有满5年。也就是说在这5年里，投资者不能提前赎回国债（否则他获得的收益会低于4.67%）。在这种情况下，投资者就需要额外的回报来补偿自己放弃的短期流动性。

第三，如果由于某种原因，短期国债的利率高于长期国债，那么在一个有效的市场内，大部分投资者会选择买入短期国债，卖出长期国债。这样的套利行为会导致短期国债收益率下降，长期国债收益率上升，从而导致期限溢酬重新变正。

当然，历史上也有反常的时候，即短期国债的利率高于长期国债利率，也就是说期限溢酬是负的。举例来说，美国10年期国债的期限溢酬在2016年5月17日达到了-0.38%，是从1960年以来的最低值。

除了刚刚提到的特殊时期，在历史上的绝大部分时间里，投资者可以从持有更长期限的国债中获得正的期限溢酬，比如表8-3显示的是1900—2000年美国政府债券投资者可以获得的期限溢酬。我们可以看到，投资者购买中长期债券的话，相对于短期债券大约可以获得每年0.7%的期限溢酬。

表8-3　美国政府债券期限溢酬（1900—2000年）

美国政府债券	期限溢酬（%）
短期政府债券（1年以下）	0.9
中期政府债券（1~7年）	1.6
长期政府债券（7年以上）	1.6

数据来源：E.迪姆森，P.马什，M.斯汤腾.投资收益百年史[M].戴任翔，叶康涛，译.北京：中国财政经济出版社，2005.

值得一提的是，购买美国长期政府债券和中期政府债券获得的回报相同。也就是说，我们这里讨论的期限溢酬，在债券的时长超过一定时限（比如7年）以后就基本消失了。这个发现给我们的启示是，投资者为了获得期限溢酬，购买中期政府债券（7年以下）就够了，没有必要购买长期政府债券。因为在长期政府债券中，投资者承担了更多的久期风险，却没有得到相应的回报。

从全世界范围来看，上面提到的期限溢酬在很多国家都普遍存在。比如表8-4显示的是世界主要工业国在过去100年间的政府债券期限溢酬。我们可以看到，除了德国（几何平均），其他主要国家都有正的期限溢酬，其溢酬的范围在每年0.2%~2.7%。

同时也需要指出，所有国家都经历过负的期限溢酬，尤其是德国（比如高通货膨胀时期）。但如果拉长时间维度，从总体上来说，投资者如果购买时间更长（超过1年）的国债，还是可以获得不错的期限溢酬的。

表8-4　主要工业国政府债券期限溢酬（1900—2000年）

国家	政府债券期限溢酬（几何平均）（%）	政府债券期限溢酬（算术平均）（%）
法国	2.4	2.7
日本	0.5	1.4
德国	−1.7	0.2
英国	0.3	0.9
美国	0.7	1.0

数据来源：E.迪姆森，P.马什，M.斯汤腾.投资收益百年史[M].戴任翔，叶康涛，译.北京：中国财政经济出版社，2005.

信用利差

信用利差，也叫违约溢价（default premium），来自投资者购买的国债以外的公司债券或者房地产抵押债券。由于投资者承担了该公司违约的信用风险，因此他需要获得超额回报作为补偿。

上文中提到，由于理论上政府可以无限印钞，因此我们可以假定以本币计的政府债券没有违约风险。但对于公司来说，是没有印钞的权力的。因此，如果公司经营业绩不佳，那么公司就有在其发行的公司债券上违约的可能性，而投资者如果购买此类债券，就需要承担比政府债券多一层的公司违约风险，因此也会要求得到更高的回报。

在一般情况下，公司债券的风险相对来说要小于公司股票，主要有两个原因：

第一，公司债券的派息率是固定的（比如每年5%）。只要公司没有违约，投资其债券可以得到的回报是比较稳定并且可以预测的。这个特点导致公司债券价格的波动率比股票要小，因此给人的感觉更安全。

第二，在公司破产清算的情况下，债券持有人的等级在股东之上。法律上公司需要先满足债权人的利益，如果还有任何剩余，再满足股东的利益诉求。

从美国历史来看，相对于政府债券，公司债券确实可以给予投资者更高的回报。如表8-5所示，假设我们在1900年的美国，用1元钱购买了政府债券和公司债券。到了100年后的2000年，政府债券的价值变成了5元，而公司债券的价值变成了8.2元，这多出来的3.2元就是这100年间的信用利差。

表8-5 美国信用利差（1900—2000年）

债券类型	1元钱的收益（元）
政府债券	5
公司债券	8.2

数据来源：E.迪姆森，P.马什，M.斯汤腾.投资收益百年史[M].戴任翔，叶康涛，译.北京：中国财政经济出版社，2005.

值得一提的是，通过表8-5计算出来的公司债券信用利差是这100年以来累计的平均超额回报，而不是稳定的固定收益。在这期间，有不少时间公司的违约溢价为负，即投资公司债券的回报反而不如政府债券，这样的情况主要发生于经济萧条或者金融危机时期。由于公司经营业绩不佳，盈利不如一开始预期的那么高，有些公司甚至会在其债券上违约，在这种情况下，持有公司债券可以得到的回报反而不如政府债券。

通货膨胀

如果投资债券，那么投资者需要特别注意通货膨胀风险。因为债券的利息是固定的，如果通货膨胀率比较高，那么从实际收益来说，债券投资者获得的回报就缩水了。在20世纪70年代，美国和英国等工业国都曾经经历过严重的通货膨胀，因此投资者应该牢记教训，不要忘记前车之鉴。

为了应对通货膨胀风险，我们也可以考虑购买一种比较特殊的政府债券，叫作防通货膨胀债券，防通货膨胀债券的原理是其派息和通货膨胀率挂钩。这样如果通货膨胀率上升，投资者可以得到的派息也会上升，从而抵消通货膨胀率上升对投资者真实回报造成的负面影响。目前美国、英国、日本、德国等主要工业国政府都发行了防通货膨胀债券。

那么购买防通货膨胀债券的投资者得到的回报如何呢？图8-2显示的是英国从1981年到2000年各种不同的政府债券的回报率（扣除通货膨胀后）。我们可以看到，防通货膨胀债券在该经济体经历意想不到的通货膨胀时（比如1997年到1998年），会给予投资者比较高的回报；而如果实际通货膨胀率比预期的通货膨胀率要低（经济陷入出乎意料的通缩），那么防通货膨胀债券给予投资者的回报就会比较差。

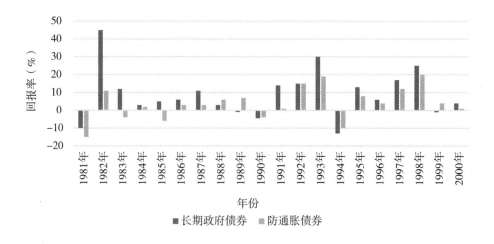

数据来源：E.迪姆森，P.马什，M.斯汤腾.投资收益百年史[M].戴任翔，叶康涛，译.北京：中国财政经济出版社，2005.

图8-2　英国债券的回报率（1981—2000年）

对于投资防通货膨胀债券的投资者来说，购买防通货膨胀债券就好比为通货膨胀风险买了个保险。大家知道，天下没有免费的保险，如果想要为自己害怕的风险上保险，那么我们就需要支出保费。而如果最后我们投保的风险没有发生，比如通货膨胀率没有上升，那么我们的投资回报就会下降，因为保费就这样白白浪费掉了。

一个投资者进行多资产配置时，应该包括防通货膨胀债券。除了上面提到的应对通货膨胀的功能，防通货膨胀债券也能起到多元分散的作用。以1981—2000年的英国为例，防通货膨胀债券的价格波动和政府债券的价格波动之间的相关系数为0.5左右。因此，如果在一个多资产配置组合中加入防通货膨胀债券，可以有效地提高该资产组合的风险调整后收益。

美国的情况也很类似，以1999—2014年的美国为例，美国的防通货膨胀债券和股票的相关系数为0.02，和房地产的相关系数为0.22，和公司债券的相关系数为0.78。因此，在一个多资产的配置组合中加入防通货膨胀债券，可以有效降低投资组合的风险，增加其风险调整后的收益水平。

多资产组合配置中的公司债券

如果把公司债券拿出来作为一个单独的资产类型，购买公司债券有可能让投资者获得额外的信用利差回报。但是，如果把公司债券放入一个多资产组合的配置策略中，其贡献和价值则可能发生变化。在这一节，我们主要来谈谈公司债券在多资产配置组合中的作用。

反对投资公司债券的理由

有很多学术圈和投资行业业内人士反对投资者在多资产组合配置中购买公司债券，我在这里举几个例子。

（1）大卫·F. 史文森（David F.Swensen）

大卫·F. 史文森曾是美国耶鲁大学基金会的首席投资官，他管理的耶鲁大学基金会在20多年里取得了非常好的回报，因此其投资管理方法被很多其他机构作为成功的"耶鲁模式"加以学习，大卫·F. 史文森在其多本著作中都反对投资者购买公司债券。

比如大卫·F. 史文森在他的《机构投资的创新之路》[1]（*Pioneering Portfolio Management: An Unconventional Approach to Institutional Investment*）中提到，公司的管理层对债券和股票的态度是不一样的。每一个公司的管理层都希望自己公司的股票价格不断上涨，因为他们很多人本身就是公司的股东，或者他们的报酬和公司股价表现有直接的挂钩。但是每一个公司的管理层都希望公司的债券价格下降，因为如果该公司的债券价格下降，公司就能以比较低廉的价格将债券从投资者手中回购，从而降低公司的融资成本，提高盈利。

大卫·F. 史文森在另外一本书《非凡的成功：个人投资的制胜之道》[2]（*Unconventional Success: A Fundamental Approach to Personal Investment*）中提到，公司债券对于投资者的价值通过政府债券就可以获得，完全不需要购买公司债券。如果投资者购买公司债券，其需要承担的风险除了普通债券面临的利率风险和通货膨胀风险，还有违约风险、期权被执行导致债券被赎回的风险、流动性风险和外汇风险（如果该公司债券以外币计）。投资者完全没有必要承担这些额外的风险。因此在书中，大卫·F. 史文森推荐投资者只购买美国政府债券和防通货膨胀债券。

---

[1] 大卫·F. 史文森.机构投资的创新之路[M].张磊，杨巧智，梁宇峰，张惠娜，杨娜，译.北京：中国人民大学出版社，2010.

[2] 大卫·F. 史文森.非凡的成功：个人投资者的制胜之道[M].年四伍，陈彤，译.北京：中国人民大学出版社，2021.

（2）拉瑞·E. 斯韦德鲁（Larry E.Swedroe）

拉瑞·E. 斯韦德鲁是美国投资咨询公司白金汉战略财富（Buckingham Strategic Wealth）公司的研究董事。他也是多本投资类书籍的作者，比如《追求阿尔法：投资的圣杯》[1]、《像巴菲特一样思考：成功实现财务和人生目标的投资之道》（*Think, Act, and Invest Like Warren Buffett: The Winning Strategy to Help You Achieve Your Financial and Life Goals*）[2]等。

在拉瑞·E. 斯韦德鲁写过的一本书《成功债券策略唯一指南》（*The Only Guide to a Winning Bond Strategy You'll Ever Need*）中，他推荐投资者只考虑购买短期和中期的政府债券，以及高质量的政府债券。同时他提醒投资者避免购买任何种类的长期债券和垃圾债券（即高收益债券，信用评级低于BBB级的公司或政府债券）。

（3）埃德温·埃尔顿（Edwin Elton）、马丁·格鲁伯（Martin Gruber）、迪帕克·阿格拉瓦尔（Deepak Agrawal）和克里斯托弗·曼（Christopher Mann）

这4位学者是美国纽约大学斯特恩商学院的教授。2001年，他们联合写了一篇发表在《金融杂志》上的学术论文《公司债券的利差解释》[3]。

在该论文中，他们指出垃圾债券的高收益主要来自其内含的股票属性，而非债务属性，而这些来自股票属性的风险溢价无法通过多元分散来消除。因此他们得出结论：垃圾级别的公司债券不值得拥有。

（4）马丁·弗里德森（Martin Fridson）

马丁·弗里德森是美国投资公司雷曼-利维安-弗里德森顾问有限责任公司

---

[1] SWEDROE L. The quest for alpha: the holy grail of investing [M]. New York: Bloomberg Press, 2010.

[2] 拉瑞·E. 斯韦德鲁. 像巴菲特一样思考：成功实现财务和人生目标的投资之道[M]. 季田牛，译. 北京：中国电力出版社，2014.

[3] ELTON E, GRUBER M, AGRAWAL D, MANN C. Explaining the rate spread on corporate bonds [J/OL]. The journal of finance, 2001, 56 (1): 247-277 [2020-06-07]. https://onlinelibrary.wiley.com/doi/abs/10.1111/0022-1082.00324.

（Lehman, Livian, Fridson Advisors LLC）的首席投资官。在马丁·弗里德森于1994年发表的一篇学术论文中，他指出公司债券实质上由两个部分组成。[1]

公司债券收入＝利息收入＋卖出基于公司股票的看跌期权得到的期权费收入

当发行债券的公司资不抵债，申请破产时，上述公式中的看跌期权会被激活，公司的股权会被转让到购买该公司债券的债权人手中。

如果一家公司的发展非常好，没有破产的可能性，那么上述公式中的看跌期权就不值钱。在这种情况下，公司债券的价格基本取决于市场上利率的价格波动。也就是说，投资者购买这样的公司债券，面临的风险和投资者购买相同级别政府债券面临的风险是一样的。而如果公司有破产的风险，那么其债券价格波动又会像公司股票那样非常剧烈，投资者难以获得本来期望的比较稳定的债券式收益。所以，如果投资者的投资组合中已经有了政府债券和公司股票，那么再购买公司债券就显得有些多余了。

（5）阿塔克里特·阿斯万特（Attakrit Asvanunt）和斯科特·理查德森（Scott Richardson）

阿斯万特和理查德森是美国著名的对冲基金AQR中的两位经济学家。在他们俩2015年合写的学术论文《信用风险溢价》（*The Credit Risk Premium*）中，两位作者得出结论：如果购买美国的公司债券，从1936年到2014年，投资者能够获得的违约风险溢价（default risk premium）大约为每年1.3%，也就是说，在这些年里，购买公司债券可以比购买政府债券每年平均多获得1.3%的回报。[2]

---

[1]　FRIDSON M. Do high-yield bonds have an equity component [J/OL]. The financial management, 1994, 23 (2): 82-84 [2020-06-01]. https://www.jstor.org/stable/3665742.

[2]　ASVANUNT A, RICHARDSON S. The credit risk premium [J/OL]. The journal of fixed income, 2017, 26 (3): 6-24 [2020-06-01]. https://www.researchgate.net/publication/312278970_The_Credit_Risk_Premium.

但是这1.3%只是平均回报而已。在经济扩张、人人乐观的美好年代，违约风险溢价会比较高。但是到了经济萧条的悲观年代，同样的违约风险溢价就缩小甚至消失了。同时，公司债券的违约风险溢价和公司股票的股权风险溢价（equity risk premium）成正比，也就是说，投资者以为自己买了债券，实际上这个债券至少是半只股票。

（6）投资级别公司债券也有违约风险

很多人将投资级别的公司债券视为和政府债券相同的保本投资品种，事实上这是一种误解。从本质上讲，公司债券是政府债券和公司股票的混合体。购买公司债券需要承担利率风险（比如央行把利息升高，公司债券的价格就会下降）和信用风险。

表8-6显示的是2001—2014年全球公司债券的违约记录。我们可以看到，投资级别的公司债券违约案例时有发生，公司债券的违约数在2001、2002年和2008、2009年达到了高峰。

表8-6　全球公司债券违约记录（2001—2014年）

年份	公司债券违约总数	投资级别公司债券违约数
2014	60	0
2013	81	0
2012	83	0
2011	53	1
2010	83	0
2009	268	11
2008	127	14
2007	24	0
2006	30	0

（续表）

年份	公司债券违约总数	投资级别公司债券违约数
2005	40	1
2004	56	1
2003	119	3
2002	226	13
2001	229	7

数据来源：标准普尔全球固定收益研究

公司债券给投资者带来的风险介于政府债券和公司股票之间。我们假定政府债券没有违约风险，而购买公司股票的回报则要比公司债券高得多，因此两头不讨好的公司债券成了"鸡肋"，被很多投资者所摒弃。

公司债券历史回报分析

那么公司债券是否如上面所说得这么不堪呢？我们可以从公司债券历史的长期回报来分析这个问题。

图8-3显示的是从1900年到2008年的108年间，美国历史上投资级别公司债券、公司股票和政府债券的真实回报记录（扣除通货膨胀后）。从图中我们可以看到，如果投资时间比较长（10年以上），那么投资级别公司债券的回报无论在哪段历史中，都要比公司股票的回报少，比如在2008年以前的108年、50年和25年间，公司股票的年回报率都要高于投资级别公司债券的年回报率。

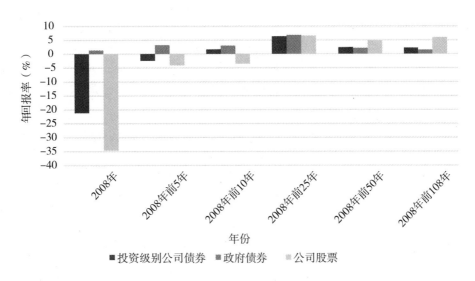

数据来源：德意志银行

图8-3　美国不同资产的年回报率（1900—2008年）

　　但是，如果投资周期比较短，那么投资级别公司债券的投资回报则可能好过股票，比如2008年之前的5年和10年里，投资级别公司债券的年回报率都要高于公司股票的年回报率。当然，其中主要的原因是2008年金融危机中，公司股票价格下跌比较剧烈。

　　那么投资级别公司债券的年回报率和政府债券相比如何呢？如图8-3所示，截至2008年的过去108年间，美国政府债券和投资级别公司债券的年回报率差别相对来说较小。在2008年以前的25年间，政府债券的年回报率甚至超过了投资级别公司债券的年回报率，这个结论和阿斯万特及理查德森的研究发现结果一致。

　　在一个有大量政府债券的投资组合中，公司债券"鸡肋"的尴尬身份显现无遗。比如在2008年，政府债券的年回报率是4.58%，而公司债券的年回报率是-18.66%，投资回报好不到哪里去，而在金融危机时又起不到保护资产组合的作用，因此可以说公司债券是两边不讨好。

值得一提的是，在过去的30年中，美国的债券市场（包括投资级别公司债券和政府债券）经历了一个大牛市，这样的情况在历史中是比较反常的。这样的大牛市是否会在接下来的30年重现，则是另外一个问题。

有些读者可能会说，上面举的是2008年以前的例子，那么有没有时间更近的分析呢？

以证据主义的投资哲学为基础，我们着重检验了两个比较常用的股票和债券指数最近19年（2002—2021年年底）的回报数据。

（1）美国iBoxx投资级别债券指数（iBoxx US Investment Grade Bond Index）。

（2）美国标准普尔500指数。

如表8-7所示，从2002年到2021年的19年间，美国股票的年回报率达到了9.34%，而投资级别公司债券的年回报率为每年1%。同时，股票的年波动率和最大回撤要显著高于投资级别公司债券。"高风险，高回报"这句话用在股票上面是非常恰当的。这里值得指出的是，投资级别公司债券的回报由于受到美联储升息的影响，从2020年开始进入下行周期，在升息周期之前的债券年回报率要比1%高得多。

表8-7　美国股票与投资级别公司债券的投资数据（2002—2021年）

投资类型	美国股票	投资级别公司债券
年回报率（%）	9.34	1
年波动率（%）	18.3	12.2
最大回撤（%）	57	42

数据来源：五福资本，彭博社

如表8-8所示，根据投资级别公司债券和公司股票的历史回报，以月回报和年回报来看，两者之间有正相关关系。

表8-8　股票和投资级别公司债券回报相关系数（2002—2021年）

系数	股票（标准普尔500）和投资级别公司债券（LQD）回报相关系数
月回报相关系数（%）	30.4
年回报相关系数（%）	43.5

数据来源：五福资本，彭博社

所以大致来讲，在一个已经有多元分散的股票的资产组合中，投资级别公司债券的价值有限，因为其回报不如股票，风险又比政府债券更高。

公司债券对于拥有股票的资产组合的分散和保护作用，完全比不上政府债券。在之前的分析中，我们观察到投资级别公司债券的月回报和年回报和股票有正相关关系。如表8-9所示，股票和政府债券的历史回报无论是月还是年，都是负相关关系。因此在一个多资产的配置组合之中，政府债券可以提供的多元分散、降低风险的价值要远远高于投资级别公司债券。

表8-9　股票和政府债券回报相关系数（2002—2021年）

系数	股票（标准普尔500）和政府债券（IEF）回报相关系数
月回报相关系数（%）	−28.1
年回报相关系数（%）	−52.4

数据来源：五福资本，彭博社

债券投资总结

如果一个投资者进行固定收益类投资（债券），那么他可以从以下一些途径获得其承担风险的相应回报。

如表8-10所示，首先是无风险回报，投资者可以通过持有短期政府债券获得。其次是期限溢价，要获得期限溢价回报，投资者需要购买并持有久期长一些的政府债券。再次是信用利差，投资者可以通过投资公司债券获得该溢价回报。最后是真实利率（扣除通货膨胀之后的利率回报），要获得这个回报，投资者可以通过购买防通货膨胀债券来实现。

表8-10 债券种类与回报来源

回报来源	债券种类
无风险回报	短期政府债券
期限溢价	中期政府债券
信用利差	公司债券
真实利率	防通货膨胀债券

投资者在设计自己的多资产配置方案时，还需要注意以下几点。

第一，投资者不仅要持有美国或者中国债券，也要持有其他各国债券。不仅要持有政府债券，也需要持有包括政府债券、公司债券和防通货膨胀债券在内的不同种类的债券。

第二，公司债券是政府债券和股票的综合体，兼有政府债券和股票的投资风险。

第三，从资产组合的角度来看，政府债券的核心作用不可替代，政府债券对于一个多资产组合的贡献是公司债券无法比拟的。如果投资者只拥有股票，那么他增加持有一些公司债券，可以降低其投资组合的风险。

第四，如果投资者在一个多资产组合中已经有了股票和政府债券，那么公司债券能够增加的价值就比较有限。投资者可以考虑在该资产组合中加入一些公司债券，但是比例不宜过高。

第五，一个聪明的投资者，会寻找成本最低的方式实现跨国的多资产配置组合。

第9章　基金投资策略

截至2022年年底，中国的公募基金数量超过了1万只，管理这些基金的基金公司超过了100家，管理的资金规模接近30万亿元。同时，在2022年这一年，中国完成登记备案的私募基金数量超过3万只。对于广大投资者来说，我们面对的林林总总的基金实在是太多了，那么我们应该如何做出理性的选择？这一章就来说说这个问题。

主动型基金面临的挑战

在之前的章节中，我向读者朋友们详细介绍了主动投资和被动投资的定义和区别。顺着这个逻辑，我们就能比较容易理解，基金也可以分为主动型基金和被动型基金。在本章中，我们先来说说主动型基金。

对于中国的广大投资者来说，最熟悉的主动型基金就是投资二级市场的公募基金。

公募基金的主要投资目的是战胜市场（比如沪深300指数），投资者选择购买公募基金的主要原因，就是相信基金经理能够创造超额价值（上文中提到的阿尔法），帮助自己获得比指数更好的投资回报。

那么问题来了，基金经理战胜市场到底是事实还是传说呢？

基金经理之间的零和博弈

在分析这个问题前，先举一个我5岁儿子的实际生活例子。在新加坡，家长送孩子去补习或上各种培训班是非常普遍的，这几乎已经成为新加坡国家文化的一部分。如果一个学龄前的孩子没有上过任何课外补习班，大多数人可能会感到惊讶。而上补习班的目的，自然是让自己的孩子在接下来的考试，比如英语、数学或者科学考试中获得更大的优势。

问题是，如果所有的孩子都被送去上补习班，那么这就几乎等于每个孩子都没有上任何补习班。这就是新加坡父母面临的难题：如果不把孩子送去上补习班，可能就会输给其他那些正在这么做的父母；但是如果每个家长都选择这样做，那么大家除了从日常开支中多付出一笔额外的教育费用，对孩子的帮助并不一定有多大，因为每个家庭的付出都互相抵消了。

其中的主要原因是，孩子间的竞争是相对的。最终决定孩子是否能上好大学的，并不是孩子知道多少，而是孩子跟其他孩子比起来谁知道得更多。因为说到底，优秀的中学和大学的名额有限，即使整个国家的孩子都成为爱因斯坦级别的神童，他们仍需要根据考试的相对分数高低做出区分，最后总有一些更"蠢"或不幸的"爱因斯坦"会错过大学。

为什么我会举这个例子？因为基金管理行业面临着相似的窘境：要成为一个真正好的主动型基金经理，关键并不是基金经理有多好，而是他与其他基金经理比起来是否更好。

那么如何才能成为一个鹤立鸡群的基金经理呢？首先这位基金经理一定要聪明勤奋，这是最基本的。但是每个经理都很聪明勤奋，在这种情况下，基金经理之间的竞争就要看勤奋以外的其他因素。

如图9-1所示，一个好的基金经理团队，应该有以下的资源支持。

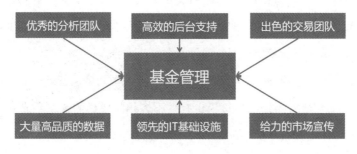

图9-1　基金经理的资源支持

（1）优秀的分析团队、高效的后台支持和出色的交易团队。

（2）大量高品质的数据。这些数据可以从诸如彭博社、路透社或者万得资讯等公司获取。如果基金经理能获得其他人没有的数据，或同一时间比其他人处理更多的数据，或以上两者同时具备，那么该基金经理就能够获得一定的优势。

（3）领先的IT（信息技术）基础设施。这能让基金经理在每分钟更快、更早地处理信息。

（4）给力的市场宣传。基金经理要想让更多的投资者知道自己的存在和业绩，不可避免地需要花大力气和成本对自己提供的服务进行宣传。很多人没有意识到的是，基金行业是广告行业的大金主。大家可能已经对电视、报纸、杂志和网络上经常看到的各种基金的名字和业绩习以为常，而事实上，越是有名的基金在这方面的开销就越大。

在基金经理这个职业周围，有一个巨大的产业群在提供上面提到的服务，帮助基金经理在日复一日的竞争中变得更高、更快、更强，而这些所谓的帮助可能是没有尽头的。

问题是，天下没有免费的午餐，要想获得这些帮助是要付出代价的。要么聘请更好的人才或者购买更多更好的数据，要么投资更新的信息系统基础架构，要么以上全部都投资，所有这些资源都需要财力的支持才能够获得。

那么谁来支付这些费用呢？钱不可能从天上掉下来，答案是：它必须来自投资者。基金经理是要盈利的，如果基金经理持续亏钱，那他就会面临坐吃山空的危险。在这种情况下，基金管理公司可能会关门大吉。

这也恰恰是基金管理行业内部的秘密之一。美国的基金管理行业平均每年有7%～15%的基金被关闭，同时每年也有差不多相同数量的新基金成立。正所谓铁打的营盘流水的兵，基金经理在2～3年以后关闭基金另起炉灶，几乎成了很多基金经理的职业规律。换句话说，成功的基金经理是靠投资者养着的，失败的基金经理则推倒再来，但无论是成功的基金经理还是正在搏上位的基金经理，都需要投资者供给资金养活他们。而基金经理要想获得比同行更好的业绩，就需要投入更多的资源以提升自己的团队、装备和宣传手段。

这就是基金经理的致命弱点：如果所有的基金经理都配备了上面提到的各种资源——无论是更多的数据、更多的分析师，还是更先进的信息技术基础架构，那么它们的作用往往会相互抵消。因此，大多数基金经理在扣除其成本之后，只能向投资者提供极其平庸的回报。绝大多数主动型基金经理无法战胜市场的原因恰恰在于他的竞争者，即其他的主动型基金经理太优秀了，因此整个市场就变得更加有效，因而也更加难以战胜。

主动型基金收费太高

主动型基金经理无法战胜市场的另一个重要原因，是他们的收费太高。美国先锋集团创始人约翰·博格尔在其一本书中曾经说过："很多人以为复利可以带来高回报，他们没有意识到的是，叠加的费用也会把投资者的回报消耗殆尽。"

图9-2对比的是主动型基金和被动型基金之间收益分配的差别。博格尔金融市场研究中心对于美国股市1984—1998年（14年）的历史记录做统计后得出结论：主动型基金的投资者到最后只是分到了投资回报的47%，而被动型基金的投

资者则分到了投资回报的87%。

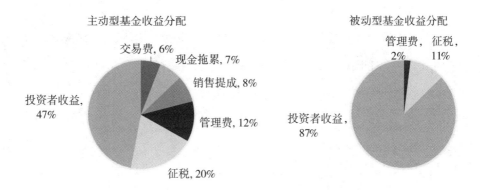

主动型基金收益分配

交易费, 6%　　　现金拖累, 7%

销售提成, 8%

投资者收益,
47%

管理费, 12%

征税, 20%

被动型基金收益分配

管理费,　征税,
2%　　　11%

投资者收益,
87%

数据来源：博格尔金融市场研究中心（Bogle Financial Markets Research Center）

图9-2　主动型基金和被动型基金收益分配对比

为什么主动型基金投资者分到的投资回报要远远小于被动型基金的投资者呢？主要原因是主动型基金经理的收费要高很多。比如图9-2中显示的，在主动型基金中，基金经理的管理费高达12%，而被动型基金的管理费只占2%；主动型基金的销售提成占8%，而被动型基金没有销售提成。

大家平时耳熟能详的那些大基金，基本都是主动型基金，而大家耳熟能详的原因之一就是基金经理在市场宣传上花的力气比被动型基金多很多（比如电视、报纸、互联网广告等），这些开销都不是免费的，最终都需要有人来买单，而购买那些基金的投资者就成了最终的买单者。

耶鲁大学基金会前首席投资官大卫·F. 史文森对各种基金做过大量翔实的研究，并得出结论：在扣除基金经理收取的费用之后，他们战胜市场的可能性几乎为零。大卫·F. 史文森曾经说过："主动型策略的基金经理，无论是公募还是私募，绝大多数都让投资者大失所望。但即使是这样，绝大部分投资者还是选择玩这个必输无疑的游戏。"

大卫·F. 史文森对广大个人投资者的建议是：散户投资者应该掌控自己的金

融命运，加强自己的金融知识水平，从而避免被忽悠，并通过低成本的指数基金实现多元分散的投资目标。

美国经济学教授伯顿·G. 马尔基尔说过："我越来越坚信，公募基金经理过去的历史业绩对于预测其未来的业绩毫无用处，仅有的几个非常稀少的持续有好业绩的基金经理，也很有可能只是运气好而已。"

基金公司小秘密

先来问大家两个有趣的问题。

（1）2008年，美国爆发金融危机，全世界发达国家中哪个国家的股市表现最好？

（2）2012年，欧洲深陷债务危机，全世界哪个国家的股市表现最好？

在本节的后面我会揭晓上面两个问题的答案，但是在公布答案之前，先和大家讨论一下：我们为什么要关心这些问题？原因有很多。首先这关系到我们的投资回报，如果在金融危机时我把钱放在美国，那不是做了冤大头？而如果我有先见之明，在中国股市大涨之前就买入一些便宜的股票，那我岂不是可以大赚一票？

其次，思考这些问题是一件很有趣的事。很多投资者每天会花很多时间去阅读金融类报纸，学习炒股"秘籍"，研究艾略特波浪理论等技术分析手段，目的都是为了发现下一个金矿。

但是，投资者有能力预测这些问题的答案吗？

预测的困难之处

2008年，全球股市表现最好的国家是日本和美国，"仅仅"下跌了31%和39%。2012年，全球股市回报最好的国家是深陷欧洲债务危机旋涡的德国，其股市上涨了27%。

这可能让很多人都大吃一惊，明明金融危机始于美国，但是其股市表现却比绝大多数发达国家都要好；明明欧洲深陷债务危机，德国股市的表现却引领全球。这到底是怎么回事？有人预测得到这样的情况吗？

美国著名作家马克·吐温（Mark Twain）说过："预测是很困难的，特别是涉及未来的时候。"我不想在这里武断地说没有人能够预测到上面这些问题的答案，但至少我们应该意识到，要在这方面做出准确的预测是非常困难的。

美国作者马克·赫布纳在其著作中，专门就投资者对不同资产类型的预测能力做过一些研究分析，其中有一些分析方法让我印象深刻，在这里和大家分享一下。

表9-1显示的是2000—2010年每一年世界上股市回报较好的5个发达国家和地区。我们可以看到，每年的排名变化都非常大，比如2000年的冠军是加拿大，2001年和2002年荷兰股市连续两年称霸全球，然后2003年又轮到瑞典股市。看着这张表，我们扪心自问：我们有能力持续地选出股市回报更好的国家或地区吗？答案是否定的。事实上没有任何证据表明，有人有如此神奇的预测能力。基金公司当然也深谙此道。因此对于一家基金公司来说，如果他们只有一种产品，比如德国股票基金，那么基金公司的收入就要靠天吃饭了。如果运气好，比如德国股市大涨，那么他们就会受到投资者的热烈追捧；但是如果运气不好，比如德国股市表现糟糕，基金公司老板就只能喝西北风了。

表9-1　股市回报较好的5个发达国家和地区（2000—2010年）

排名 年份	1	2	3	4	5
2000	加拿大 4%	法国 −5%	澳大利亚 −12%	英国 −14%	美国 −14%
2001	荷兰 6%	澳大利亚 −1%	美国 −13%	英国 −16%	加拿大 −21%

（续表）

排名 年份	1	2	3	4	5
2002	荷兰 20%	澳大利亚 -4%	日本 -11%	加拿大 -14%	英国 -18%
2003	瑞典 61%	德国 60%	加拿大 52%	荷兰 50%	澳大利亚 45%
2004	瑞典 34%	荷兰 30%	澳大利亚 27%	加拿大 21%	中国香港 21%
2005	加拿大 27%	日本 24%	澳大利亚 13%	法国 8%	德国 8%
2006	瑞典 40%	德国 33%	法国 32%	澳大利亚 27%	中国香港 26%
2007	中国香港 37%	德国 33%	加拿大 28%	澳大利亚 25%	法国 11%
2008	日本 -31%	美国 -39%	法国 -45%	加拿大 -47%	德国 -47%
2009	澳大利亚 69%	瑞典 60%	中国香港 55%	加拿大 53%	荷兰 43%
2010	瑞典 31%	中国香港 20%	加拿大 18%	日本 13%	美国 13%

数据来源：彭博社，五福资本

　　不仅国家或地区很难做出选择，事实上，投资者在面临不同的资产类型时也会深陷同样的窘境。

　　表9-2显示的是2000—2010年每一年回报较好的5种资产类型。表中有不同的资产类型和策略风格，比如大规模股、大规模价值股、小规模股、小规模价值股、国际小规模股（美国以外）、新兴市场股、国际价值股等。

表9-2　回报较好的5种资产类型（2000—2010年）

排名 年份	1	2	3	4	5
2000	房地产 28%	小规模价值股 21%	大规模价值股 10%	债券 7%	小规模股 2%
2001	小规模价值股 18%	小规模股 13%	房地产 13%	债券 6%	大规模价值股 4%

（续表）

排名\年份	1	2	3	4	5
2002	国际小规模价值股 6%	房地产 4%	债券 4%	国际价值股-9%	新兴市场股-9%
2003	国际小规模价值股 66%	新兴市场股 60%	小规模价值股 54%	小规模股 51%	国际价值股 50%
2004	国际小规模价值股 35%	房地产 32%	新兴市场股 30%	国际价值股 29%	小规模价值股 25%
2005	新兴市场股 30%	国际小规模价值股 23%	国际价值股 15%	房地产 13%	大规模价值股 10%
2006	房地产 35%	国际价值股 34%	新兴市场股 29%	国际小规模价值股 28%	大规模价值股 20%
2007	新兴市场股 36%	国际价值股 10%	大规模股 5%	债券 5%	国际小规模价值股 3%
2008	债券 4%	小规模价值股-34%	小规模股-36%	大规模股-37%	房地产-40%
2009	新兴市场股 72%	国际小规模股 40%	国际价值股 39%	小规模股 36%	房地产 33%
2010	小规模股 31%	小规模价值股 29%	房地产 24%	新兴市场股 22%	大规模价值股 20%

数据来源：彭博社，五福资本

　　我们可以看到，每年的回报排名变化很大。比如在2002—2004年，国际小规模价值股（美国以外）的回报非常高，但是接下来的3年，新兴市场股又追了上来；到了2008年，轮到债券的回报最好。

　　一个聪明的投资者会扪心自问：我是否真的有能力预测未来宏观经济变化，选中回报最好的资产类别？

基金公司变成大超市

当然，除了广大的投资者，基金公司也面临着这个相同的问题。公司投入那么多人力和资本，一定有把握抓住下一个受到市场青睐的行业吗？有什么证据表明我们公司对行业的判断比市场更准确呢？如果没有这样的预测能力，公司应该如何应对这样的问题呢？

解决办法就是提供很多不同的基金，把所有可能的"风口"都占上。这就好比一家超市，不求每个基金都表现出色，但是只要提供的品种多，总有一款适合投资者。

这让我想起了5岁的儿子，每当我带他去大型玩具店时，都忧心忡忡，因为基本上只要进了这家店，不买个玩具他是不肯出来的。哪种玩具最适合孩子，或者哪个最受孩子欢迎，不是玩具店需要担心的问题，他们只要提供足够多的选择，让孩子挑花眼就行了。因为不管是冰雪小公主，还是托马斯火车，总有一款会适合孩子。

查尔斯·埃利斯曾经写过一本畅销书叫《高盛帝国》[1]（*The Partnership: The Making of Goldman Sachs*），讲述的是美国最著名的投资银行高盛公司的发迹史。在书中作者提到，管理高盛资产管理部门的合伙人在经历了几年的挫折之后醍醐灌顶，忽然意识到该部门的主营业务并不是设计出最好的投资策略，而是如何集聚他们可以管理的资产。换句话说，业绩是不是最好并不是大问题，是否圈得到钱才更重要。

以一家著名的基金公司（在这里隐瞒其名字以避免不必要的纠纷）为例，表9-3是它在欧洲的产品策略。

我们可以看到，这家基金公司仅在欧洲地区就提供了60多个基金产品，有全球策略、股票量化、股票基本面、固定收益、货币市场等，而如果我们细细研究

[1] 查尔斯·埃利斯.高盛帝国[M].卢青，张玲，束宇，译.北京：中信出版社，2015.

它的产品，就会发现一些共同的特点。

表9-3　某著名基金公司欧洲产品策略

欧洲地区策略	基金数量（只）	申购费（%）	管理费（%）
全球策略	5	5.5	1.25
股票量化	9	5.5	1.50
股票基本面	15	5.5	1.75
固定收益	25	5.5	1.00
货币市场	8	0	0.20

第一，它给投资者提供了一个长长的可供选择的清单。

第二，所有的基金都有非常昂贵的费用结构，包括申购费、高昂的管理费和赎回费。

第三，投资者的收益和付费非常不透明，但基金经理的回报则相当可观。

第四，有成熟的多渠道营销、品牌推广和分销策略。

投资者很可能发现基金公司无处不在，比如在电视、报纸、杂志、广告牌和互联网上。举例来说，投资者就好像是个大胖子，而基金公司则像是糖果公司。基金公司提供各式各样让人眼花缭乱的巧克力、甜点和冰激凌，胖子到底应该吃多少无关紧要，关键是他要不停地花钱购买各种糖果。

这样的例子在中国也不少见（为了避免不必要的纠纷，我在这里不想举任何基金公司的名字），大家只要去比较大的基金公司网站浏览一下，就可以看到它们都会提供少则几十只，多则上百只不同的基金，有股票型、债券型、混合型、货币型、理财型、海外基金、QDII[1]、大宗商品等，让人眼花缭乱。

---

[1]　QDII，即qualified domestic institutional investors首字母的缩写，合格境内机构投资者，是在资本账项未完全开放的情况下，允许内地投资者投资海外资本市场的机制。

策略漂移问题

主动型基金公司提供的这些让人眼花缭乱的基金，还有一个更致命的问题，叫作"策略漂移"。关于这个策略漂移的问题，很多普通投资者不容易理解，在这里我稍微解释一下。

前文提到过，基金公司在圈钱时使用的一个非常重要的手段，是提供各种不同的策略，比如大规模基金、价值型基金、增长型基金等。这样的方法有两个好处：首先是"东方不亮西方亮"，总有那么几款基金在过去的1~2年内表现出色，能赢得投资者的好感；其次是投资者挑花了眼也没关系，只要把钱交给基金公司，他们选哪个基金都无所谓。

投资者要赚钱，首先要选对策略。通过上面的讨论，我希望读者朋友们可以理解，选对策略这件事本身就是非常困难的，和买彩票差不多。

但问题在于，即使投资者选对了策略，他也未必能得到自己心仪的投资回报。所谓的策略漂移，描述的就是主动型基金"挂羊头卖狗肉"，偏离其投资策略的现象。

给大家举一个例子，图9-3显示的是美国富达国际（Fidelity International）旗下一只叫作麦哲伦（Magellan）的基金，从1982年到2015年的投资策略资产分布情况。麦哲伦基金是世界上最负盛名的基金之一，曾经由传奇的基金经理彼得·林奇（Peter Lynch）管理。林奇在1990年退休，其后该基金管理的资金规模不断上涨，最高时达到1000亿美元左右，比很多国家一年的GDP还高。

富达麦哲伦基金的策略是大规模增长型基金，也就是说，该基金主要选的是增长型的大规模股票。换句话说，这不是一只价值型基金，也不是一只小规模股票基金。

但如果回顾该基金的策略历史，我们就会发现，该基金的投资策略和风格经常变化，让人难以捉摸。比如在1994—1997年，该基金几乎所有的仓位都集中在大规模价值型股票和小规模增长型股票中，而其宣传的大规模增长型股票的持仓仓位甚至被降到了零，投资者以为自己买的是大规模增长型基金，事实上根本不是这么回事。

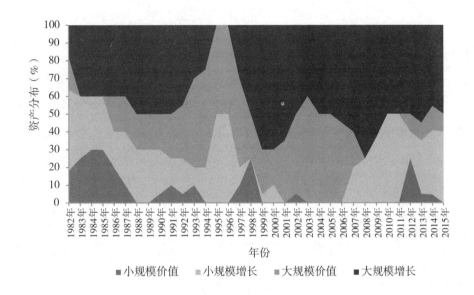

数据来源：HEBNER M. Index funds: the 12-step recovery program for active investors [M]. California: IFA Publishing Inc., 2006，晨星

图9-3　富达麦哲伦基金策略漂移

即使投资者对宏观形势判断正确，得出大规模增长型股票会有更好回报的结论，他们也未必能赚钱，因为他们购买的主动型基金根本没有按照其宣传的策略去购买大规模增长型股票。类似的情况在2008—2015年再度发生。这次麦哲伦基金大约有一半的仓位购买了小规模增长和小规模价值型股票，和其宣传的大型增长选股策略再次南辕北辙。

那么到底是什么原因让这只久负盛名的基金出现如此多的策略偏差呢？主要原因就在于基金经理都是有业绩压力的，而他们最重要的工作就在于圈钱，所以当他们本来的策略表现不好时，基金经理会面临投资者赎回的风险。在这个时候，为了留住投资者或者吸引更多的投资者，基金经理很容易受到"流行投资文化"的影响，跟着市场上的价格变动，哪个涨就买哪个，罔顾本来设定的投资策略。

还有一个原因是基金公司里的基金经理变动比较频繁，所谓铁打的营盘流水的兵，能够在一家基金公司里潜心待上5年以上的基金经理不多，更别说那些10年以上的"老兵"了，这也是国内基金行业面临的一个很大的问题。

比如表9-4显示的就是富达麦哲伦基金历史上的基金经理。我们可以看到，有些经理待的时间比较长，比如彼得·林奇管理了13年左右，而有些基金经理待的时间则非常短（比如莫里斯·史密斯就待了2年，杰弗里·维尼克待了4年）。每个基金经理的特长和个人偏好都不同，在频繁地更换基金经理之后，基金出现策略漂移就不那么让人费解了。

表9-4　富达麦哲伦基金历史上的基金经理

年份	基金经理
1963年—1971年12月	爱德华·约翰逊三世（Edward Johnson Ⅲ）
1972年1月—1977年5月	理查德·哈伯曼（Richard Habermann）
1977年5月—1990年5月	彼得·林奇（Peter Lynch）
1990年5月—1992年7月	莫里斯·史密斯（Morris Smith）
1992年7月—1996年6月	杰弗里·维尼克（Jeffrey Vinik）
1996年6月—2005年10月	罗伯特·斯坦斯基（Robert Stansky）
2005年10月—2011年9月	哈里·朗格（Harry Lange）
2011年9月—2020年12月	杰弗里·法因戈尔德（Jeffrey Feingold）
2021年1月—至今	萨米·西姆尼加（Sammy Simnegar）

数据来源：彭博社，富达麦哲伦

主动型基金的策略漂移问题不仅限于股票基金，比如图9-4显示的是晨星公司对美国债券基金做的调查研究。2012年到2014年，美国每年都有200～300只债券基金的投资组合中含有股票。在2014年3月，大约有352只债券基金在其投资组合中含有股票，其中有一家叫作未来收入积蓄（Forward Income Builder）的债券基金，其资产组合中的股票占比竟然高达49%。

数据来源：《华尔街日报》，晨星

图9-4　投资组合中含有股票的债券基金数量

　　对于投资者来说，这不啻一个定时炸弹。投资者以为自己买了债券基金，很安心地为自己的晚年退休生活做打算，但是投资者不知道的是，债券基金的一大半投资都在股票市场里。万一碰到一场类似2008年的金融风暴，投资者的退休储蓄可能就会损失一大半。出现这种不可思议的疯狂现象，就是因为主动型基金经理为了提高基金收益帮助自己圈钱而不择手段，让投资者承担了不应该承担的风险。

　　纵观整个主动型基金行业，策略漂移的问题令人担忧。图9-5统计了2013年美国不同风格的基金投资策略的一致性。在所有被统计的3 033个公募基金中，大约有一半基金存在"挂羊头卖狗肉"的策略漂移问题。在有些风格类型里，比如中型价值基金中，偏离一开始宣称的投资策略的基金比例更是高达66%左右。

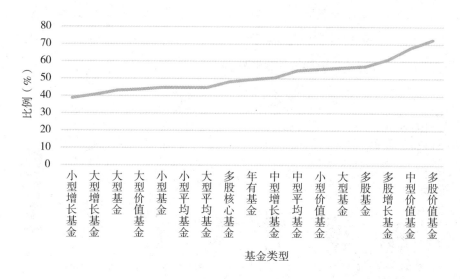

数据来源：晨星

图9-5　发生策略漂移的公募基金比例

　　我希望通过以上例子提醒广大投资者，在投资购买基金之前，一定要小心谨慎。

　　首先要扪心自问：我有没有判断宏观策略的能力？有什么证据表明我能预测未来，知道在接下来的几年中，哪个国家或者哪个行业的股票表现更好？如果没有证据显示我有这些能力，我是否和很多人一样，堕入了过度自信的陷阱？

　　其次，投资者应该了解一下该基金的宣传材料：宣称的投资风格和策略是什么？历史上基金经理轮换是否频繁？目前经理的投资策略和风格是什么，和宣称的是否一致？有没有发生过上面提到的策略漂移问题？这些问题的答案需要基金公司自己提供，因为只有他们自己最清楚。如果没有这些信息披露，那么投资者在做出自己的选择之前，就应该货比三家，三思而后行。

用统计学方法分析基金经理的技能

如何识别一个基金经理是真的有水平还是只是运气好，这是一个很重要的问题。举例来说，截至2021年年底，美国有大约8 000只公募基金，中国的数量更多，有数以万计的公募和私募基金，而且每只基金的经理都自称是最好的。那么，我们如何才能将他们区分开呢？

解决这个问题有很多种方法。很多投资者会依赖"历史经验"，他们会关注基金经理的背景，如学历、工作经验、投资经历或是公司历史和名声。不幸的是，大量的证据显示这类"历史经验"在选择优秀的基金经理时并不是很有用。因此，大部分的投资者在选择基金经理时基本处于盲人摸象的状态。

确认基金经理水平需要的统计数据

那么，我们如何用更科学的方式解决这个问题呢？首先，让我们先问自己一个问题：如果一个基金经理的信息比率（information ratio，IR）是0.5，我们需要观察多少年的投资数据，才可以证实他是真正有水平的基金经理？

如果你不熟悉这些专业词汇，请让我先来解释一下。一个基金经理的信息比率，衡量的是该基金经理投资水平的高低。信息比率由下述公式计算得出。

$$IR = \frac{\alpha}{\sigma}$$

公式中的α，指基金经理的超额收益；σ（也叫作超额误差）是指α的标准差。

一个好的基金经理，其超额收益应该大于零。让我们假设一个基金经理的年平均超额回报率为2%，波动率为4%，那么就可得出他的信息比率IR为0.5，这样的基金经理算是一个极佳的经理。各类研究表明，信息比率为0.3的基金经理，排名就可以达到该国所有基金经理的前10%或前25%（排名因不同国家和时期的样本不同而有所差异），更别说信息比率达到0.5的基金经理了。但为方便讨论问题，我们先假设这个基金经理取得了0.5的信息比率。

$$t_{\text{statistic}} \approx IR \cdot \sqrt{N}$$

下一步是计算观察样本的数量。上过大学统计学课程的读者应该对上述公式不陌生。为达到95%的置信水平，需要t检验的相应界值为1.96。因此，依据0.5的信息比率，需要的观察的样本数量（N）大约是16。换句话说，我们需要该基金经理过去16年的投资数据，才有95%的信心确认该经理真正有投资水平，而不只是运气好。

对于信息比率为0.3的基金经理，依据相同的计算方法，我们需要该基金经理过去43年的投资数据，才有95%的信心确认该经理的投资回报来自其技能而非运气。

为什么选择优秀的基金经理如此困难？实在是因为极少有投资者能观察到基金经理过去16年甚至更长时间的真实投资回报，更不用说这只能给予投资者95%的把握，还有5%的可能是这个经理极其幸运，所以达到了超额回报。可以毫不夸张地说，选择基金经理是否成功，有很大一部分取决于投资者的运气。

在现实生活中，很少有投资者可以有幸将资金投到一个有超过16年历史业绩的基金经理手中，其中有两个原因。

首先，如果投资者有这个要求的话，世界上绝大多数的基金经理都被排除在外了。比如大家耳熟能详的彼得·林奇，从1977年开始掌管富达麦哲伦基金到1990年退休，总共才干了13年。经常在电视上出没的吉姆·罗杰斯（Jim Rogers），其能够被证实的投资业绩也就10年左右。

其次，即使真的有这样的基金经理，有非常长时间的业绩，等到投资者确定他确实有投资水平时，可能已经太晚了。对方要么已经退休，要么已经过了其回报产出的黄金期。

在这方面做得最让人钦佩的就是巴菲特先生，他也是我喜欢的为数不多的基金经理之一，堪称业界良心。巴菲特从事的事业很特别，他用一个纺织厂的壳，完成了类似私募股权基金的壮举。如果投资者一定要投资一个对冲基金，那么可以考虑购买伯克希尔·哈撒韦公司的股票，因为这相当于把你的钱给巴菲特，让他帮你管理。巴菲特每年领取的薪水只有10万美元，没有业绩分成，他创造的大部分价值都在公司股票里，因此做巴菲特的股东要比做其他几乎所有基金经理的股东强很多。

从2001年12月底算起，到2022年12月底的21年间，巴菲特的伯克希尔·哈撒韦公司股价累计上涨511%左右，而同期的标准普尔500指数累计上涨234%左右，伯克希尔·哈撒韦公司的股东每年大约能够跑赢标准普尔500指数3%。

"股神"的故事

下面让我再举几个其他基金经理的例子，我要举的第一个基金经理的名字叫作比尔·米勒（Bill Miller）。

在全世界所有有公开交易记录的基金经理中，比尔·米勒的业绩非常出色。米勒管理的美盛价值信托基金（Legg Mason Value Trust Fund）曾经在1991年到2005年连续战胜标准普尔500指数，创造了一个投资神话。在目前的中国，我还没有找到一个有公开交易记录的基金经理，能够连续14年战胜其市场基准（比如上证综指）。因此从这个意义上来说，比尔·米勒要比绝大部分的中国基金经理强。但就是这样一位现象级的基金经理，也有不得不向市场低头的时候。根据2016年8月《华尔街日报》的报道，比尔·米勒和他曾经工作了30多年的美盛集团分道扬镳。他会继续管理他之前还在管理的两只基金：美盛机会信托基金（Legg Mason Opportunity Trust Fund）和米勒收益机会信托基金（Miller Income Opportunity Trust Fund）。但是这两只基金管理的资金规模已经大不如前，而且从此以后美盛集团将和这两只基金没有任何关系。对于很多投资者来说，要想象一个没有比尔·米勒的美盛集团，就像没有迈克尔·乔丹的芝加哥公牛队，确实让人唏嘘。

比尔·米勒管理的第一只基金美盛价值信托基金，值得我们花点时间仔细地分析一下。

图9-6显示了美盛价值信托基金相对标准普尔500指数的超额年回报率及其资产管理规模。图中的柱子如果在横轴回报率为0的上面，就表明该基金的超额回报为正（战胜市场）；如果柱子在横轴下面，就表明该基金的超额回报为负（无法战胜市场）。

我们可以看到，2006—2008年，该价值信托基金的超额回报率连续低于标准普尔500指数，在2008年遭到重创。2008年受金融危机影响，标准普尔500指数的年回报率下跌了37%，而比尔·米勒的美盛价值信托基金的年回报率下跌了55%左右。也就是说，光那一年，他的投资者就损失了超过一半的投资。

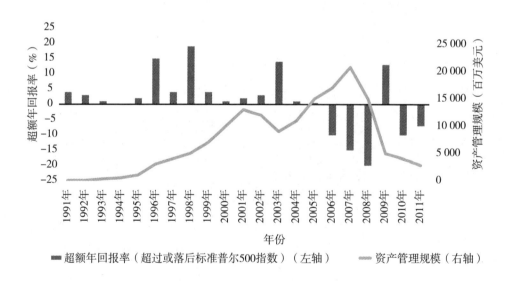

数据来源：《华尔街日报》

图9-6　美盛价值信托基金的超额年回报率和资产管理规模

　　投资者最受打击的地方在于，当他们对比尔·米勒最信任的时候（也就是该基金管理的资金规模最大的时候），恰恰遇到了他管理的基金业绩最差的时候。

　　美盛价值信托基金的资产在2006—2007年达到巅峰值200亿美元，即图9-6中资产管理规模曲线最高处，而该基金在2006年以后的业绩则不尽如人意。比如该基金在2006年到2011年的平均超额收益和基准标准普尔500指数相较，大约为每年-7.1%，信息比率IR为负数。这也是比尔·米勒不得不在2012年离开的原因。

　　纵观美盛价值信托基金的历史业绩和管理的资金规模，我们不难发现，在该基金业绩最好的时候，即1991—1999年，广大投资者并没有得到什么好处。因为那时候比尔·米勒的名气还不够响亮，因此把钱交给他管理的投资者不多。从图9-6的资产管理规模曲线我们可以看到，在1999年之前，美盛信托基金管理的资产管理规模在50亿美元之下。

　　后来比尔·米勒声名鹊起，2006—2007年管理的资产管理规模上升到200亿美元，但是对于那些在2003—2004年之后购入该基金的绝大部分投资者来说，他们买到的是一只非常平庸的基金。也就是说，美盛价值信托基金中的绝大部分投资者进行的是一笔非常糟糕的交易。

　　这可能就是很多投资者没有意识到的一个大问题。即使这个世界上有非常出色的主动型基金经理，也不代表投资者可以轻而易举地通过他们赚钱。如果想要通过出色的基金经理赚钱，投资者首先需要从千千万万个基金经理中挑选出货真价实的有水平的经理，其次需要在对的时间把钱交给那个基金经理。因为就如上面的例子所示，即使是像比尔·米勒那样的明星基金经理，如果投资者不幸在错误的时间找他投资，那么最后的投资结果可能也是很可悲的。

　　比尔·米勒绝不是特例，在这里我和大家再分享另外一个例子。

　　图9-7展示的是富达麦哲伦基金的资产管理平均规模和超额年回报率。柱状（左轴）代表该基金管理的资产平均规模，折线（右轴）代表超额年回报率，横

轴是年份。

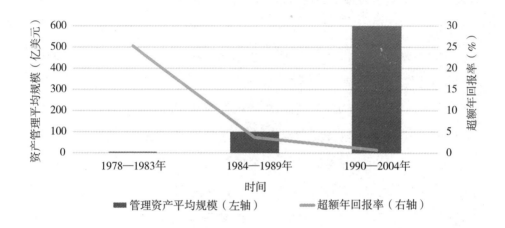

数据来源：BOGLE J. Common sense on mutual funds [M]. New Jersey: Wiley, 2009.

图9-7 富达麦哲伦基金的资产管理平均规模与超额年回报率

　　麦哲伦基金是世界基金产业的巨人之一，曾经由彼得·林奇掌管。彼得·林奇从1977开始管理该基金，直至1990年退休。在这13年中，他以平均每年超过基准即标准普尔500指数13.3%的收益，成为投资界的另一个神话。

　　麦哲伦基金在一开始的1978年到1983年，每年超过了标准普尔500指数大约25.3%。这个业绩是罕见的，也因此为彼得·林奇渐渐赢得了声誉。但是事实上，大部分投资者没有享受到如此优秀的业绩带来的好处。因为在20世纪70年代末的时候，很多人没有听说过彼得·林奇，因此他管理的基金规模相对也比较小，不到10亿美元。

　　在1984年到1989年，彼得·林奇的麦哲伦基金继续跑赢大盘，但已经远非之前的每年25.3%左右，而是每年约3.7%。当然，如果可以坚持多年，每年跑赢大盘3.7%，也是非常了不起的业绩，很少有基金经理可以做到这一点。同时，林奇管理的基金规模上涨到100亿美元左右。

　　1990年，彼得·林奇功成身退，有点讽刺的是，麦哲伦基金的规模在这之后开始井喷，一度上涨到巅峰时期的600亿美元。这是什么概念？大约是一个小国家，如厄瓜多尔一年的GDP。富达基金也因此赚翻了天，仅管理费每年就有7亿多美元的进账。

　　但是如果我们观察该基金在同期的业绩，就会发现其回报和标准普尔500指数几乎没有区别，基本上就好像一个标准普尔500指数基金，投资者期望的每年超过大盘25%或者4%的回报率，完全成了水中月，仅是一个美好的愿望而已。很多投资者可能会记得大多数基金的宣传材料上说：过去的业绩不代表未来的回报。从这点来说，这句话还真是说对了。

　　这个例子告诉了我们什么道理？在世界上最成功的投资案例中，最大的赢家是基金经理，而不是投资者。正如我们从图9-7中看到的，绝大多数投资者是在1984年之后才购入麦哲伦基金的，而在那之后基金回报相当平庸。我们可以推测，该基金的大多数投资者可能会对他们得到的回报感到失望。因为他们一开始购入该基金的期望可能是早先25.3%的超额收益率，这可能也是该基金销售人员在向投资者推销时的撒手锏，但现实和期望的差距实在是太大了。

　　纵观富达麦哲伦基金的历史业绩和管理的资金规模，我们发现了一个类似美盛价值信托基金投资者面临的窘境：在该基金业绩最好的时候（1978—1984年），广大投资者并没有得到什么好处，因为绝大部分的投资者是在1995年之后购入该基金的。他们购买到的是一支非常平庸的基金，回报和标准普尔500指数没什么差别。

　　让我们把时间转回到1978年，当时美国大约有300多个基金经理供投资者选择，彼得·林奇只是其中一个。那些有幸买到彼得·林奇的麦哲伦基金的投资者，确实得到了不错的回报。但是还有其他更多没有买到该基金的投资者，他们的回报就要差很多。事实上，从1978年算起，能够存活超过30年的美国基金不超过20个，要想在恰当的时间选中一个好的基金经理的难度可想而知。

美国经济学家、诺贝尔奖得主尤金·法马说过："即使有20年的真实业绩，其中也有非常多的偶然因素，使我们很难区分基金经理的业绩到底是由于其技能高超，还是仅仅只是运气好而已。"

今天的投资者，不管在中国也好，美国也好，都要面对成千上万的基金经理，我们选中下一个彼得·林奇或者比尔·米勒的概率有多高？理性的投资者不妨冷静思考一下。即使我们买了像比尔·米勒那样有公开可靠记录的"股神"管理的基金，也不一定能给我们带来好的回报，更何况那些没有如此可靠的交易记录的基金经理。

作为一个证据主义者，我鼓励大家用证据主义武装自己，帮助自己做出更理性的投资决策。如果有充分的证据表明基金经理在扣除费用之后，还能持续战胜市场，或者有证据表明投资者有能力从数以千计的基金经理中选出那个真正有能力的天才，那么投资者买一些主动型基金也无妨。但是如果没有可靠的证据支持上面的观点，那么更理性的策略则是购买低成本的指数基金并且长期持有。

聪明的投资者不选主动型基金

全世界的基金行业有多大？在这里请允许我先分享一些数据，让大家对这个行业有一些初步的了解。

（1）截至2022年年底（下同），全世界大约有超过13万只公募基金，管理的资金规模达到56万亿美元左右。

（2）美国大约有近8 000只公募基金[1]。

[1]　数据来源1：Statista Research Department. Mutual funds - statistics & facts [EB/OL]. (2022-06-07) [2022-12-01]. https://www.statista.com/topics/1441/mutual-funds/#topicOverview.

数据来源2：BAYLISS S. Record number of hedge funds now operating around world: HFR [EB/OL]. (2015-06-19) [2020-06-01]. http://www.reuters.com/article/us-hedgefunds-launches-idUSKBN0OZ1KF20150619.

（3）中国的公募基金数量超过了1万只，已完成登记备案的私募基金数量超过3万只。

（4）全世界总共有超过1万只对冲基金。平均来说，每年大约有10%的对冲基金会被关闭，另外有10%的新的对冲基金成立。

所以，挑选基金并企图从中赚钱，是名副其实的大海捞针。并不是说没有好的基金或者出色的基金经理，只是如此规模庞大的行业特性，决定了投资者在这个游戏中胜出的概率非常小。

从全球范围来看，主动型投资行业就好比王小二过年，一年不如一年。主动型基金经理面临着日益增加的生存压力。从2006年以来，美国投资者投入被动型指数基金的资金量每年都有所增长，而同期投入主动型基金的资金量每年都在减少。

为什么越来越多的投资者抛弃主动型基金，转而投资被动型指数基金呢？让我们先来看一些有趣的数据。

根据排名选基金靠谱吗

每个国家都有很多数据对基金进行排名，因此很多投资者会有下面的疑问：根据基金排名来购买基金，靠谱吗？

图9-8显示的是美国1998—2014年在全美基金排名中位列前100位的基金在下一年的排名情况。我们可以看到，这个榜单的流动性非常高，比如1998年排名前100的基金到了1999年，只有6只（6%）继续留在前100名。而有些年份，比如2008年排名前100的基金到了2009年，没有一只还在前100里面。真是铁打的营盘流水的兵，只见新人笑，不见旧人哭。

表9-5中列的是美国2009年表现较好的十大基金（第一列），我们可以看到这些基金的表现在后面几年里完全不可预测，比如一年之后的2010年，它们有些排在百名左右，有些排在几千名。到了两年之后的2011年，其排名更加离谱，好

几个垫底。从中可以理解，如果顺着基金排名购买基金，投资者得到好的回报的概率几乎为零。

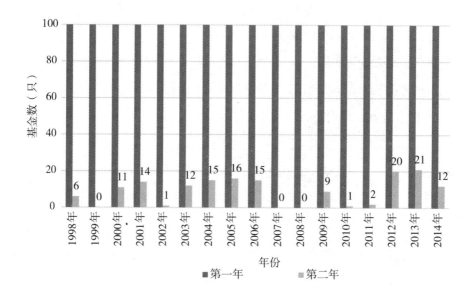

数据来源：大卫·F. 史文森. 机构投资的创新之路[M]. 张磊，杨巧智，梁宇峰，张惠娜，杨娜，译. 北京：中国人民大学出版社，2010.

图9-8　全美基金排名前100的基金下一年的留存情况（1998—2014年）

表9-5　2009年美国表现较好的十大基金及其后续排名

基金 ＼ 时间	2009年	2010年	2011年	2012年	2013年
海石基金（Oceanstone Fund）	1	221	2 579	392	2 597
终极拉丁美洲基金（Profunds Ultra Latin America Fund）	2	3 028	6 416	5 315	6 855
迪乐轩月度拉丁美洲2倍杠杆基金（Direxion Monthly Latin America 2X Fund）	3	1 376	6 425	6 145	6 854

（续表）

基金＼时间	2009年	2010年	2011年	2012年	2013年
摩根大通俄罗斯基金（JPMorgan Russia Fund）（2009—2012年）	4	151	6 410	600	关闭
迪乐轩月度纳斯达克-100牛市2倍杠杆基金（Direxion Monthly NASDAQ - 100 Bull 2X Fund）	5	113	1 748	52	8
涵盖（Encompass）基金	6	2	6 393	6 707	6 854
终极新兴市场基金（Profunds Ultra Emerging Markets Fund）	7	2 705	6 421	4 022	6 814
迪乐轩月度新兴市场牛市2倍杠杆（Direxion Monthly Emerging Mkts Bull 2X）基金	8	990	6 428	85	6 795
奥博中国机会（Oberweiss China Opportunities）基金	9	1 676	6 419	140	32
达福新兴市场基金（Dreyfus Emerging Asia Fund）	10	2 790	6 429	354	6 611

数据来源：HEBNER M. Index funds: the 12-step recovery program for active investors [M]. California: IFA Publishing Inc., 2006，晨星

基金业绩如此高的变动率，也解释了为什么投资者按照基金过去的业绩选购基金，是无法为自己带来好的投资回报的。

如图9-9所示，在美国先锋集团做的一份研究[1]中，作者假设投资者遵循一个跟买业绩最佳的基金策略，每年将自己的基金换成过去3年业绩最好的几个基金，结果发现这样的策略在为期9年的观察期里，其回报还不如一个被动型的傻瓜投资策略。这样的回报差距在各种不同类型的基金，比如大盘平衡股基金、小盘平衡股基金或者价值股基金、增长股基金中，都显著存在。

---

[1] Vanguard research. Quantifying the impact of chasing fund performance [R/OL]. (2014-07-31) [2020-06-01]. https://www.vanguard.ca/documents/quantifying-the-impact-en.pdf.

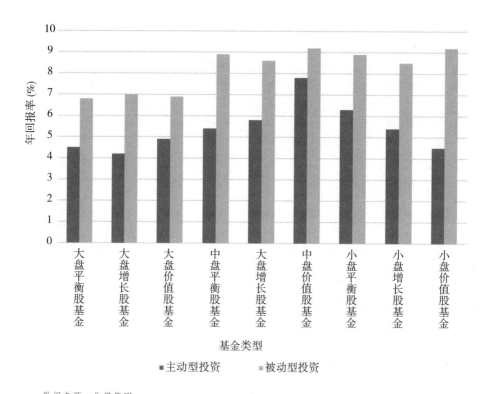

数据来源：先锋集团

图9-9　主动型投资和被动性投资的年回报率对比（2004—2013年）

幸存者偏差问题

　　购买主动型基金的另外一个问题是投资者需要面对"幸存者偏差"
（survivorship bias）。基金行业一个比较普遍的规律是，很多基金就好像秋后的
蚂蚱——活不长。图9-10显示的是美国公募基金自2005年至2014年3月31日的生
存状况。我们可以看到，在这段时间里，大约有一半基金被关闭。这些基金的投
资者即使是本着长期投资的原则去购买基金的，也有50%的概率买到一个在10年
内会被关闭的基金。

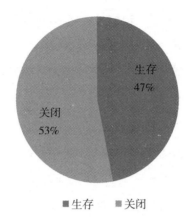

生存 47%

关闭 53%

■生存 ■关闭

数据来源：BOGLE J. The arithmetic of "all-in" investment expenses [J/OL]. The financial analysts journal, 2014, 70 (1): 13-21 [2020-06-01]. https://www.tandfonline.com/doi/abs/10.2469/faj.v70.n1.1.

图9-10 幸存者偏差

很多朋友说，上面提到的是散户购买基金的情况，他们购买基金业绩不佳，完全是因为欠缺知识，但如果是专业投资者（比如机构），他们就不会犯类似散户的错了。

事实是这样吗？《指数基金：主动投资者的12步转型方案》的作者马克·赫布纳在其书中提到了几篇研究报告，对于专业投资者是否有挑选基金经理的能力这个问题有着比较独到且深刻的分析，在这里我和大家分享一下。

专业机构会选基金经理吗

美国有两位学者阿米特·戈亚尔（Amit Goyal）和苏尼尔·瓦哈尔（Sunil Wahal）就这个问题写了一篇研究论文。[1]在这篇研究论文中，作者收集了从1996年到2008年，3 417个养老基金做出的8 755个选择基金的决定样本，涉及的

[1] GOYAL A, WAHAL S. The selection and termination of investment management firms by plan sponsors [J/OL]. The journal of finance, 2008, 63 (4): 1805-1847 [2020-06-01]. https://onlinelibrary. wiley.com/doi/10.1111/j.1540-6261.2008.01375.x.

资金管理量达到6 000多亿美元。他们的结论是：美国的养老基金在选择基金经理上完全没有为退休人士带来任何价值。

比如在该研究中，作者对比了一些养老基金选择或者撤换的基金经理前后3年的业绩变化。从图9-11中我们可以看到，那些被养老基金撤换掉的基金经理，在撤换前3年的平均业绩为年回报率-1.28%，而在撤换后3年里为0.78%。那些被选中的基金经理，在被选中之前的平均业绩为年回报率4.59%，而在养老基金选择将资金交给该基金经理管理后，他们的平均业绩为年回报率-0.17%。

上述研究表明，养老基金撤换掉的基金经理，在被撤换后业绩反而更好；而被养老基金选中的基金经理，在被选中后业绩更差。更要命的是，被撤换掉的基金经理的业绩要比被选中的基金经理的业绩更好。换句话说，这些专业投资机构在选择基金经理方面为投资者做出的贡献是负的。

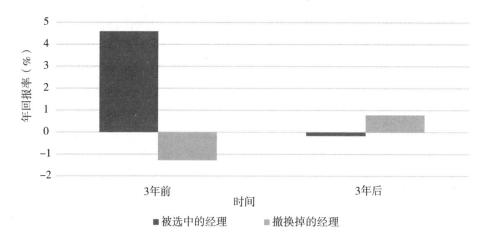

图9-11　撤换基金经理前后3年的业绩变化（1996—2008年）

事实上，养老基金在选择基金经理方面的低效率是普遍情况。比如图9-12显示的是美国一些州的养老基金过去26年的历史业绩和风险。我们可以看到，任何一个州的风险调整后收益，都不及一个简单的60%股票和40%债券指数组合。这种情况不仅限于一两个州，而是非常普遍的。

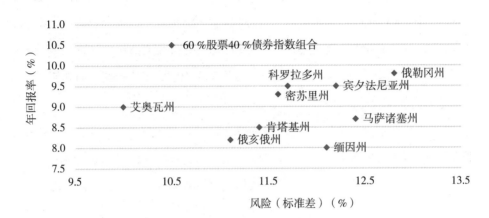

数据来源：HEBNER M. Index funds: the 12-step recovery program for active investors [M]. California: IFA Publishing Inc., 2006，美国国家养老金数据

图9-12　美国各州养老基金过去26年的历史业绩和风险（1987—2013年）

这个世界上确实有非常聪明的基金经理，但是投资者要想从众多基金经理中筛选出真正有实力的基金经理，并且以合理的价格租借其投资能力，是一件非常困难的事情。聪明的投资者会在分析自己的长处和劣势之后，选择最适合自己的投资策略。

分级基金

在股票市场欣欣向荣的时候，各种不同类型的基金也都破土而出，其中有一类叫作分级基金，受到很多散户的追捧。这一小节就专门来讨论一下分级基金。

要理解分级基金，就要从最基本的经济关系讲起，这就是借贷关系。分级基金一般有A和B两级，我们可以把A级理解成为黄世仁，即把钱借给投资者的财主，而B级则是农民，即向地主借钱的农民。一般农民和地主之间的契约是这样的：B级农民每年以一定的利率（比如基准利率3%）向A级地主借钱，然后去股市中搏一下。如果赚到了，B级农民先把利息还给A级地主，多余的自己收着。但是如果亏了，B级农民还是要以约定的利率将本息归还给A级地主，自己则承担全部损失。也就是说，对于A级地主而言，旱涝保收，不管市场走向如何，他收的利息是能得到保障的。

这种现代金融体系中的地主和长工的关系之所以受到很多散户的追捧，和股市的走向是有关系的。在股市上涨比较多的时候，这样的分级基金最受欢迎。

这里我们可以做一个比较简单的计算。假设A级利率每年6%，A级和B级各出资50元，基金一共100元。

第一种情况：假设股市上涨50%，也就是一年以后，100元变成了150元。对于A级来说，50元固定收益6%，即3元，那么一年以后A级的市值变为53元。对于B级来说，其市值变为97元，那么按照其本金50元来算，一年的收益为94%，恰好是股市收益（50%）×杠杆率（2）-融资成本（6%）。

但是股市不是提款机，一年涨50%的情况可能几十年也就碰到一回，作为一个聪明的投资者，还得考虑其他情况。这里再看看第二种情况：股市上涨6%。在这种情况下，经过上面类似的计算就可以得出，A级和B级的收益是一样的，即都是6%。也就是说，在这种情况下，购买B级的投资者并没有获得任何额外的好处，因为即使不使用杠杆，他购买没有分级的股票一样可以获得6%的收益。

可是股市除了小涨，也有可能下跌。在第三种情况下，我们假设股市下跌10%，那么这种情况下A级的收益还是6%，而B级的收益则变成了亏损26%。也就是说，在一个下跌的市场中，B级的损失是损失（10%）×杠杆率（2）+融资成本（6%）。

不同情况的汇总可以见表9-6。聪明的读者可能很快会发现，这种游戏在市场急速下跌的情况下会玩不下去。根据上面的公式可以算出，如果市场下跌

47%，那么B级的损失会达到 100%。也就是说，在市场下跌47%的情况下，购买B级基金的股民就玩完了，他不光还不出利息，连回本的机会都没了。

表9-6　不同情况下B级基金的成本与回报

情况	股市回报（％）	B级成本（元）	B级年终净值（元）	B级收益（％）
1	50	50	97	94
2	6	50	53	6
3	-10	50	37	-26
4	-47	50	0	-100

这就是为什么一般在分级基金中，都有一个不定期折算条件。比如在一个50：50的分级基金中，很多B级会在净值小于0.25时进行不定期折算。这个时候B级的损失大约在75%，对应股市下跌35%左右。在这个时候，A级会看到B级亏得差不多了，就会收回贷款，保住自己的本金和利息，并且取消杠杆。在这个时候，对于B级来说已经借不到钱了，只能靠自己回本。

普通股民在购买分级基金B级以前需要三思而后行，在充分理解其原理前，最好不要乱买。

分级基金B级给股民赚钱的机会只有一种情况，即大盘大涨。根据上面简单的分析可以看到，在各种情况下，只有当股市大涨时，分级基金B级投资者才可能赚到；而股市小涨或者下跌的情况下，分级基金B级投资者得不到什么好处，所以分级基金搏的就是对市场的波段预测。从这方面来看，分级基金都是短期投机性的，什么时候市场开始下跌了，那也是分级基金B级资金"寿终正寝"的时候。

股市的特点就在于短期内有波动性，长期则有周期性。即使在一个很长很大的牛市里，短期有波动也很正常。

如表9-7所示，假设在一个牛市中，股市先下跌35%，再上涨50%，全年共上涨15%。从这一年的股市表现来看，当年应当属于一个牛市年。

表9-7　折算退出股市时分级基金B级投资的成本与回报

时段	股市回报（%）	分级基金B级成本（元）	分级基金B级年终净值（元）	分级基金B级收益（%）	事件
1	-35	50	12	-76	被折算
2	50	被折算退出股市			0	/
全年	15	/	/	/	/

我们假设投资者一开始购买了一个分级基金，在市场下跌35%的时候被折算，这时候他的损失大约是76%（因为要加上杠杆）。然后市场开始反弹，如表9-8所示，这时候投资者有两种选择：要么认输离场（在这种情况下他的损失为76%），要么通过购买一个指数基金再度进入股市（在这种情况下假设他赚了50%，因为股市反弹了50%）。但是算上之前亏的76%，该投资者还是净亏26%。

表9-8　再度进入股市时分级基金B级投资的成本与回报

时段	股市回报（%）	分级基金B级成本（元）	分级基金B级年终净值（元）	分级基金B级收益（%）	事件
1	-35	50	12	-76	被折算
2	50	购买市场指数			50	/
全年	15	/	/	-26	/

也就是说，在上面任何一种情况下，该投资者都是亏钱的。即使在一个上涨了15%的牛市年里，这位分级基金B级的投资者也还是亏损，这就是很多股民没有意识到的分级基金的投资风险。

广大投资者在充分理解分级基金的风险和原理之前，应该谨慎行事，不应该用自己的储蓄随意买入分级基金。这样的投资方法是对自己不负责任，非常危险。

第10章　指数基金和ETF投资策略

在上一章基金投资策略中，我主要向大家深入分析了主动型公募基金。接下来的章节中，我主要来和大家讲一下被动型指数基金和ETF。

指数基金简介

在之前的章节中，我跟大家提过，主动型基金的目的主要是战胜市场，战胜基准。那么与之相对的，被动型基金的目的则是复制市场的回报。我们这里说的被动型基金，主要指的是指数基金和ETF。严格来讲，指数基金和ETF是两个概念，它们有很多相似之处，但也有不同的地方。在后面的章节，我会为大家详细介绍指数基金和ETF两者之间的异同。在实际投资活动中，指数基金和ETF都能够帮助投资者实现被动投资，也就是获得市场平均回报。

举例来说，投资者可以购买沪深300指数基金，或者沪深300ETF。它们囊括了A股市场上市值最大的300家公司。这些公司的股票是一个近似的抽样，即它们是从所有上市公司中抽出来的300个样本。而所有的上市公司又是一个近似的抽样，即一个国家经济中所有上市和非上市公司的抽样代表。在任何一个国家的经济体系中，公司是最基本的细胞。一个国家的经济得到发展，公司的盈利就会上涨，同时公司的股权估值也会水涨船高，跟着国家GDP一起上涨。被动投资的逻辑就是通过持有尽可能多的公司股权，来享受国家经济增长带来的红利。在这里，有一个关键词是"被动"，那就是投资者什么都不用做，坐享其成即可，这恰恰是"被动投资"的名称的由来。投资者的财富增长主要来自这些公司的盈利增长，继而传递到股价上涨和公司分红。其背后的逻辑是，只要世界人口不断增加，GDP不断上涨，经济不断发展，公司的盈利就会增加，因此股东的财富水平会和他拥有的公司市值同步上升。

指数基金的特点

世界上第一只ETF叫作标准普尔存托凭证（Standard & Poor's Depository Receipt，SPDR）。该ETF于1993年在美国证券交易所上市，由道富环球投资管理公司管理。截至2022年年底，SPDR ETF管理的资金规模为3 600亿美元左右，是全世界规模最大的ETF之一。

在过去的十几年，全世界的指数基金，包括ETF和ETP（Exchange Traded Products，交易平台交易产品）得到了长足和迅速的发展。截至2022年年底，全世界有超过1万个不同的ETF和ETP品种，其管理的资金规模接近10万亿美元。

一般来说，ETF追踪的都是各种各样的指数（比如股票指数、债券指数、房地产信托指数等），它为投资者提供的价值包括以下两个方面。

第一，通过ETF，投资者可以购买并持有一揽子资产组合。这个资产组合可以是股票、债券或者其他资产。购买并持有一揽子资产组合的投资哲学主要源自金融领域重要的理论创新之一——现代资产组合理论。基于现代资产组合理论得出的投资建议是：投资者应该购买并持有整个资本市场的投资产品（比如全世界所有的股票和债券）。

ETF为投资者购买并持有整个资本市场的投资产品提供了一个解决方案。在美国，ETF和在证券交易所上市的股票一样，受到《1940年投资公司法》（*Investment Company Act of 1940*）的监管。对于广大投资者来说，买卖ETF和买卖任何一只股票一样方便，也可以随时查看它的市场价格。

第二，ETF的费用率要远低于传统的主动型基金。大部分ETF是一种被动型指数基金，其目的不是战胜市场，因此有巨大的费用优势。

如表10-1所示，美国主动型基金的年平均费用率是0.77%，而以追踪指数为目的的ETF的年平均费用率是0.10%。主动型基金的年平均费用率是ETF年平均费用率的7倍。对于投资者来说，付出的费用越多，获得的回报也越少。假以时日，广大投资者甚至可能看到零费用率或者负费用率的ETF。

表10-1　美国不同基金的年平均费用率

基金	年平均费用率（％）
主动型基金	0.77
ETF	0.10

数据来源：晨星，数据基于2021年12月31日

指数基金和 ETF 的异同

ETF在国内被翻译为"交易型开放式指数基金"。为了便于读者朋友们理解指数基金和ETF的不同，我们可以把ETF理解为新一代的指数基金，两者之间的差别有点像老式阴极射线显像管（CRT）电视机和之后的新一代液晶显示器（LCD）电视机。从本质上来说，ETF也是指数基金的一种，只是它相对以前传统的公募指数基金，有了一定的功能升级。

首先，和传统的公募基金相比，ETF有巨大的税费优势。投资者卖出手中的

ETF，在法律上被视为赎回交换，这和普通的卖出股票或者公募基金不同。也就是说，当投资者卖出自己手中的ETF时，ETF基金经理不需要去市场上出售ETF下面的股票或者其他证券来筹集现金，这样就不会产生资本所得税。

而公募基金则不同。当公募基金的投资者提出赎回申请时，基金经理需要在市场上出售基金中的股票（或者债券等其他资产）来筹措现金应付赎回。在这个过程中，如果出售的资产是盈利的，那么这个公募基金就需要支付资本所得税。对于公募基金中的其他投资者来说，这就有点不公平了，因为当有投资者赎回该公募基金时，其他没有赎回的投资者也需要交资本所得税。

以2015年安硕的ETF和美国公募基金的平均资本所得分配率作为对比，就可以看出ETF的税费优势。当年公募基金的资本所得分配率为60%左右，远远高于ETF的平均资本所得分配率（不到10%）。也就是说，公募基金的投资者需要交比ETF投资者高得多的资本所得税。

其次，ETF的另一大优势是其投资标的的透明度。按照《1933年证券法》（*The Securities Act of 1933*）规定，ETF需要每天披露其中投资的股票、债券或者其他资产成分，而公募基金只需要每季度（季度末以后两个月内）披露其中的资产成分即可。因此公募基金披露的信息要远远少于ETF披露的信息，在透明度上远不如ETF。

最后，ETF由于在证券交易所上市，因此就像股票一样，只要在市场交易时段，每时每刻都有净值，每时每刻都可以交易，流动性大大高于传统型指数基金。

由于上面提到的这些优点，ETF越来越受到投资者的青睐。目前主流的基金公司提供的被动型基金产品都以ETF为主，或者同时提供ETF和场外基金版本，以满足投资者的投资需求。

ETF 的结构

接下来，我再为大家介绍一下ETF的结构。ETF的股份单位在证券交易所自由流通，因此每个投资者都可以购买或者持有一部分ETF股权。在美国，ETF适用的监管法律和公募基金相同，ETF不属于金融衍生品。

绝大部分ETF的目的是追踪一个指数，这个指数可以是股票指数、债券指数、房地产信托指数或者其他指数。追踪指数的方法有以下3种。

（1）完全复制。以先锋领航标准普尔500指数ETF VOO(Vanguard S&P 500 Index ETF VOO，简称VOO）为例，它完全按照标准普尔500指数，购买并且持有500只成员股票。所以购买VOO得到的回报，就是标准普尔500指数的回报扣除该指数基金的费用率。完全复制的好处是ETF回报和指数回报最为接近，但缺点是如果指数成员多（比如成百上千），ETF的经理需要做的工作会比较烦琐，包括买卖一些市值比较小的、流动性比较差的指数成员。

（2）优化复制。优化复制是指ETF基金经理通过购买一些指数成员，在最大程度上复制指数回报。由于是优化操作，ETF基金经理不一定要100%购买所有的指数成员。

汇丰银行明晟远东除日本外所有国家欧盟可转让证券集合投资计划ETF（HSBC MSCI AC Far East ex Japan UCITS ETF）用的就是优化复制的管理方法。该ETF追踪的指数是明晟远东除日本外所有国家指数（MSCI AC Far East ex Japan Index），该指数有123个指数成员，但是该ETF基金经理未必需要购买每一个指数成员来复制指数回报。

优化复制的好处是可以不用买卖一些小股票，这样可以帮助投资者省一些交易费用。但缺点是复制不可能达到100%准确。

（3）虚拟复制。虚拟复制的意思是，ETF基金经理并不是真的去市场上购买那些指数中包含的股票或其他资产，而是通过掉期的方法来人工虚拟指数的回报。通常的虚拟复制做法，是ETF基金经理和一家银行签订一份掉期合约，双方约定ETF基金经理会获得指数回报（扣去费用），而另外一方则会付出指数回报。

德意志银行x-追踪沪深300欧盟可转让证券集合投资计划ETF（DB x-trackers CSI300 UCITS ETF）就是一只典型的虚拟复制ETF。该ETF并不需要真的购买300只中国A股股票，但它可以给予投资者类似沪深300指数的投资回报。

虚拟复制的优点是方便灵活，理论上只要有银行愿意成为对赌方，ETF基金经理就可以设计任何类型的ETF供投资者选择。缺点是其中有一个巨大的交易对手风险。因为虚拟的ETF并没有持有那些股票，所以如果掉期合约对手违约的话，ETF就毫无价值了。同时，如果是虚拟复制的ETF，那么投资者无法得到出租股票得到的租金收入，因为ETF基金经理本来就没有购买那些股票。对于长期稳健型投资者来说，我的建议是不要购买虚拟型ETF，只考虑投资完全复制或者优化复制的ETF即可。

ETF 和股票的区别

接下来，我们再来讲讲ETF和股票的异同。简而言之，ETF兼备了公募基金和股票的优点。ETF就像基金一样集合了很多投资者的资金，同时它又能像股票那样在证券交易所自由买卖和流通。投资者们在选购ETF时，和他们在选购股票时没什么两样，在电脑上输入代码就可以交易。在欧美市场，ETF和股票的交割大多遵从T+3规则，即在交易3天后交割。

但是在这背后，ETF和股票有着本质的区别。两者最大的区别在于流通股份的创造和删减。对于一只股票来说，其市场上流通的总股数是由公司管理层制定的。比如某只股票一共有1亿股，那么这个市场上流通的总股数不会超过这个数。管理层也可以决定增发股票或者回购股票，增发和回购都会影响市场上流通的总股数。

ETF的流通股数由特许经营商进行管理。ETF的基金管理人（比如贝莱德、先锋等比较大的ETF基金管理人）指定特许经营商来管理ETF的流通股数。这些特许经营商一般是比较大的券商。投资者可以想象一个ETF股数供给的批发市场：每次增加或者减少股数都以5万、10万甚至更多的股数为单位进行操作。

在批发市场上决定了ETF的总流通股数后，这些ETF会被分发到零售市场即证券交易所，供广大投资者买卖交易。从特许经营商的角度来说，主要有两个原因能够保证他们把总股数的数量管理在比较合理的水平。首先，当特许经营商看到ETF的市场交易价格和资产净值（net asset value，NAV）有明显差异时，他们会有动机创造或者消除流通股数，以获取差价套利。其次，特许经营商有责任保证市场上的ETF流通股数始终满足市场需求，同时也不会超额供给。这两个原因保证了证券交易所流通的ETF数量正确反映了市场的真实供求。

特许经营商决定是否增发或者删减ETF的股数，主要由市场对该ETF的需求来决定。如果特许经营商看到市场上有更多的购买需求，那么他们就会基于ETF的净值增发ETF股数，反之亦然。所以理论上ETF的供给量是无限的，因为只要投资者有需求，特许经营商就可以不断地增发ETF的股数。

ETF 和封闭式基金的区别

ETF和封闭式基金（close end fund，CEF）都像股票一样，可以在证券交易所自由交易。两者的区别在于，ETF是一个开放式基金，其流通股数可以基于市场的需求灵活地增加和减少，而封闭式基金的总股数是固定不变的，这些流通股只能在投资者之间倒来倒去。

自从2006年开始，ETF管理的资金规模每年的增长率在20%左右，而封闭式基金的市场规模在2008年金融危机后大幅度缩水，一直没有得到恢复。可见市场对ETF的欢迎程度要远远高于封闭式基金。

ETF 特许经营商也有出错的时候

既然ETF的特许经营商在ETF的合理定价上发挥着至关重要的作用，那么一个很多投资者关心的问题就是：万一特许经营商失误了怎么办？

特许经营商发生失误的情况非常少见，但也绝不是没有，在这里和大家分享一个例子。

2015年8月24日星期一，美国股市一开市就大跌。刚开盘5分钟，标准普尔500指数就下跌5%左右。美国市值排名前500的股票里，有20多只股票的下跌幅度达到了20%；有4只跟踪标准普尔500指数的ETF下跌幅度达到了20%。

事实上，这些ETF的价格和它们的资产净值相差甚远。在正常情况下，如果ETF的市场价格和资产净值有差别，那么特许经营商就会介入，通过增加或减少ETF股数的方式纠正这个"错误"，并且从中赚取套利差价。但是在8月24日那天，特许经营商没能及时行动，以至于上文提到的价差并没有在第一时间被弥补。其中有很多原因，比如做空机制不够完善，熔断机制被激活以至于做市商无法及时评估ETF的最新资产净值和其中包含的股票价值等。

这次ETF价差波动给投资者的启示是：

第一，避免在市场波动非常大时交易，特别是不要使用市价单（market order）。

第二，有时候可以考虑在远低于ETF净值的价位放一个限价单（limit order），如果运气好的话，可能会以远低于净值的价格买到一些ETF。

指数基金和股票如何选择

作为个人投资者，我们在投资股市时大致有两种选择：购买个股，或者购买指数基金或ETF。那么问题来了，我们应该选择购买股票，还是指数ETF？

购买股票，对于大多数人来说很容易理解，就是从几千只股票中选出自己最看好的。而购买指数，指的则是放弃择股，购买一只包括成百上千成份股的指数基金或ETF。在后一个选项中，投资者对于哪只股票好、哪只股票不好是不在意的，投资者更关心的是指数总体的表现，也就是指数中几百只成份股的综合平均回报。

对于绝大多数个人投资者来说，购买指数基金或ETF，要比挑选个股更好。

要把这个问题说清楚，我们首先要理解股票和指数回报之间的差异。单个股票的回报主要取决于宏观经济环境、行业环境、个股本身的竞争力以及估值高低。而如果投资者买入一只指数基金，比如沪深300指数基金，那么指数的回报就不再受行业和个股表现的影响，因为其中几百只股票分散于各种行业，有些竞争力强，有些竞争力弱，有些属于夕阳产业，有些则属于高估值行业。这么多因素互相抵消，到最后，指数投资者会获得一个市场平均回报。

对于个人投资者来说，是选择个股还是指数股，主要取决于哪种选项能给投资者更好的回报。如果个股回报更好，那就应该选个股，反之亦然。让我们来看看这方面的研究。

统计显示，从1926年到2019年的90多年里，美国股市创造的总财富达到了47.4万亿美元。[1]然而这些巨大的股市财富，却主要来自个别股票。举例来说，所有的47.4万亿美元财富其实只是来自大约1 000只股票，只占总样本量的4%。其中大约47.4万亿美元的一半，来自86只表现较好的股票，占总样本量的0.3%。绝大部分即96%的股票，其历史平均回报仅和30天短期债券的平均回报差不多。考虑到购买股票的投资者需要承担不停上下波动的价格风险，其风险调整后回报显然远远不及短期债券。

在2018—2020年，股市回报集中于少数几只"妖股"的现象更加明显。比如表现最好的2只股票（样本量的0.04%），占到了股市总回报的22%；表现特别好

---

[1]　BESSEMBINDER H. Wealth creation in the U.S. public stock markets 1926 to 2019: 3537838 [P/OL]. 2020-02-13 [2020-06-01]. https://ssrn.com/abstract=3537838.

的48只股票（样本量的0.98%），占到了股市总回报的一半。

基于这些历史数据的模拟分析显示，如果在所有股票中随便挑选一只股票，那么这只股票回报不如同期指数的概率为96%，不如同期30天短期国债回报的概率为72%。从数量上说，有96.2%的个股在其生命周期内，回报不如同期的指数回报。

在另外一份研究中，研究人员统计了美股在23年（1983—2006年）时间内罗素3 000指数和成分股的股票回报，得出以下结论。[1]

第一，罗素3000指数中成分股的回报中位数仅为每年5.1%，比罗素3000指数回报落后7.7%。

第二，成分股的回报平均数为–1.1%，意味着从概率上来说，买个股只会让投资者亏钱，而不是赚钱。

第三，从数量上来说，64%的股票回报不如罗素3000指数。

这些结果都表明，挑选个股并通过个股获得好的投资回报，其难度要远远超过大多数人的认知。不管我们是看短期（最近3年）、中期（上文提到的23年）还是长期（上文提到的93年），要想通过买卖个股获得比指数更好的回报，都是非常困难的事。因此对于一位普通的个人投资者来说，购买指数基金或ETF，绝对是比挑选个股更优的投资选项。

那么到底为什么有这么多散户如此热衷于炒个股呢？大致来说，有以下3个原因。

第一，对于大部分股民来说，买卖个股简单直观，赚多少、亏多少一目了然。但是买卖基金或者ETF就需要一定的投资知识，比如了解指数基金和其他基金的区别、购买指数基金有哪些风险、需要看哪些指标、如何筛选等。对于这部

[1] Longboard Asset Management. The capitalism distribution: observations of individual common stock returns, 1983-2006 [R/OL]. (2006-12-31) [2020-06-01]. https://mebfaber.com/wp-content/uploads/2020/08/The_Capitalism_Distribution_12.12.12_1_.pdf.

分股民而言，他们应该努力提高自己的投资知识水平，这样才有更大的信心去选择对自己更有利的投资工具。

第二，个股有"彩票"的效用。这就是说，投资者如果买中一只"妖股"，其资产有可能在几周甚至几天之内增加好几倍。这种类似中彩票头等奖的投资回报，很难通过指数基金来实现。

第三，大量的行为金融学研究表明，个人有一些普遍和共同的行为偏见。比如一个常见的行为偏见是"熟悉即安全"，即投资者觉得如果买的是一只自己熟悉的公司股票，那么凭借自己对该公司的了解，这只股票就是更加安全的选择。但事实是，大规模上市公司都有复杂的商业模式、财务报表和运营风险。即使你每天喝茅台，对各种白酒有很多研究，你对茅台和五粮液的股票也不见得有多深的理解。对于品牌的熟悉，容易导致股民对股票产生认识错觉，以为自己很懂，其实只是蒙着眼睛买瞎卖。

由于以上这些原因，很多个人投资者还是倾向买卖个股而非投资指数基金或ETF。作为聪明的投资者，我们应该努力认识到自己的行为偏见，提高自己的投资知识储备，在了解不同投资工具的利弊之后，选择对自己更有利的投资选项，提高自己长期的投资回报。

如何筛选指数基金或 ETF

行文至此，相信不少读者有这样的问题：那我应该如何挑选指数基金或ETF呢？在下文中，我会通过一个实际例子，帮助大家理解如何筛选指数基金。

五福资本指数基金或 ETF 筛选程序

在上文中我提到，目前全世界大约有近1万只ETF供全世界的投资者们挑选。如何去粗取精，从这些指数基金中选取最适合自己的，是一门大学问。

我推荐的方法是层层推进，充分利用高效率的电脑程序，筛选出最优的指数基金。

图10-1是五福资本指数基金或ETF筛选程序。首先，五福资本采集并收编了一个全球指数基金数据库，这个数据库有专门的团队收集、整理和更新，保证其中的信息都是最新的。其次，五福资本有一套内部的系统通过一系列量化标准，给这些指数基金评分并且排序。这些量化标准包括基金费用率、每天平均交易量、跟踪误差、法律风险、流动性等。

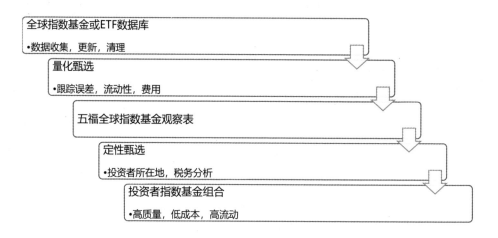

图10-1　五福资本指数基金或ETF筛选程序

通过这些量化甄选后，五福资本会得出一个五福全球指数基金观察表。在这个观察表里，有大约100只指数基金，它们是符合五福资本的甄选条件，在评分排列系统里得分较高的100只指数基金。

基于五福全球指数基金观察表，五福资本会再分析投资者的所在地和税务情况，更进一步筛选出符合该投资者需求的最佳指数基金。由于不同的政府有不同的税务协议，会影响到不同投资者被征收的预扣税，因此五福资本会仔细分析每个投资者的具体情况，为他量身定制最有效的投资组合。

如何筛选标准普尔 500 指数 ETF

下面，我以投资者需要购买美国标准普尔500指数ETF为例，来做一下具体分析。

全世界各地的证券交易所上市的标准普尔500指数ETF至少有几十只，如果算上那些追踪标准普尔500指数的公募基金，那就更多了。因此我在表10-2中挑选了一些资产管理规模比较大的标准普尔500指数ETF，这些ETF的资产规模都超过40亿美元。

在挑选ETF时，需要比较很多指标，比如ETF的资产规模、费用率、追踪误差、流动性、安全性等。在表10-2中我挑选了几个比较重要的指标，和大家分享一下如何进行比较。

表10-2　资产规模超过40亿美元的美国标准普尔500指数ETF

ETF代码	ETF名称	资产规模（2022年12月30日，百万美元）	年费用率（%）	追踪误差	过去3个月平均交易量（手）
VUSD LN Equity	先锋领航标准普尔500指数ETF UCITS[1]	32 961.56	0.07	8.83	5 548 637
CSPX LN Equity	贝莱德安硕标准普尔500指数ETF[2]	53 173.36	0.07	8.62	3 403 761
HSPD LN Equity	汇丰银行标准普尔500指数ETF	4 399.12	0.09	9.19	2 050 440
SPY5 LN Equity	道富银行标准普尔500指数ETF	4 972.33	0.09	8.80	484 709
ZSP/U CN Equity	BMO环球资产标准普尔500指数ETF	12 049.57	0.09	0.73	5 539 177

---

[1] 后文简称VUSD。

[2] 后文简称CSPX。

（续表）

ETF代码	ETF名称	资产规模（2022年12月30日，百万美元）	年费用率（%）	追踪误差	过去3个月平均交易量（手）
IVV US Equity	贝莱德安硕核心标准普尔500指数ETF IVV[1]	289 409.23	0.03	0.44	298 236 027
VOO US Equity	先锋领航标准普尔500指数ETF VOO	262 273.94	0.03	0.40	272 197 798
SPY US Equity	道富银行标准普尔500指数信托ETF[2]	354 632.53	0.09	0.39	5 506 820 483
IDUS LN Equity	贝莱德安硕核心标准普尔500指数ETF UCITS	11 882.22	0.07	8.75	5 128 899
SPXS LN Equity	景顺标准普尔500指数ETF	13 711.38	0.05	8.89	282 234

数据来源：彭博社

表10-2已经将那些规模小的ETF过滤掉了，如果一个ETF的规模在40亿美元以上，那么对于投资者来说还是比较放心的。接下来我们再来比较这些ETF的费用。从费用率上来讲，比较有竞争力的有以下几种，如表10-3所示。

表10-3　富有竞争力的标准普尔500指数ETF

ETF名称	费用率（%）
IVV	0.03
VOO	0.03
景顺标准普尔500指数ETF	0.05
贝莱德安硕核心标准普尔500指数ETF UCITS	0.07

---

[1]　后文简称IVV。

[2]　后文简称SPY。

（续表）

ETF名称	费用率（%）
VUSD	0.07

大家可以看到，这些富有竞争力的标准普尔500指数ETF，其资产规模都在100亿美元以上，其中IVV和VOO的资产规模更是超过了2 000亿美元。他们的费用率也都非常有竞争力，为0.03%。

这些ETF费用率的竞争力，也可以从和国内的标准普尔500ETF的对比中显现出来。国内的美元投资者可以选择购买博时标准普尔500ETF（513 500），该ETF追踪的指数也是标准普尔500指数，和上面这些ETF一模一样。该ETF管理的资金规模为71亿元人民币左右（2022年12月31日）。费用率如下：基金管理费0.6%、基金托管费0.25%，外加认购费。如果以先锋的VOO作为比较对象，那么博时标准普尔500ETF的费用率是海外ETF费用率的近30倍。

回到表10-3中的5只ETF，我们还可以比较它们的追踪误差。从追踪误差来讲，我们应该尽量选择误差比较小的ETF。从表10-2中我们可以看出，IVV、VOO和SPY的追踪误差做得比较好。

同时我们还需要检验ETF的流动性。因为ETF就像股票一样，我们需要确保在自己想要卖出该ETF时，市场上有足够的流动性可以让我们卖出。流动性可以参考该ETF的买卖价格差以及过去一段时间的平均交易额。上面提到的IVV、VOO、SPY、VUSD流动性都不错。

在这些因素之外，我们还需要比较一些其他指标，限于篇幅，在这里就不一一赘述了。在综合了上面提到的这些因素之后，我们可以将这些ETF排序，选出最适合自己的投资品种。

第11章 大宗商品投资策略

大宗商品也是很多投资者关注的金融领域之一。国际大宗商品价格，比如石油、黄金、金属、农产品等的价格，是重要的经济指标，也会对其他资产价格产生不可忽略的影响。

在这一章节中，我会就大宗商品的投资属性和历史回报做一些详细分析。

大宗商品简介

大宗商品是指可进入流通领域但非零售环节、具有商品属性并用于工农业生产与消费使用的、大批量买卖的物质商品。

那么哪些商品可以被归为大宗商品呢？这个问题没有官方的标准答案。大致来讲，我们可以把大宗商品分为能源类大宗商品、金属类大宗商品和农产品类大宗商品。

如图11-1所示，在能源类大宗商品中，可以将其更加细分为传统能源（石油、天然气、煤等）和生物能源（生物柴油、燃料乙醇等）。金属类大宗商品可以进一步分为普通金属（铜、铝等）和贵金属（黄金、白金）。农产品类大宗商品可以进一步细分为谷物（小麦、玉米、大豆等）、牲畜肉类（牛、羊等）和软商品（糖、咖啡、可可等）。

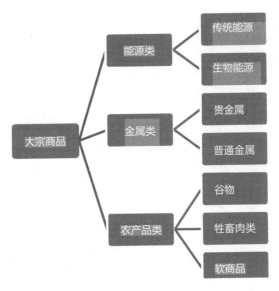

图11-1　大宗商品分类

大宗商品的价格波动深受广大投资者的关注，主要因为大宗商品对整个国民经济有非常大的影响。石油是一个典型的例子，石油价格上涨的话，几乎所有的行业都会受到影响，连中央银行的高级官员都不得不时刻关注石油价格的变化，比如美联储公布的很多会议纪要里，就屡屡提到国际石油价格的变动。历史上有很多国家为了石油大动干戈，不到你死我活誓不罢休。

全世界很多大宗商品都在期货市场上交易或者交割，这些大宗商品的期货价格也是大家获得其价格信息的主要来源。

如图11-2所示，能源类期货有石油期货、天然气期货等。金属类期货有黄金期货、铜期货等。农产品类期货有玉米期货、大豆期货、小麦期货等。

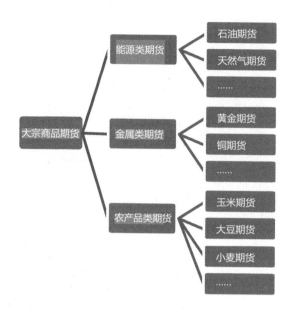

图11-2　大宗商品期货分类

值得一提的是，大宗商品的期货价格和现货价格是两回事情，完全不一样。现货价格就像股票价格一样，是目前的商品市场价格。如果以更严格的标准来定义，现货价格还需要规定数量、品质、交易地点、包装情况等。

而期货价格指的则是未来的某一特定时间（比如2027年3月），一定标准量（比如10吨）的某一特定级别的大宗商品（比如45度白糖）在某一特定交割地点（比如纽约某仓库）的价格（比如每吨多少美元）。在援引大宗商品价格时，我们需要对现货价格和期货价格做出明确区分。

广大投资者比较关心的一个问题是：大宗商品算不算投资？这个问题很重要，因为如果算投资，可能大家都应该适当地买一些大宗商品（期货）并且长期持有。而如果大宗商品不算投资，那么它就是投机。如果是投机，它就不适合绝大多数的普通投资者。

投资和投机的区别

要讲清楚这个问题，我们首先需要谈谈投资和投机标的的区别。对这个问题，很多专业人士都做过非常细致的工作，也有各种不同的解读。这里我援引英国著名经济学家凯恩斯对投资和投机的区分标准。

凯恩斯对投资的定义：投资是假定一项资产目前状态不变的情况下，预测该资产在其生命周期未来出产的活动。

凯恩斯对投机的定义：投机是预测市场心理的活动，投机者关心的是因为市场心理的变化导致的资产估值变化。

在凯恩斯的定义中，投资和投机最大的区别在于是根据资产的内生性出产，还是根据市场心理来判断资产的估值。

基于以上逻辑，我将目前资本市场上最常见的投资标的分为两类：投资和投机，如表11-1所示。

表11-1　投资和投机标的

投资	投机
公司股票	大宗商品
债券	郁金香
现金	艺术品
房产	/

常见的投资标的如下。

公司股票：公司股票可以给予投资者红利，即公司的部分盈利，这是投资者购买股票的本质原因之一。美国的投资大师约翰·伯尔·威廉姆斯（John Burr Williams）曾经说过一段很有名的话："股票就是母鸡，红利就是鸡蛋，我只购买会下蛋的母鸡。"

政府和公司债券：投资级别的债券在绝大多数情况下基本可以保证本金安全，并且可以提供给投资者利息收入。

现金：放在银行里的现金可以保证本金安全，并能给予投资者利息收入。

房产：房地产是实打实的资产，并且可以为投资者提供房租收入。

使用相同的逻辑，我将一些投资标的归入了投机类，比如大宗商品、郁金香、艺术品等。这些投机标的的共同特征是标的本身不提供内在回报，因此其估值在很大程度上取决于市场的情绪。

有些朋友可能会忍不住反对："你怎么能这样武断地把我们热爱的大宗商品一棒子打入投机类别呢？我可以举出很多例子来证明大宗商品是投资，而不是投机。"

确实，关于大宗商品算不算投资，在业界和学术界有不少争论。下面我们就来仔细研究一下这个问题。

大宗商品不是投资

首先来说说大宗商品不是投资标的的理由，总结下来一共有两个主要的理由。

大宗商品本身不产生内在回报

反对将大宗商品列入投资标的的第一个理由，就是大宗商品本身不产生任何内在回报，其回报更多的是基于博傻理论，即别人愿意出更高的价格从你手中把该商品买走。这样的回报来源有点像击鼓传花，同时投资者需要对市场情绪做出预测。

美国著名的投资大师巴菲特就持有该观点，他曾经说："大宗商品的问题在于，你博的是6个月以后有人出更高的价格来购买它，大宗商品本身并不产生任何收益。"

那么巴菲特这样说有没有道理呢?

事实上,确实有不少研究得出过类似的结论。比如在2006年发表的一篇学术论文中,作者克劳德·厄尔布(Claude Erb)和坎贝尔·哈维(Campbell Harvey)检验了美国1982年到2004年的一系列不同大宗商品价格(包括玉米、小麦、糖、咖啡、铜等共12种大宗商品),得出结论:这些大宗商品现货的平均回报率为每年0.46%,基本和零没什么区别。[1]

为了帮助广大投资者理解其中的逻辑,巴菲特还不厌其烦地举了例子来说明这个问题。

巴菲特的例子是这样的:当今全世界的黄金一共有大约17万吨。如果我们把这些黄金都熔化了,然后做出一个黄金立方体,这个立方体的单边大概长21米,体积9 261立方米左右。在黄金价格每盎司(1盎司=28.349 5克)1 127美元(巴菲特写这段话时的黄金价格)时,这个黄金立方体的市值为9.6万亿美元,我们将这个大金砖称为立方体A。

现在我们再来考虑立方体B,同样值9.6万亿美元。用这些钱,可以把全美国的农田买下来,一共有大约162万平方千米,每年的产出大约值2 000亿美元,然后还可以购买16个埃克森美孚石油公司。埃克森美孚石油公司是全世界最赚钱的公司(在巴菲特写这段话时),每年的利润大约为400亿美元。

即使买了这么多资产,大概还能剩余1万亿美元。请问:一个聪明的投资者,是会选择立方体A,还是立方体B?

巴菲特对投资和投机有明确的区分,他只会购买那些真正有产出的资产,比如一家公司、一片农场等。那些虚的或者他看不懂的(比如互联网经济),巴菲特碰都不碰。

---

[1]   ERB C, HARVEY C. The strategic and tactical value of commodity futures [J/OL]. The financial analysts journal, 2006, 62 (2): 69-97 [2020-06-01]. https://www.jstor.org/stable/4480745..

持有此观点的绝非仅限于巴菲特，美国的金融作家马特·克兰茨（Matt Krantz）在他的一篇文章中也说过："请记住，当你购买大宗商品时，你买的东西并不能产生任何利润。"[1]

大宗商品的风险溢价几乎为零

反对将大宗商品列入投资的第二个理由是大宗商品的价格波动太过剧烈，因此完全起不到对冲通货膨胀的作用。

银行和基金的推销人员用得比较多的说服投资者购买大宗商品金融产品的理由是：大宗商品可以对抗通货膨胀，所以投资者应该在其投资组合中加入一些大宗商品基金。那么这个所谓对抗通货膨胀的理由，到底能否经得起证据的检验呢？

美国著名的经济学家肯尼思·弗伦奇和尤金·法马在1987年发表的一篇学术论文中，对美国22种大宗商品从1964年到1984年的价格做了一次系统的检验，得出的结论是：大宗商品的回报率是每年0.54%左右，但由于其t值[2]比较低，因此在统计上不够显著。等于说，其回报和零没有什么区别。同时大宗商品的价格波动太大，有一些大宗商品的价格波动率达到了每年10%以上（比如豆油、白银等），因此无法帮助投资者对冲通货膨胀风险。[3]

2008年，肯尼思·弗伦奇就他对大宗商品投资价值的研究做过一段非常精彩的总结性解释，我在这里援引一下。

肯尼思·弗伦奇表示，大宗商品基金宣称：他们可以达到和股票一样的夏普

[1]　KRANTZ M. Read this before you jump on the commodities bandwagon [EB/OL]. (2008-06-24) [2020-06-01]. https://abcnews.go.com/Business/story?id=5229064&page=1.

[2]　即t检验（student t检验）中的数值，可用于判断统计上是否显著。

[3]　FAMA E, FRENCH K. Commodity futures prices: some evidence on forecast power, premiums, and the theory of storage [J/OL]. The journal of business, 1987, 60 (1): 55-73 [2020-06-01]. https://doi.org/10.1086/296385.

比率；大宗商品基金的回报和股票以及债券回报的相关性为负；大宗商品可以对冲通货膨胀的风险。这些宣传不可能都正确。

由于大宗商品的价格波动非常剧烈，因此要估计其回报以及和其他资产回报的协方差几乎不可能。同时，如果其回报确实和股票以及债券负相关，那么根据理论，大宗商品的风险溢价就应该是负的（因此对投资者来说没有理由持有大宗商品）。

事实上，大宗商品对通货膨胀风险的对冲作用非常小，主要原因在于大宗商品的价格波动率是通货膨胀率的10～15倍。如果投资者用大宗商品去对冲通货膨胀风险，那么他们只会增加而不是减少其投资组合的风险。大宗商品基金可能适合某些投资者，但绝不是因为大宗商品基金宣称的那些原因。

大宗商品是投资

上文介绍了否定大宗商品作为投资标的的阵营的各种理由，现在再来看看支持大宗商品作为投资品种的阵营列举的原因。

大宗商品期货回报更高

在支持大宗商品的阵营中，最为大家熟悉的声音可能就来自"大宗商品大王"吉姆·罗杰斯了。罗杰斯目前居住在新加坡，也经常来中国。罗杰斯在多种场合公开表示自己看好大宗商品的价格，他曾经说："大宗商品的价格不会降到零。当你投资一个大宗商品期货时，你不会像一个股民那样持有一份可能会破产的公司股票。"

那么有没有关于大宗商品是投资而非投机的证据主义学术研究呢？

美国学者戈登（Gordon）和鲁文霍斯特（Rouwenhorst）在2004年发表的一篇学术论文中指出，虽然大宗商品的现货价格确实没什么回报，但是大宗商品的期货价格却可以给投资者高得多的回报。[1]这两位学者对美国大宗商品现货和期货从1959年到2004年的价格进行了分析，发现在这45年间，大宗商品现货的价格从100美元涨到500美元左右，但是大宗商品期货的价格从100美元涨到了接近1 500美元，回报远高于通货膨胀率和现货价格回报率。

在他们看来，大宗商品现货不是投资，而期货却是投资。因此，投资者需要摈弃大宗商品现货，但可以考虑将大宗商品期货纳入其投资组合。

当然，如果一种资产的历史回报高（比如大宗商品期货）就将它列为投资，而如果一种资产的历史回报低（比如大宗商品现货）就将它列为投机，这样的逻辑似乎不太经得起考验，至少，应该需要讲清楚期货回报比现货回报高的原因。

这就涉及期货交易里的一个特有名词，叫转仓收益，下面简单解释一下。

所有商品的期货合同都有远期交割期，比如未来1个月、3个月、6个月、1年、2年等。如果近期的价格比远期高（比如1个月后的价格高于3个月后的价格），我们就把这种期货价格结构称为现货溢价。与之相反，如果近期价格低于远期价格，那么这种结构就被称为正向市场。如果期货价格的结构处于现货溢价状态，那么在期货合同到期时，投资者可以卖出将要到期的合同，买入下一个期货合同，并从中赚取一个差价，这个差价就是所谓的转仓收益。

关于转仓收益的学术研究还有很多，比如在2006年太平洋投资管理公司的一篇研究报告中，作者衡量了1970—2005年的大宗商品期货历史回报，并得出结论：其总回报高于任何其他资产（比如股票、债券、防通货膨胀债券等）。同时作者认为，大宗商品期货回报的一大部分来自转仓收益。[2]

为什么投资期货会有转仓收益？要知道天下没有免费的午餐，学术界对此提

---

[1]   GORTON G, ROUWENHORST K. Facts and fantasies about commodity futures [J/OL]. The Financial analysts journal, 2006, 62 (2): 47-68 [2020-06-01]. http://www.jstor.org/stable/4480744?origin=JSTOR-pdf.

[2]   PIMCO Investment Management. Strategic asset allocation and commodities [R/OL]. (2006-03-27) [2020-06-01]. https://silo.tips/download/strategic-asset-allocation-and-commodities.

供了很多"解释"。比如有些人认为，转仓收益来自便利收益率（convenience yield），即远期的买家为卖家提供了一个可供对冲的流动性。而为了这个流动性，卖家甘愿放弃一些回报。另一种说法认为期货为卖家提供了一种保险，即在今年就可以把明年的收成卖出的远期保险。天下没有免费的保险，要想获得一定的保障，卖家就需要支付一定的保费，这个保费就是转仓收益的来源。还有一种说法认为转仓收益来自市场对于通货膨胀的预期。在通货膨胀预期高的情况下，现货价格比较高，因此创造了转仓收益的可能，而这种转仓收益是通货膨胀预期的一种体现。

这些说法各有各的道理，目的都是为了解释转仓收益。这些不同解释共同的弱点是，它们都有些"事后诸葛亮"的味道，即研究人员先发现了转仓收益，然后再去寻找原因，模棱两可地去解释转仓收益的成因。

大宗商品期货的风险溢价比较高

除了转仓收益，支持大宗商品是投资标的阵营也提出了另外一个理由：大宗商品期货有比较高的风险溢价。

非金融背景出身的朋友可能对"风险溢价"这个概念比较陌生，因此我在这里简单解释一下。

要理解风险溢价，投资者需要先明白，我们在做投资决策的时候，表面上看起来是在选资产，其实可以理解为在选风险。如果投资者不愿意承担任何风险，那么他可以把所有的现金放在银行里（假设银行存款无风险），或者购买短期国库券并获得无风险回报。

但是有些投资者可能会认为，无风险投资的利率太低了，我不满意，我想要更高的回报。我们知道，这个世界上没有免费的午餐，因此，投资者做投资决策就是一个分配风险的过程。比如投资者选择购买股票，由于股票的风险比现金高，所以回报也更高。而风险溢价衡量的就是这个例子中，股票回报比无风险回报高出的那部分回报。

回到大宗商品。在上文中我提到美国教授肯尼思·弗伦奇曾经说过，他研究发现大宗商品没有风险溢价。也就是说，大宗商品的历史回报相对无风险回报来说是一样的。那么对于投资者来说，就不应该去投资大宗商品。因为投资者还不如买短期国债，既不用承担风险，又有和大宗商品类似的回报，何乐而不为？

但也有一些学者提出，虽然大宗商品的现货价格没有风险溢价，可是大宗商品的期货却有风险溢价。比如戈登和鲁文霍斯特在前述2004年的学术论文中指出，他们回顾了大宗商品期货1959—2004年的历史回报后得出结论，其风险溢价大约为每年5.23%，和股票差不多，远高于债券。当然，这个结论和肯尼思·弗伦奇的结论也不一定矛盾，关键就在于大宗商品现货和期货的差别。

大宗商品对抗通货膨胀

支持大宗商品是投资标的阵营的另一个重要理由，是大宗商品的抗通货膨胀功能。

首先需要指出的是，关于大宗商品能够对抗通货膨胀的观点并没有什么新意，自古有之。

比如，英国著名的经济学家大卫·理嘉图（David Ricardo）在200多年前就提出：就像其他大宗商品那样，黄金和白银拥有内在价值，这个内在价值来源于它们的稀缺性，以及将它们从地底下挖出来所需要投入的资金和劳动力。

那么关于大宗商品的抗通货膨胀能力，有没有什么靠得住的证据主义学术研究呢？在前述克劳德·厄尔布和坎贝尔·哈维2006年发表的学术论文中，他们检验了近12种大宗商品期货价格和美国历史上通货膨胀率之间的相关关系，发现不同的大宗商品和通货膨胀率之间的关系不一样。

比如和通货膨胀关系最紧密的是石油、燃料油和铜，而其他一些大宗商品比如糖、小麦和咖啡，则和通货膨胀率几乎没什么关系。这似乎也符合常理，毕竟石油和金属是关系国计民生的重要大宗商品，每行每业都离不开石油，但糖和咖啡则未必是每个人都需要的必需品。

同时，克劳德·厄尔布和坎贝尔·哈维也测算了高盛大宗商品指数（GSCI）和通货膨胀之间的历史关系，发现两者有比较明显的正相关性。当然，值得一提的是高盛大宗商品指数中的能源（石油、天然气等）占的比重非常高，因此这个结论只是印证了前面的发现，即能源价格和通货膨胀率有很强的相关性。

从这个研究结果来看，我们似乎只能得出这样的结论，即大宗商品中只有能源类商品有抗通货膨胀能力，而其他类别的大宗商品没有显著的抗通货膨胀能力。

大宗商品和其他资产回报相关性不高

支持大宗商品成为投资标的阵营的另一大理由是大宗商品的价格变化和股票以及债券回报的相关性不高。因此根据现代投资组合理论，如果在投资组合中加入大宗商品，可以提高整个投资组合的风险回报质量。让我们来看看这方面的证据。

在上面提到的戈登和克劳德·厄尔布、坎贝尔·哈维的两篇学术论文中，他们都对这个问题做了研究，得出的结论是大宗商品期货的价格确实和股票以及债券价格的相关性不高，比如以历史价格（1959—2004年）月回报来看，大宗商品价格和股票价格的相关系数为0.05，和债券价格的相关系数为-0.14，这样的相关性确实都比较低。

由于这种比较低的相关性，在一个拥有股票和债券的投资组合中，如果加入大宗商品，可以有效地提高该资产组合的风险调整后收益。

大宗商品总结

大宗商品能不能算投资标的？通过上面的分析我们应该明白，这不是一个简单的问题，我在这里总结一下支持阵营和反对阵营的理由。

支持大宗商品是投资标的的理由汇总如下：

（1）大宗商品现货没有回报，但期货的历史回报很高。大宗商品期货的回报主要来自转仓收益。

（2）大宗商品期货特别是能源类大宗商品期货，可以对抗通货膨胀。

（3）大宗商品期货价格和股票以及债券价格的相关性比较低。

（4）大宗商品期货有比较高的风险溢价。

反对大宗商品是投资标的的理由汇总如下：

（1）大宗商品没有任何内生性收益，按照巴菲特的说法，大宗商品就是一块没有任何产出的"石头"。

（2）大宗商品的投资回报主要靠"博傻"，即别人愿意付出更高的价格来购买投资者手中的大宗商品。

（3）大宗商品现货的风险溢价为零。

（4）大宗商品的价格波动太大，根本无法对冲通货膨胀风险。

支持大宗商品成为投资品的阵营列举了很多理由，但其中有一条硬伤，即现货和期货回报的区别。我们知道，期货只是一种金融衍生品，其本质还是底层的大宗商品现货。如果现货无法产生超额收益，而期货由于某种让人不甚理解的原因产生了超额收益，那么这样的超额回报就值得我们仔细琢磨。在前文中我提到过，虽然有不少研究试图解释大宗商品期货产生的超额收益，但都不那么让人信服。

这也是我把大宗商品列为投机的原因所在。同时在我看来，通过基金、期货等方式投资大宗商品的成本以及专业门槛对于普通投资者来说有点高，到最后，投资者的收益和付出的成本不一定匹配，投资者可能会堕入"看上去很美"的投资陷阱。在这个问题上，我们应该向巴菲特学习：聪明的投资者需要知道自己的知识边界，专注于投资自己熟悉的、能搞懂的、透明度高的投资领域，同时坚决拒绝诱惑，不贸然购买那些自己不甚了解的投资品种。

第12章　对冲基金投资策略

研究机构尤里卡赫奇（Eurekahedge）的统计显示，截至2022年年中，全世界大约有1.5万只对冲基金，共管理4.5万亿美元左右的资金，其规模不可谓不大。

在这么多林林总总的对冲基金中，如何选择适合自己的对冲基金？这是一个不容易回答的问题。事实上，在这么多的对冲基金中，真正能够为投资者带来良好收益的对冲基金寥寥无几，还有很多让投资者血本无归。

在这一章中，我会和投资者分享一些投资对冲基金必备的理论和实践知识。

为什么要投资对冲基金

什么是对冲基金

对冲基金，顾名思义，指的就是风险已经被"对冲"掉的基金。什么叫风险被对冲掉了？意思就是对冲基金经理能够像变魔术一样，在任何情况下都能从市场中获取绝对的正投资回报。至少从理论上来说，无论我们处于通货膨胀还是通货紧缩时代，市场是在涨还是跌，对冲基金经理都有办法从中获利。

"旱涝保收"的投资方法听起来就像印钞机一样，对任何人都充满诱惑。那么对冲基金经理是如何做到"旱涝保收"的？其中的关键在于"对冲"二字。我们以对冲基金中最常见的对冲股票策略为例。对冲股票的意思，是基金经理买入看涨的股票，卖空看跌的股票。理论上来说，这种策略由于可以在市场上涨时加杠杆，在市场下跌时做空，因此可以同时做到降低投资组合风险和提高基金投资回报，达到不管市场涨跌都能赚钱的投资目的。

投资对冲基金的目的是什么

对于投资者来说，在投资组合中加入对冲基金，可以达到两个目的：

第一，获取阿尔法。在本书前面的章节中我向读者朋友们解释过阿尔法的定义。把自己的钱交给对冲基金经理管理，目的就是获得超过市场平均回报的超额回报，也就是阿尔法。

第二，提供和传统资本市场（股票、债券、房地产）不相关的回报。由于对冲基金已经把投资风险对冲掉了，因此其基金回报应该是和传统资产回报不相干的。传统的资产大类有一定的周期性，比如股市有时候上涨，有时候下跌。但是理论上来说，对冲基金不管在牛市还是在熊市都能够赚钱，因此其回报应该和其他资产的涨跌无关。

那么问题来了，对冲基金经理是通过哪些方法获得和传统资产不相关的超额回报的呢？

对冲基金有哪些策略

大致来说，对冲基金根据其主要依赖的交易策略，有以下几种：

（1）对冲股票策略；

（2）期货交易策略；

（3）债券策略；

（4）相对价值策略；

（5）宏观策略；

（6）事件驱动策略。

下面我挑几个常见的策略给大家介绍一下。

对冲股票策略

对冲股票策略起源于一位美国的对冲基金策略先行者艾尔弗雷德·温斯洛·琼斯（Alfred Winslow Jones）。1900年他出生于澳大利亚，4岁时同父母移民到美国，1923年从哈佛大学毕业。大学毕业后，琼斯成了一名政治题材记者，在德国从事新闻媒体工作，并和一位德国姑娘结了婚。由于其偏向共产主义的政治观点，琼斯在德国待得并不顺利，他于1936年离开欧洲回到美国。

1941年，琼斯从哥伦比亚大学获得社会学博士学位，开始为《财富》（Fortune）杂志撰写稿子。在撰写金融类文章时，琼斯分析了一些被用得比较多的挑股票方法，发现自己也可以通过这些方法获利。1949年，琼斯辞去在杂志社的工作并创办了自己的投资公司，起始资金10万美元（自筹4万美元，朋友和岳父投资6万美元）。

琼斯对股票策略的创新主要集中于两点：首先，他是用杠杆（借钱）炒股的先驱。他发现对于有潜力的股票，可以通过杠杆购买到更多的股票。

其次，他大量运用卖空股票来对冲自己的风险头寸[1]，这也是对冲基金这个名词的来源。在琼斯之前，大部分"股神"的精力主要放在挑选股票上面，他们的做法和当今A股市场上的散户差不多，目标是挑选最具有升值潜力的股票。但是这个策略的一大毛病是每当经济危机或者股市危机来临时，所有股票，包括那

---

[1] 风险头寸，指外汇风险头寸，即外汇持有额中"超买"或"超卖"的部分。

些好股票的价格都会下跌，因此再高明的"股神"也会受大环境的影响导致间或亏钱。琼斯的创新之处在于，通过卖空股票，他的投资组合不再受大盘下跌的影响，从而可以给投资者绝对的回报，即旱涝保收。用行话来说，就是消除贝塔，获取阿尔法。

　　要理解琼斯的策略，我们也可以这么思考：传统的选股策略给予投资者的风险敞口[1]是100%（假设他把所有钱都来买股票）。如果可以加杠杆，那么风险敞口就可以超过100%（比如加一倍杠杆就可以将风险敞口提升到200%）。如果可以卖空股票，那么风险敞口就可以减少（比如买入100元的股票，卖空100元的股票，其净头寸为零）。由于这两个因素，投资经理在对市场做出分析决策时，有了更多的选择和灵活性。

　　从图12-1中我们可以看到，琼斯公司的业绩还是相当不错的，在1960—1965年，其投资回报超过了当时的道琼斯工业平均指数和一只比较有名的公募基金——富达趋势基金（Fidelity Trend Fund）。琼斯基金在34年（1949—1983年）的投资历史中，只有3年是亏钱的，同期标准普尔500指数有9年的回报是负的。

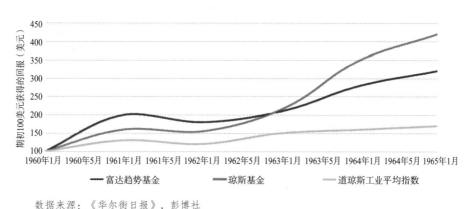

数据来源：《华尔街日报》，彭博社

图12-1　琼斯基金的业绩

---

[1]　风险敞口（risk exposure）是指未加保护的风险，指因未对风险采取任何防范措施而可能导致的损失。

目前全世界绝大部分对冲股票基金的原理还是基于上面的逻辑，和琼斯所在的时代几乎没什么不同。

期货交易策略

期货交易策略一般只在期货市场应用，大致来讲有3种策略：技术分析、基本面分析和量化策略。目前全世界最大的期货交易策略基金是位于英国的元盛（Winton）和AHL。元盛的创始人叫大卫·哈丁（David Harding），就是AHL里面的H，元盛的旗舰产品叫元盛多元策略（Winton Diversified Program，WDP）基金，它完全用电脑量化程序检测多个期货市场的价格动向，包括外汇期货、股票期货、债券期货、大宗商品期货等。

像WDP这样的量化程序，其逻辑依据是经过大量的数据回测，找出期货市场价格运行的规律。发现这些规律后，该量化程序假定这样的规律会在未来重复，并以此设立自己的交易策略。

举个例子，如果通过很多回测，电脑发现动量在很多期货市场上都可以为投资者带来超额回报，那么电脑程序会比较全世界所有期货市场的价格变动动量，选出动量最大的一组期货，并开始建立看多仓位，同时逆过来找出价格动量下跌最大的一组期货，建立看空仓位。当然，我这里只是举了一个很简单的例子，真实的类似WDP的电脑程序要复杂很多。

期货交易策略的卖点是可以提供和传统股票或者债券市场完全不相关的投资回报，提升投资者资产组合的夏普比率。

相对价值策略

相对价值策略是一个非常有趣、值得一提的策略。相对价值策略背后的逻辑是关注相对变化，并从相对变化中获利。这样的策略优点是风险小，缺点是获利空间也小，所以要获得很高回报的话，一般都要运用非常高的杠杆率。相对价值策略覆盖的领域很广，比如以下几点：

配对交易：在配对交易中，基金经理会对比两个非常相似的股票（比如中石油和中石化的股票）的价格差，根据历史规律，在两者价格差拉大时，购买便宜的，卖出贵的，并希冀其价格差会逆转并消除。

点差交易：每个期货合约都有不同的月份，不同月份的合约之间有价差，根据一定的计算和分析，可以在价差不正常时交易获利。

套利交易：套利交易在很多市场盛行，这里介绍一个债券市场里的套利交易。比如美国政府每隔3～6个月会发行美国国债，但是通常新债的价格会超过旧债，虽然这两种国债几乎是一样的。基金经理在这两者价差达到一定规模时可以买便宜的、卖贵的来获利，这个策略最有名的代表是已经倒闭了的美国长期资本管理公司（Long Term Capital Management，LTCM）。

市场中性：在市场中性策略中，基金经理可以购买一部分股票，售出一部分股票。总体头寸保持在0附近，即保证购买股票的市值接近卖空的股票市值，这样其回报完全来自基金经理的选股能力，而股市上涨或者下跌对该策略都没有影响。

宏观策略

宏观策略是一个比较有趣的策略，也可以说是无策略的策略。因为其定义非常模糊，大致来说就是基金经理根据自己对宏观经济的判断，选择自己认为最合适的策略。因为是基于宏观经济的判断，所以基金经理的策略选择范围很大。比如一个基金经理如果对某个国家的经济发展不看好，就可以选择卖空其股票，卖空其货币，购买其债券，或者购买一些公司的信用违约互换（CDS），以及将这几个策略叠加组合在一起。理论上来说，宏观策略的基金经理基本没有限制，什么都能买卖。最为大家耳熟能详的宏观策略基金经理可能是索罗斯，他有过很多宏观策略交易案例，比如和英国中央银行对着干，在东南亚金融危机时冲击港币等。索罗斯投资的市场涵盖货币、股票、债券等，所以被称为宏观策略。

对冲基金的回报究竟好不好

上文中提到，对冲基金的主要价值是向投资者提供和市场不相关的超额回报。

那么对冲基金经理有没有能力提供超额回报呢？这是一个价值连城的大问题，也是广大投资者最关心的问题之一。很遗憾，要回答这个问题没那么简单，主要原因是对冲基金经理行事诡秘，因为没有政府法令规定他们必须向公众披露，或者向监管机构报告自己的业绩。我们大部分时间看到的对冲基金业绩，往往是基金经理自己说的，或者是自己挑一段投资历史公布的。因此，我们很难对对冲基金经理有一个全面客观的认识。

那么我们要怎样解决这个问题呢？下面我就和大家详细分析一下对冲基金的回报。

对冲基金历史回报分析

我们首先来分析一下一些用得比较多的对冲基金回报指数。目前，国际上很多机构都会收集对冲基金的回报，并编排自己的对冲基金回报指数，被引用得比较多的有：HFRX对冲基金指数、尤里卡对冲基金指数等。

如图12-2所示，显示的是HFRX对冲基金指数和标准普尔500指数从2008年年初到2022年年底的历史回报，这里需要解释一下HFRX对冲基金指数的定义。

HFRX对冲基金指数反映的是全球所有对冲基金（各种策略）加起来的平均回报，这些策略包括：可转换套利、重组证券、对冲股票、市场中性等。

我们可以看到，从2008年年初到2022年年底，大部分时间HFRX对冲基金指数的总回报远不如标准普尔500指数。在这14年时间里，对冲基金的平均年回报率为0.98%，而同期标准普尔500指数的平均年回报率为8.9%。换句话说，投资对冲基金的投资者在过去14年里亏惨了。

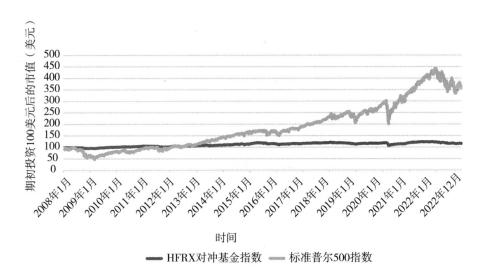

数据来源：五福资本研究部，HFRX官网

图12-2　HFRX对冲基金指数和标准普尔500指数历史回报（2008—2022年）

有些读者可能会因此觉得，对冲基金经理的超额回报不高，还比不过美国股市的平均回报，但很多对冲基金经理觉得这样比不公平，对冲基金经理的策略又不是仅限于股票市场，不能拿综合指数的业绩和股票指数相比。

那我们来看看专门的股票型对冲基金业绩如何。

图12-3展示了从2003年到2021年HRFX 股票型对冲基金和标准普尔500指数的回报对比。我们可以看到，在这18年里，除了2008年，其他每一年标准普尔500指数的回报都超过了HFRX股票型对冲基金，只有2008年标准普尔500指数的亏损比HFRX对冲基金大。

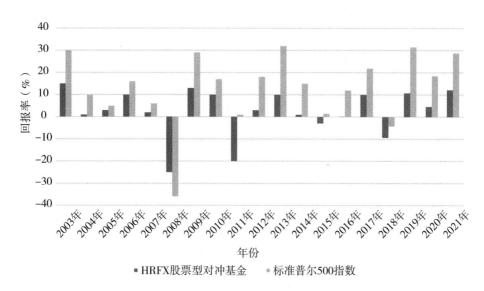

数据来源：彭博社

图12-3　HFRX股票型对冲基金和标准普尔500指数的回报率（2003—2021年）

2003年年初，如果投资者同时在HFRX股票型对冲基金和标准普尔500指数里投100元，那么18年后，投资者可以从对冲基金经理那里拿回143.9元，而在标准普尔500指数里投资的100元会变成855.8元，其间还包括了2008年前所未有的金融危机。换句话说，长期来看，不管是不同类型的对冲基金综合起来，还是专门做股票的股票型对冲基金，都很难战胜股市平均回报。

对冲基金回报指数的缺点

在这里需要提一下，很多人使用的对冲基金回报指数并不是检验对冲基金业绩的最好方法。事实上，对冲基金回报指数在编排上有不少弊端，常见的有以下几点。

（1）幸存者偏差。由于对冲基金经理没有义务向投资者以外的其他人报告业绩，因此业界的对冲基金回报指数都是靠对冲基金经理自愿申报来编制的。这就产生了一个问题：那些业绩不好或者濒临关闭的对冲基金的经理，不太会有兴趣申报自己的业绩，最终导致申报了业绩并被包括进指数的对冲基金，都是业绩好的"幸存者"。

对于投资者来说，幸存者偏差这个问题的严重性在于投资者在事前无法判断哪个对冲基金经理更幸运，投资者只能在事后看到某个对冲基金经理的业绩非常好，并且投资者很难知道这位对冲基金经理的业绩是由运气好还是技术高超获得的。

（2）改写历史。有一些对冲基金公司是这样操作的：他们一开始会发起10只对冲基金，由10个不同的对冲基金经理管理。两年后，这10个对冲基金经理中可能有2个业绩非常好，5个业绩一般，3个业绩十分糟糕。于是，该对冲基金公司会将所有资源都用在推销那2只业绩出色的对冲基金上（因为这2只表现出色的对冲基金圈到钱的概率最高），并开始将这2只对冲基金的业绩上报给各大基金指数编制机构。

我们可以看到，这些编排基金指数的机构收到的基金业绩，是过去两年2个表现好的对冲基金经理的业绩，而另外8个表现一般的对冲基金经理的业绩并没有被申报。这样，对冲基金业绩指数的历史就会被改写（朝好的方向），如果将这样的历史业绩和其他资产回报相比，自然会得出对冲基金业绩更好的结论。

（3）自我淘汰。对冲基金公司将自己的业绩上报给对冲基金指数编制机构的主要目的是推销自己的对冲基金，好让更多人看到自己的业绩以便圈到钱。但是如果对冲基金的业绩不好，那么对冲基金经理继续呈报业绩就没有什么动力了。事实也是如此，如果对冲基金的业绩变差，那么就会有很多对冲基金自我淘汰，不再向对冲基金指数编排机构呈报业绩，这样的情况会导致最后对冲基金回报指数被高估。

（4）小基金偏差。在编排对冲基金指数时，用的多是平均权重。也就是说，一个管理100万美元的对冲基金和一个管理100亿美元的对冲基金，其回报在指数中的权重是一样的。在对冲基金行业有一个比较明显的现象，即小基金的回报要比大基金好得多。在这种情况下，投资者实际可以从投资对冲基金中获得的回报会被高估。

将这些因素加起来，会导致对冲基金指数的回报被高估多少呢？大概是每年3% ~ 5%[1]。也就是说，如果投资者真的想通过对冲基金回报指数来估算对冲基金的回报，保守估计每年需要扣除5%。

对冲基金案例

有些读者可能会说："这只是行业平均水平，并不适用于我。这个行业里有很多'傻钱'，他们都被忽悠了。但我不同，我比别人都聪明。我看中的对冲基金经理是我的发小，他毕业于常春藤院校，在华尔街银行有过多年工作经验。他工作努力，智商奇高，是一个神人。他能预测市场变化，在市场大跌前保住我的投资不受损失。"

其实很多人都有类似的想法，但是想法归想法，我更感兴趣的是证据。

那么，就让我举几个实际例子来说明这个道理吧。

约翰·保尔森（John Paulson）是美国著名的对冲基金经理，他在2007—2008年由于做空次贷而一战成名，成为全世界炙手可热的对冲基金经理之一。他的约翰·保尔森优势加（John Paulson Advantage Plus）基金在2007年的回报率为150%，吸引了全世界大部分基金投资者的眼球。2007年之后，找保尔森投资的机构蜂拥而至，其管理的资产规模也从2007年的50亿美元左右一路上升到2011年的350亿美元左右。（见图12-4）

---

[1]　DICHEV I, YU G. Higher risk, lower returns: what hedge fund investors really earn [J/OL]. Journal of financial economics, 2011, 100 (2) : 248–263 [2020-06-01]. https://www.hbs.edu/faculty/Pages/item.aspx?num=38299.

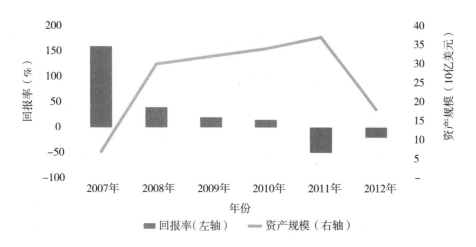

数据来源：《华尔街日报》，彭博社

图12-4　约翰·保尔森优势加基金2007—2012年的回报率和资产规模

　　2011年，约翰·保尔森优势加基金亏损50%；2012年，优势加基金再度亏损20%。当初，绝大多数投资约翰·保尔森优势加基金的投资者都是被他在2007年的惊人业绩吸引来的，但是问题在于，这些投资者并没有享受到2007年丰厚的投资回报，却要经受2011年和2012年不尽如人意的投资业绩的打击。

　　某一年的大幅度亏钱对投资者的伤害是毁灭性的。原因如下：假设一个投资者先赚了50%，然后亏了33%，在这种情况下，他的本金会回到初始水平左右。但是如果一个投资者先亏了50%，那么如果他想把亏的钱赚回来，就需要再赚100%。也就是说，亏损对于投资者的伤害程度要远远高于相同幅度的盈利。这就是约翰·保尔森优势加基金的投资者在2011年和2012年受到毁灭性打击的原因所在，更何况他们中的很多人根本没有享受到2007年的高额回报。

　　在对冲基金圈中，外汇交易的教父级人物约翰·泰勒（John Taylor）管理的外汇对冲基金FX概念全球货币计划（FX Concepts Global Currency Program）鼎鼎有名。2008年，其管理的资金规模达到了140亿美元，成为全球最大的外汇对冲基金之一（如图12-5）。然而好景不长，该基金的回报率在2009年、2011年和2013年出现大幅回撤，导致投资人损失惨重。

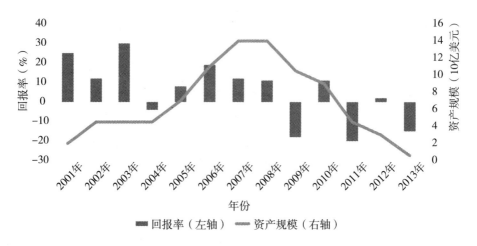

数据来源：彭博社，《华尔街日报》

图12-5　FX Concepts Global Currency Program 2001—2013年的回报率和资产规模

上面两个例子的共同点是：对冲基金经理的名气都非常响亮，经常在各大媒体上亮相。但是这些基金的投资者的回报却非常一般，甚至亏了不少。而与之形成强烈对比的是，即使对冲基金业绩再差，管理该对冲基金的经理的收入还是高得离谱。投资者回报差，对冲基金经理的收入却很高，可谓这个行业里最让人费解的现象之一。

对冲基金是否提供不相关回报

上文中我提到，投资者购买对冲基金的第二个重要原因，是获得和传统大类资产不相关的回报。那么，对冲基金有没有满足投资者的这个需求呢？

不相关的回报这个逻辑源于现代投资组合理论。该理论的发明者、诺贝尔奖得主马科维茨创造性地提出，在一个资产组合中，只要加入和原来组合中已经有的证券相关性不高的其他投资（前提是该投资的期望回报为正），就可以提高整个投资组合的回报，或降低整个投资组合的风险，或者同时达到这两个目的。在该理论的指引下，对冲基金作为另类投资[1]的一部分，被纷纷引入像养老基金、大学基金会等机构投资者的投资组合之中。

这个想法的初衷很不错，但是在现实中，初衷好的想法未必可以得到好的结果。如果投资者单纯为了追求所谓的不相关回报盲目投资对冲基金，遭受的损失将会是惊人的。

对冲基金策略研究领域的专家之一、麻省理工学院的教授罗闻全（Andrew W. Lo）在其《对冲基金：一个分析的视角》[2]（*Hedge Funds: An Analytic Perspective*）一书中举过一个例子，他"发明"了一种神奇的投资策略——其实该策略也没有那么神奇，就是不断地卖出标准普尔500指数期货[3]的看涨期权和看跌期权。罗闻全将执行该策略的基金管理公司命名为Capital Decimation Partners，意为毁灭资本合伙公司。根据这个策略的历史回测，1992年到1999年，该策略连续7年向投资者提供了稳定回报，并且该回报和市场几乎没有相关性。也就是说，理论上毁灭资本合伙公司具有相当高的超额回报，但是该策略在第7年完全崩溃，回报下跌30%，使投资者之前赚的回报一夜之间化为乌有，真正做到了"毁灭资本"。

这个例子告诉我们，想要追求和股票市场不相关的超额回报值得理解，但是投资者要谨防"走火入魔"，丧失基本的投资常识。投资者应该明白，对冲基金经理的超额回报是从哪里来的、如何获得的。但是，有过对冲基金投资经验的读者都知道，对冲基金的特点之一就是其隐秘性，想要获得对冲基金经理的资产投

---

[1]　所谓另类投资，是指投资于传统的股票、债券和现金之外的金融和实物资产，如房地产、证券化资产、对冲基金、私人股本基金、大宗商品、艺术品等。

[2]　罗闻全. 对冲基金：一个分析的视角[M]. 寇文红，译. 辽宁：东北财经大学出版社，2011.

[3]　标准普尔500指数期货是由美国标准普尔公司（Standard & Poor Co.）成立的、美国成交量最大与最具指标意义的期货合约。

资组合明细是一件非常困难的事。而对冲基金信息披露的不透明，正是广大投资者投资对冲基金面临的重要问题之一。

大型机构对对冲基金的质疑

最近几年，越来越多的大型机构（比如养老基金公司）开始意识到投资对冲基金的不明智之处，并从对冲基金中撤出他们的投资。这些大型机构原本是对冲基金行业最大的客户之一，因此对对冲基金行业的冲击不容忽略。让我先举几个例子。

2014年9月，美国较大的养老基金之一，加利福尼亚公共养老基金（CalPERS）宣布将完全撤出对对冲基金的投资，因为对冲基金收费太高，回报不够。加利福尼亚公共养老基金的总规模为3000亿美元左右，其中对对冲基金的配置量为40亿美元左右。当时，加利福尼亚公共养老基金董事局做出退出对冲基金投资的决定时，援引的原因有：对冲基金收费太高、投资太复杂、难以监控。

2015年1月，荷兰社保基金Pensionenfonds Zorg En Welzijn（PFZW）[1]宣布，以后不再投资任何对冲基金。[2]该基金管理的资金总规模为880亿欧元，对冲基金的配置为2.7%（约23.8亿欧元）。该基金给出的退出对冲基金投资的理由为：对冲基金收费太高、对冲基金经理工资太高。

2015年4月，奥地利最大的养老基金VBV养老基金（VBV Pensionskasse）宣布将对冲基金配置降为零。[3]该基金管理的资金规模为65亿美元，原本有8%左右

---

[1]　荷兰四大养老基金公司之一。

[2]　STAFF R. Update 1-Dutch pension fund PFZW stops using hedge funds [EB/OL]. (2015-01-09) [2020-06-01]. https://www.reuters.com/article/pensions-dutch-hedgefunds%EF%BF%BEidUSL6N0UO2NN20150109.

[3]　BUERKLE T. VBV's Günther schiendl is keen on Europe but not on fees [EB/OL]. (2015-04-09) [2020-06-01]. https://www.institutionalinvestor.com/article/b14z9td2zt359c/vbvs-gnther-schiendl-is-keen-on-europe-but-not-on-fees.

的对冲基金配置（约合5.2亿美元）。

如此多的大型专业投资机构都在对冲基金投资上小心谨慎，作为个人投资者的我们，就更应该睁开双眼，在投资对冲基金之前做好充分的尽职调查，防止自己掉入投资陷阱。

第 4 部分

资产配置策略详解

对于一个投资者来说，资产配置要远比选择哪只股票或者哪只债券重要得多。因为大类资产层面的配置决策，就已经决定了投资者绝大部分的投资回报。因此，资产配置是很多投资者最为关注的投资问题之一。

在本书的第4部分，首先我将分析一些主要大类资产的历史回报和投资风险，然后向大家介绍全球资产配置的逻辑和方法。最后，我会和大家分享投资者实现海外资产配置的具体策略和历史回报。

第13章　大类资产的特点和风险

很多投资者都明白，资产配置对于投资回报来说非常重要，甚至比具体选哪只股票或者基金重要得多。但是很多投资者对此也有不少问题：比如到底应该如何进行资产配置？在资产配置的过程中需要注意哪些问题，又有哪些常见错误？如何理性地进行资产配置？

投资者要想做好资产配置，首先需要了解不同类型资产的特点和风险。在下面的章节中，我将对主要大类资产的风险特征做出细致的分析。

现金

现金是绝大多数投资者持有的常见的资产之一。因此，我们先来说说持有现金的风险。

持有现金主要有两个风险。首先是通货膨胀风险，这个风险大多数人都可以理解。投资者把现金放在银行里，虽然可以保证不亏损（假设银行是安全的），但是面临的风险是如果通货膨胀高于银行支付的利息，那么这部分现金在未来的购买力就会减弱。

中国很多老年人都吃过仅持有现金的苦头。他们不习惯理财，对各种金融产品也不了解，于是把自己辛辛苦苦多年积攒的储蓄都放在银行里。结果30年后，住房、教育、医疗等费用已经完全不能和当年相比，恍如一梦。

1964年到2014年，美元的购买力下降了87%，也就是说2014年的1美元在1964年只有0.13美元的购买力。在过去的200多年间（1802—2012年），美元现金的回报率为每年-1.4%左右，通货膨胀对现金购买力的侵蚀是非常惊人的。

持有现金的第二个风险是汇率风险。随着国界开放，世界经济一体化的发展，越来越多的消费和服务需求来自国外，因此我们的本币（人民币）对国外产品和服务的购买力，也会直接或间接地影响我们的生活质量。在这种情况下，汇率风险即人民币贬值，也是持有现金的风险之一。

对于通货膨胀风险，比较常见的应对方法是购买抗通货膨胀的资产，比如房地产、股票、防通货膨胀债券等。对于汇率风险，一个比较常见的应对方法是分散货币持有范围，即除了人民币，也可以持有一些主要的外汇货币，如美元、欧元或者英镑。

股票

在不同的大类资产中，股票给予投资者的长期回报是最高的。

表13-1显示的是美国过去200多年间任意一个10年、20年和30年中股票的历史年回报率（扣除通货膨胀后）。从上面的历史数据中，我们可以得出以下结论：

第一，如果持有的时间够长，股票的投资回报就比较好。以美国为例，如果坚持持有股票超过20年，那么回报率肯定为正，即肯定能战胜通货膨胀，这一点没有其他资产可以做到。

第二，股票持有时间越长，回报率波动区间就越小。也就是说，长期持有股票的风险比较低。相反，如果持有股票的时间很短，那么股票的回报率波动区间就非常大，风险也更高。

表13-1　美国股票历史年回报率（1802—2012年）

美国股票历史回报率	任意10年年回报率（％）	任意20年年回报率（％）	任意30年年回报率（％）
最高回报率	16.89	12.60	10.60
最低回报率	-4.10	1.00	2.60

数据来源：杰里米·J. 西格尔. 股市长线法宝[M]. 马海涌，王凡一，魏光蕊，译. 北京：机械工业出版社，2018.

这两个结论不仅适用于美国，如果分析其他国家股票的历史回报，也能得到类似的结论。

英国历史上经历过比较严重的通货膨胀，也遭受了第二次世界大战的重创。如表13-2所示，如果把投资时间拉长，在英国坚持投资股票还是可以获得超过通货膨胀的、比较好的投资回报，这样的回报在20世纪下半叶更加明显。在1955—2000年，投资者扣除通货膨胀之后的年回报率为8.0%。

表13-2　英国股票历史年回报率（1900—2000年）

时间	年回报率（％）
1900—1954年	3.5
1955—2000年	8.0
1900—2000年	5.8

数据来源：E. 迪姆森，P. 马什，M. 斯汤腾. 投资收益百年史[M]. 戴任翔，叶康涛，译. 北京：中国财政经济出版社，2005.

2020年以前，由于全球各国银行利息都非常低，同时很多国家的通货膨胀率也都处于非常低的位置（甚至为负），因此大家对通货膨胀的威胁几乎没有感觉。然而，全球各国的通货膨胀率从2021年开始显著上升。2022年开始，各大主要工业国的中央银行纷纷升息。

事实上，从历史来看，通货膨胀是减少财富（实际购买力）的一大杀手，而购买公司股票则是对抗通货膨胀威胁的有效手段之一。但是，股票并不是"万能药"，要想获得"安全"的股票回报，投资者需要注意以下两点：

首先是多元分散。如果投资者只购买几只股票，那么运气不好时，这样的投资组合就会面临毁灭性的打击。在雷曼兄弟、安然公司等企业宣布破产之前，世界上没有一个人能够预测得到如此大的公司竟然也可能面临倒闭的厄运。

其次是长期坚持。巴菲特说过："如果没有准备好持有这只公司股票10年以上，那么我劝你还是不要考虑购买了。"关于投资股票需要长期坚持的道理，上文已经做了详细讨论，这里就不赘述了。

债券

对于大多数投资者来说，政府债券（也称国债）是较好的理财工具之一。政府债券的发行单位是一个国家的政府，有中央银行背书，理论上没有违约风险。

由于政府控制的中央银行在理论上可以发行无限多的本国货币，因此政府没有必要在国债上违约。当然，如果政府发行了外币国债（比如美元国债），那么其违约的概率就会高很多。比如阿根廷、墨西哥等国都有对外币国债违约的先例。

购买政府债券，投资者面临的最大风险依然是通货膨胀。如果政府不负责任、没有节制地发行货币，可能会导致两种结果：首先，通货膨胀率升高，收取固定利息的国债投资者的实际回报率会降低；其次，如果政府同时又想把通货膨胀率压下去，那么中央银行就会提高利率，在这种情况下，由于折现率升高了，国债的市场价值就会降低。

下面我们来仔细研究一下发达国家政府债券的历史回报。

即使投资者坚持投资债券30年，也不能保证一定能赚钱。如表13-3所示，在美国历史上，持有美国国债30年的回报区间（扣除通货膨胀后）在-2.0%～7.8%。也就是说，如果投资者的运气不好，在某个通货膨胀比较高的30年间持有债券，那么在这30年里，他所持有的政府债券的回报率就是负的。

表13-3　美国政府债券历史年回报率（1802—2012年）

美国政府债券回报率	任意10年年回报率（%）	任意20年年回报率（%）	任意30年年回报率（%）
最高回报率	12.4	8.8	7.8
最低回报率	-5.4	-3.1	-2.0

数据来源：杰里米·J.西格尔.股市长线法宝[M].马海涌，王凡一，魏光蕊，译.北京：机械工业出版社，2018.

回报率为负的主要原因在于，债券的回报受到通货膨胀的侵蚀。在1960—1970年，美国经历了比较严重的通货膨胀，在那段时间，债券投资者的利息回报远远赶不上通货膨胀率的上升，因此其投资回报受到了很大的打击。

类似的情况也可见于英国。从英国历史来看，政府债券的回报从来都很一般，远低于股票。如表13-4所示，在20世纪上半叶，英国政府债券的回报率为每年0.2%（扣除通货膨胀后），而20世纪下半叶英国政府债券的投资回报率为每年1.9%。债券的回报率仅比通货膨胀率稍微高一些，远不如股票。

政府债券是投资者进行资产配置时不可缺少的一个重要组成部分。政府债券的优点是比较安全，投资回报比较容易预测，投资者可以收到稳定的现金流。持有政府债券的主要风险是国家可能发生通货膨胀。要想应对通货膨胀的风险，投资者可以通过多元分散投资，在政府债券之外持有股票、防通货膨胀债券、房地产等抗通货膨胀资产进行应对。

表13-4　英国政府债券历史年回报率（1900—2000年）

时间	年回报率（%）
1900年—1954年	0.2
1955年—2000年	1.9
1900年—2000年	1.3

数据来源：E.迪姆森，P.马什，M.斯汤腾.投资收益百年史[M].戴任翔，叶康涛，译.北京：中国财政经济出版社，2005.

防通货膨胀债券

在政府债券中，有一类特殊的债券叫作防通货膨胀债券，其目的是应对通货膨胀的威胁。

从2022年年初开始，世界主要工业国的通货膨胀率明显上升。比如美国2022年6月的CPI同比增速达到了9.1%，英国5月的CPI同比增速达到了7.9%。通货膨胀率超出了很多人的预计，也导致各大中央银行纷纷以升息和收紧货币政策作为应对。比如在2022年一年内，美联储连续6次升息，将美元的基准利率从0%~0.25%提升到了4.25%~4.5%。

基于这种情况，很多读者自然会有这样的疑问："有没有什么投资工具，可以帮助我完美对冲通货膨胀风险？举例来说，我能不能买这样一种指数基金，它会跟着CPI同步涨跌，这样我就可以完美保护资金的购买力，任凭通货膨胀率再高也不用担心。"

我们先来讲和CPI同步涨跌的指数基金。目前，金融市场不存在完美追踪CPI的指数基金或者ETF，主要原因在于任何一个国家的CPI计算方式都很复杂，包括大量的产品和服务价格。其中有些成分，比如石油价格，是可以通过金融工具来对冲的（比如购买原油期货或者石油公司的股票），但也有另外一些成分，比如大学学费、医保费用、娱乐休闲费用等，则很难找到便宜好用的金融工具来对冲。投资者或许可以找一些近似的对冲替代品，比如用医药公司和保险公司的股票来对冲医疗保健费用，但是不太可能达到一对一的对冲效果。

如果做不到完美对冲，金融市场上还有哪些次优的选项呢？答案就是防通货膨胀债券。

防通货膨胀债券和国债类似，都是由政府财政部门发行的政府债券。两者的区别在于，防通货膨胀债券的利息是和通货膨胀率挂钩的，在这种情况下，投资者就不必担心在高通货膨胀的环境下损失自己购买的国债价值了。目前有不少发达国家（比如美国、英国等）的政府会不定期地发行防通货膨胀债券。

在这里我用一个简单的例子为大家解释其中的道理。假设我们花1 000元买了一只防通货膨胀债券，该债券的名义利率为2%。如果第一年的通货膨胀率为0，那么该债券分发的利息和普通债券没什么区别，为1 000元的2%，即20元。如果第二年的通货膨胀率为3%，在这种情况下，该债券的本金价值会被自动上调3%，即从1 000元上升到1 030元。基于调整后的本金，该债券发放的利息为20.6元。我们可以算一下，在扣除3%的通货膨胀率之后，其真实回报还是2%，因此投资者的真实回报并没有受到通货膨胀的影响而变差。当然，由于和通货膨胀率挂钩，防通货膨胀债券在通货紧缩的情况下，回报也会下降。如果第三年的通货膨胀率为-1%。在这种情况下，债券的本金会被往下调整为1 019.7元，投资者的收益也会相应下调1%，以和当年的通货膨胀率匹配。

那么，防通货膨胀债券能不能帮助我们完美对冲通货膨胀风险呢？答案是不一定。原因在于，投资者购买或持有防通货膨胀债券的回报，取决于债券的买入价和卖出价，而买入价和卖出价是受市场情绪和环境影响的。

举例来说，2022年7月13日，美国5年期国债的到期收益率为3.02%，美国5年期防通货膨胀债券的到期收益率为0.5%，两者之间的差2.52%叫作平准通货膨胀率。平准通货膨胀率的意思是，目前的市场参与者预测美国未来5年的平均通货膨胀率为每年2.52%。如果接下来5年里，真实的通货膨胀率确实为每年2.52%，那么在2022年7月，购买5年期国债和5年期防通货膨胀债券是没有区别的。因为购买国债的到期收益率为每年3.02%，而购买防通货膨胀债券的回报率为0.5%+2.52%，也是每年3.02%。

有些读者可能会问："上文说，2022年6月CPI同比增速达到了9.1%，市场怎么可能还预测未来的通货膨胀率为2.52%呢？"这是因为，市场预测的是未来5年的平均通货膨胀率。显然，就2022年7月的市场预期来说，更多人相信目前的通货膨胀率只是暂时高而已，随着时间的推移，中央银行的政策开始见效，未来的通货膨胀率会慢慢降下来。所以综合来看，未来5年的平均通货膨胀率为2.52%也不是不可能。

值得一提的是，未来5年平均2.52%的通货膨胀率，只是基于当时市场的所有信息做出的预期而已，现实未必会照目前设定的剧本发生。如果接下来5年真实的通货膨胀率超过了每年2.52%，那么当时购买防通货膨胀债券的投资者就赌对了，因为他可以获得比债券更高的回报。但反过来，如果未来5年的平均通货膨胀率低于每年2.52%，那么当时购买债券的投资者的回报就更高，购买防通货膨胀债券的投资者的回报则更差。

因此，接下来一个比较有趣的问题是，平准通货膨胀率对未来真实通货膨胀率的预测效果如何？它是否能在大部分时间里准确预测未来的通货膨胀率呢？

答案是不确定。比如，统计和研究显示，2002年到2004年，以及2014年到2022年，真实的通货膨胀率明显超过了5年前市场的预测。也就是说，从2009年开始购买防通货膨胀债券的投资者，受惠于超过市场预期的通货膨胀率，获得了更好的回报。

但是在其他一些历史时期，比如2004年到2008年，以及2009年到2014年，由于真实的通货膨胀率比较低，不如之前市场的预期，因此购买防通货膨胀债券的投资者回报不如同期购买国债的投资者。

　　分析到这里，聪明的读者会明白，其实防通货膨胀债券里边隐含了通货膨胀率的看涨期权，也可以将其理解为通货膨胀保险。如果未来真实的通货膨胀率超出之前市场的预期，那么购买防通货膨胀债券就更划算。但我们也要明白，天下没有免费的午餐，看涨期权或者保险都是要花钱买的。看涨期权或者保险的价格，就隐藏在平准通货膨胀率里。很多时候，平准通货膨胀率高于真实的通货膨胀率，两者之间的差额，就是投资者为自己购买的通货膨胀保险所交的保费。

　　从运作原理来说，防通货膨胀债券可以帮助投资者应对一部分通货膨胀风险。但是防通货膨胀债券的回报主要取决于市场对未来的通货膨胀的预期（平准通货膨胀率），以及未来真实的通货膨胀率。市场上的防通货膨胀债券中，隐含了对于未来通货膨胀的预期。假设在2022年12月预测未来的通货膨胀率为平均每年2.52%，那么只有在未来真实的平均通货膨胀率确实超过2.52%的情况下，购买防通货膨胀债券的回报才会高于相同久期的国债。

　　上文解释了购买防通货膨胀债券的第一个风险，即实际通货膨胀率可能不如预期的通货膨胀率。购买防通货膨胀债券的另一个风险在于政府赖账，这种风险和投资者购买普通国债所承担的风险是一样的。

　　当然，对于一些负责任的大国来说，国债发生违约的可能性非常小。但是理论上，政府可能会陷入无法支付防通货膨胀债券利息的窘境。在极端情况下，政府会陷入一个循环：发行货币导致通货膨胀率上升，通货膨胀率上升导致防通货膨胀债券需要支付的利息也上升，中央银行以发行更多的货币来应对，导致通货膨胀率进一步升高，而防通货膨胀债券需要支付的利息也水涨船高。终止这个恶性循环唯一的办法就是政府违约。

房地产

　　说完了股票和债券，我们再来说说房地产。首先，我们对美国的房地产做一些历史分析。

图13-1显示的是美国1890年到2015年房地产每年的平均回报率（扣除通货膨胀后）。

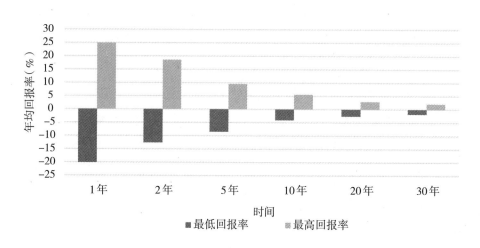

图13-1　美国房地产年均回报率（1890—2015年）

从这段历史中我们可以发现：

第一，和持有股票一样，持有房地产的时间越长，回报越稳定。假如持有美国房地产30年，那么投资者每年的真实回报率在-1.8%~2.1%。

第二，房地产的回报率也有非常大的波动，任何一年中，房地产价格的动荡幅度在-20%~25%。

第三，值得一提的是，上面的计算仅限于房地产本金的投资回报，没有计入租金收入。从美国的历史来看，出租房屋可以得到的租金回报率大约为每年3%。如果把房租收入计算进去，那么长期持有美国房地产（比如20年以上），也能像股票那样帮助投资者战胜通货膨胀对货币购买力的侵蚀。

上面提到的这些规律不仅限于美国。比如从1955—2000年的英国历史来看，房地产给予投资者的真实回报（扣除通货膨胀后）是每年1.7%左右，和政府债券回报（1.9%）差不多。即使加上房租收入，英国的房地产投资回报还是不如8.1%的股票投资回报。

大多数中国内地投资者尤其钟爱房地产，因为中国内地的一线城市（比如北京、上海等地）几乎没有经历过房价大幅下跌的情况。这种经历可能比较特殊，因为世界上很多国家和地区都发生过房价大跌的惨剧，比如：

（1）日本：日本东京的房价在1990年前后达到顶点之后开始下跌，并进入了漫长的熊市周期。以东京市中心的房价为例，从1990年前后房价最高点开始算起，房价在之后的15年里连续下降，一度跌到最高峰时价格的75%左右，直到2016年还没有恢复。

（2）新加坡：1997年，新加坡房市受到亚洲金融危机打击，在接下来的两年中房地产平均价格下跌了45%。一直到2008年，即在1997年金融危机10多年后，新加坡的房地产价格才恢复到了1997年前后的水平。

（3）中国香港：1997年，香港也经历了亚洲金融危机。香港平均房价指数从1997年的高峰下跌60%，一直到2003年前后才止跌回涨。

上述这些房地产泡沫破裂的例子在新中国成立之后的上海、北京等一线城市还没有发生过。但是，理性的投资者应该从其他国家的历史中吸取教训，坚持多元分散的投资原则，不要把所有的资产都集中在房地产这一个"篮子"里，避免重蹈上面案例中房地产投资者的覆辙。

不同的资产会给投资者带来不同的回报来源和特有的投资风险。在这里，我将上文提到的常见资产的风险及应对方法做一个小结，如表13-5所示。

表13-5　常见资产的风险及应对方法

资产类别	风险	应对方法
现金	通货膨胀，汇率风险	购买抗通货膨胀资产，购买外汇进行多元分散
政府债券	通货膨胀，利率风险	购买抗通货膨胀资产，投资股票

（续表）

资产类别	风险	应对方法
防通货膨胀债券	通货不膨胀，政府违约	购买外汇和其他资产
公司债券	公司违约，通货膨胀，缺乏流动性	投资其他资产，多元分散，减少交易频率
公司股票	公司不赚钱或者倒闭，价格波动	多元分散，长期持有
房地产	房价或租金下跌，缺乏流动性	投资其他资产，减少交易频率

股票和债券组合

在资产配置过程中，很多投资者面对的一个实际问题是，如果投资组合中既有股票又有债券，那么我们应该持有多少股票、多少债券？有没有一个最佳的比例组合？

图13-2是根据美国过去200年股票和政府债券的投资回报收益计算出来的最佳股票配置权重，计算方法的理论根据，源于马科维茨的现代投资组合理论。从图13-2中我们可以得出以下一些结论：

（1）在债券和股票混合的投资组合中，持有股票的最佳比例取决于投资者的持有周期。持有周期越长，可以持有股票的比例就越高。

（2）得出第一个结论的主要原因是，股票的回报率更高，同时风险也更大。如果投资者的投资周期比较短，比如一年，那么他就应该持有更多的债券（由图13-2可知，他应该持有10%左右的股票，也就是90%左右的债券）。在这样的组合中，一年之后债券（90%）会给予投资者稳定的收益，而股票则相当于一张彩票，运气好的话可以赚钱，运气差的话会亏钱。由于股票只占总投资组合的10%，因此即使亏钱，对投资者总回报率的影响程度也有限。

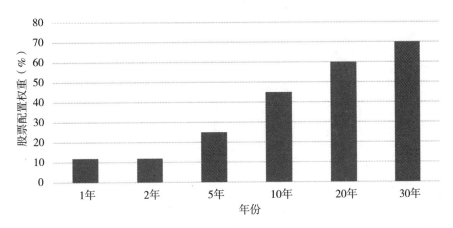

数据来源：杰里米·J. 西格尔.股市长线法宝[M].马海涌，王凡一，魏光蕊，译.北京：机械工业出版社，2018.

图13-2　美国历史最佳股票配置权重

（3）如果把时间维度拉长，比如20年以上，投资者再配置很多债券的话就不明智了。这是因为将时间拉长，股票给予投资者更高回报的概率会增加，同时拥有债券会面临通货膨胀风险。在这种情况下，投资者应该持有更多的股票（比如60%~70%），同时减少债券的配置比例。

图13-2显示的是美国的情况，那么其他国家的情况如何呢？

图13-3显示的是世界上一些国家在过去100年间的股票超额收益率和股票真实收益率。超额收益指的是股票超过政府债券回报的部分，而真实收益指的是股票超过通货膨胀率给予投资者的回报部分。

从图中我们可以得知，美国过去100年间的股票收益率，在扣除通货膨胀以后为年均6%左右，在发达国家属于中等偏上。世界上所有发达国家的股票超额收益都是正的，收益率在2%~7%。也就是说，股票的长期回报好于债券并不是只有美国一个特例，而是在所有发达国家都适用的普遍规律。对于一个全球配置的投资者来说，如果投资的周期越长，那么就应该配置更多的股票和更少的债券。

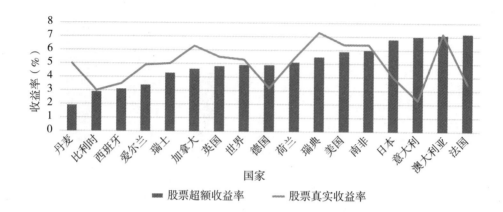

数据来源：E. 迪姆森，P. 马什，M. 斯汤腾. 投资收益百年史[M]. 戴任翔，叶康涛，译. 北京：中国财政经济出版社，2005.

图13-3　世界各国的股票超额收益率和真实收益率（1900—2000年）

　　如果投资者的投资周期为5年，那么比较合适的配置比例是股票占25%左右，债券占75%左右。如果投资周期拉长到10年，那么比较合适的配置比例是股票占45%左右，债券占55%左右。（见图13-2）

　　一个理性的投资者，应该仔细分析自己的家庭经济情况和预期的收入与支出，在合理规划自己投资周期的基础上，做出合适的资产配置决定。

第14章 如何自己动手做资产配置

在本书前面的几个章节中，我详细分析了投资者最容易犯的3个错误，投资者必须了解的投资理论，以及不同类型的大类资产。接下来，我将为大家构建从理论到实践的桥梁，教大家如何自己动手实现资产配置。

不同资产的优缺点

在解决资产配置前，我们首先要明白：作为投资者，哪些主要的大类资产适合我们选择？它们各自都有哪些优缺点？

现金

我们先来说第一种大类资产——现金。

如果投资者的资金不是很多，那么持有现金其实是很不错的投资选择。长期来看，因为会受到通货膨胀的侵蚀，现金的回报率不会太好。但是现金的一大优势就是流动性强。很多时候我们无法预计自己何时需要钱、需要多少钱。如果投资者的现金总额不大，又没有高通货膨胀的经济威胁，那么，将资产以现金形式存在银行里应该是首选。

图14-1显示了美国在过去198年间各种资产的回报，我们可以看到，现金的年均回报率（扣除通货膨胀后）是负的，主要原因是美国在二十世纪六七十年代经历了严重的通货膨胀，因此货币大幅度贬值。

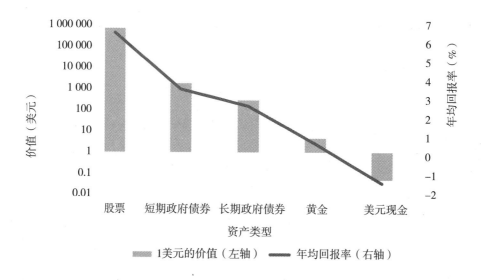

数据来源：杰里米·J.西格尔.股市长线法宝[M].马海涌，王凡一，魏光蕊，译.北京：机械工业出版社，2018.

图14-1　美国各类资产的真实回报（1802—2000年）

所以说，现金的优势在于流动性强，随时可以应急；缺点是如果经济体通货膨胀率比较高，现金的长期回报率不够好。

股票

接下来我们再说说股票。

股票的优点是它可能给我们比较高的投资回报。参考发达国家的历史发展经验，如果中国的股市也像那样发展，那么在经济不断增长的条件下，长期持有股票的投资者也会获得相应的投资回报。

同时，股票有很多不利于投资者进行资产配置的缺点。

股票的第一个缺点是二级市场股票的流动性太好，买卖太方便。有些读者可能不理解：为什么流动性好反而是缺点？这是因为流动性太好时股票的价格波动比较大，当股票的价格大幅度上涨或者下跌时，投资者的心情很容易受此影响，做出错误的买卖决定。因此，股票的强流动性很容易导致投资者过度交易，拖累投资回报。

股票的第二个缺点是价格波动大。每个股民买股票时，心里想的都是股价上涨20%、50%或者更多。但是在现实里，股价也可能会下跌20%、50%甚至更多。等到下跌发生时，很多投资者才意识到，原来自己无法承担这样的波动，到最后只能割肉离场。

股票的第三个缺点是估值过程比较复杂。很多没有金融知识的股民，买卖股票就是看公司名字，凭自己的感觉或者听从网络上股评家的推荐，别人说买什么他就买什么。而一些有自知之明的投资者在认识到自己的知识欠缺后，宁愿不碰股票。

债券

说完了股票，我们再来说说债券的优缺点。

先来说债券的优点：第一，安全。相对股票来说，投资级别以上的债券，比如国债、投资级别公司债券等大多比较安全，基本没有违约风险或者违约风险很小，至少可以保本。第二，每个月都可以提供现金流。对于很多投资者来说，他们可能更需要每个月看得见、摸得着的现金收入，这是股票无法提供的重要价值。第三，估值相对来说比较简单。如果把钱存在银行里或者购买国库券，其利息白纸黑字写在合同里，计算起来非常方便，老百姓更容易理解。另外，和股票相比，比较常见的固定收益类产品的专业门槛相对更低。

债券也有不少缺点，最明显的缺点是它的回报有上限，并且会受到通货膨胀的拖累。如果大环境的通货膨胀率比较高，那么把大多数资金都放在债券或者类似的固定收益产品内，显然不划算。

房地产

说完了债券，接下来再来说说房地产的优缺点。

大致来讲，房地产投资有以下5个优点：

第一，有现金流，即租金收入。这可以解决很多家庭现金流不足的问题。

第二，有居住功能。房子可以自己住，也可以出租让别人住。

第三，房地产有一个隐性的看涨期权——政府拆迁。

第四，杠杆优势。在所有的大类资产中，投资房地产是最容易获得杠杆的，杠杆率通常也比较高，比如购买第一套房子时首付20%～30%就能拿到贷款。杠杆是一个放大器，如果房价的上涨幅度超过按揭利率，那么杠杆就能帮助投资者获得更好的投资回报。

第五，对抗通货膨胀。作为一个实物资产，房子能够有效地对冲通货膨胀风险。

当然，房地产投资也有不少缺陷：

第一，流动性比较差。想要卖掉手中的一套房可比卖股票麻烦多了，需要经过多得多的手续。

第二，单位投资额比较大。一套房子的价格少则几十万，多则上千万甚至上亿元。因此对于很多投资者来说，需要积累一定的财富，才能开始从事房地产投资。

第三，房子的租金回报率比较低。即使在上海、北京这样的一线城市，很多房子的租金回报率也只有2%～3%，还不如银行的定期存款利率。因此，从房地产投资中获得的回报，主要来自房价的上涨，而非租金收入。

现在，我们把刚刚分析的不同资产的优缺点综合一下，如表14-1所示。

表14-1　不同资产的优缺点

资产	优点	缺点
现金	流动性强	回报低，可能跑不过通货膨胀
股票	长期回报高，买卖方便	估值复杂，有进入门槛，有投资风险
债券	投资风险低，可以提供现金流	回报有上限，可能跑不过通货膨胀
房地产	长期回报高，容易理解，可以抗通货膨胀，容易加杠杆	流动性差，需要资金量大

现金的优点是流动性强，可以帮助投资者抓住随时可能出现的投资机会，但是缺点是回报低，长期来看很可能跑不赢通货膨胀。股票可能获得很高的投资回报，但是它的投资风险比较高，估值复杂，对于绝大多数散户投资者来说有一定的进入门槛。债券的风险比较低，每月都可以提供现金流，比较容易理解，但是它对通货膨胀的免疫力比较低，在扣除通货膨胀后真实回报有限。房地产既有居住功能，也有投资功能，并且可以抗通货膨胀，但缺点在于房地产投资需要的资金比较多，流动性比较差。

综上所述，每个资产都有独特的优点和缺点，因此需要组合配置，才能发挥各自的优点，避免缺点。

哪些家庭资产可以投资

在搞清楚了不同资产的优缺点后，我们来讲下一个重要问题：家庭中的哪些资产适合投资？

如图14-2所示，大致来讲，我们可以把家庭资产分为四大类：满足日常消费的、应对意外发生的、保障长期生活的和获得投资收益的。

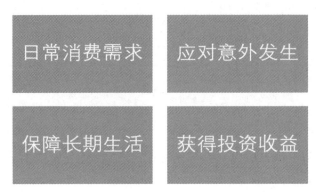

图14-2 家庭资产四大类

在留足了日常消费、应对意外和长期保障的资金之后，剩下的部分才是可以用于投资的资金。

这主要是因为投资需要耐心。投资的目的并不是一夜暴富，而是通过选择合理的资产，科学地配置，再加上时间的催化，通过长期坚持获得复利回报。这就意味着，投资者从家庭资产中拨出的那部分投资资金，应该是短期内用不到的。由于这笔钱在短期内用不到，投资者也不会背负一定要获得多少投资回报的负担，也就不会导致过激的投资行为，承担本来不应该承担的投资风险了。

长期坚持的重要性

确定了不同资产的优缺点，以及家里哪部分资金适用于投资后，接下来再讨论一个重要问题：应该如何投资这些不同的大类资产？

首先，让我们回顾一下美国股市过去200年间的回报。首先让我们回看图3-1中包含的很多有用的信息。

如果投资者购买并持有股票1年，投资回报很大程度上取决于运气。运气好的年份，股票可以给投资者高达66%的回报；但是如果运气不佳，比如在2007年股市顶点时购入股票，那么投资回报将是灾难性的，一年中的损失可以达到40%左右。

但是如果投资者把股票的持有期限延长到2年，投资回报的波动范围就没有那么大了。在最坏的情况下，2年的投资回报率都是每年-31%左右，在最好的情况下，投资回报率每年可以有39%左右。

如果继续延长股票的持有期限，投资回报的变化区间就会越小。如果持有股票20年，那么最坏的情况为每年获得扣除通货膨胀后1%的投资回报，而最好情况则是每年获得扣除通货膨胀后12.6%的投资回报。也就是说，在美国历史上，只要持有股票超过20年，那么投资者一定能赚钱。

上文所说的股票的投资规律，在债券投资中也适用。

如图14-3所示，如果投资者持有美国国债1年，那么其投资回报很大程度上取决于运气。运气好时，一年的回报率可以高达35%；但是运气不好时，一年之中就能损失21%左右。

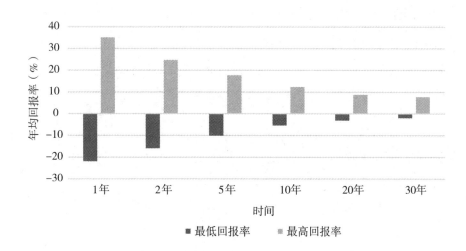

数据来源：杰里米·J. 西格尔. 股市长线法宝[M]. 马海涌，王凡一，魏光蕊，译. 北京：机械工业出版社，2018.

图14-3　美国债券年均回报率（1802—2012年）

但是如果延长投资的持有期限，投资上下波动的范围就会大大缩小。如果持有债券达到30年，那么投资者的投资回报率介于每年-2%～7.8%。虽然不能保证投资者一定赚钱，但是其回报波动区间要比短期投资小得多。

从上面的分析中，我们可以得出3个非常重要的结论。

第一，投资股票想要不亏钱，那么最好的办法就是坚持长期持有。在美国历史上，只要持有股票超过20年，投资者就能战胜通货膨胀，获得正的投资回报。

第二，长期持有的资产回报更稳定，也更容易预测。以美国股票为例，持有美国股票30年，投资者所能获得的投资回报在扣除通货膨胀后介于每年2%～10%。但是如果只是持有一两年，那么投资者的投资回报完全不可预测，主要取决于运气。

第三，长期来看，股票的投资回报最好。但是由于股票的回报率在短期内波动非常大，因此需要辅之以其他资产，像债券、房地产信托等，以此来减少投资组合的波动率，提高风险调整后收益。

这3条结论在美国以外的其他发达国家也同样适用。比如图14-4显示的是英国1900—2000年股票和债券的年回报率。我们可以看到，不管在20世纪前半叶还是后半叶，都呈现出了以下规律：股票的投资回报是最好的。只要长期持有，股票就能给投资者带来丰厚的回报，并且能战胜通货膨胀。

如何确定资产比例

接下来我们来解决下一个问题：在投资组合中，每个资产的投资比例各占多少？

我们知道，长期来看，股票的投资回报是最好的。因此对于任何一个投资者来说，如果想获得最好的投资回报，就应该尽量购买并持有更多的股票。

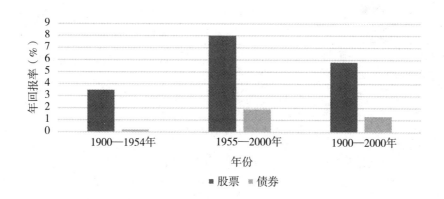

数据来源：E. 迪姆森，P. 马什，M. 斯汤腾. 投资收益百年史[M]. 戴任翔，叶康涛，译. 北京：中国财政经济出版社，2005.

图14-4　英国股票和债券的年回报率（1900—2000年）

问题在于，股市有风险，股价会上下波动，绝大部分投资者都无法承受一年内下跌15%或者更大的股市波动。因此，投资者需要在投资组合中加入政府债券、防通货膨胀债券、房地产信托等其他资产。投资经理的工作就是在众多资产中找到一个最佳的配置投资的比例，在回报和波动率之间达到平衡。下面，我就为大家具体讲讲确定资产投资比例的方法。

如图14-5所示，将不同的资产组合起来，在不同的配置比例组合下，我们可以找出一个有效边界。这个有效边界代表了在特定的波动率条件下，资产组合能够达到的最佳投资回报。

如果将无风险利率和有效边界相结合，就能找到一个最优组合。这个最优组合中的资产比例能够为投资者带来最优的风险调整后收益。

如图14-6所示，基于美国过去80年的金融市场历史，我们可以计算出，如果投资者的持有周期为10年，那么资产投资的最优组合大约是股票和债券各占一半，即股票占50%，债券占50%。

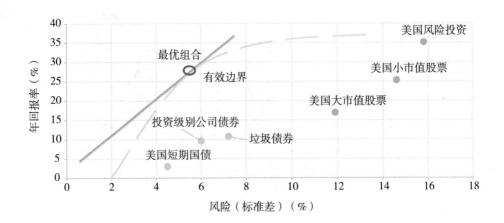

数据来源：DARST D. The art of asset allocation: principles and investment strategies for any market [M]. New York: McGraw Hill, 2008.

图14-5　美国不同资产的年回报率和风险（1997—2006年）

如图13-2所示，基于相似的逻辑我们可以计算出，在美国，如果投资者的持有周期为20年，那么最佳的股票持有比例为60%左右，剩下的40%左右可以是长期政府债券。

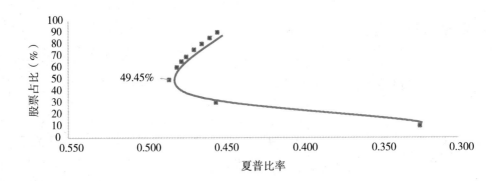

数据来源：杰里米·J. 西格尔. 股市长线法宝[M]. 马海涌，王凡一，魏光蕊，译. 北京：机械工业出版社，2018.

图14-6　持有10年股债组合的有效边界

值得指出的是，上述计算只是基于美国市场，并且仅限于股票和长期政府债券。如果想要包括更多的资产类型，并且扩散到全世界不同的国家，计算过程就会复杂得多。但是，背后的逻辑是类似的，即在众多的资产组合中找到一个最优组合。

如何通过支付宝实现资产配置

有些读者可能会说："上文所说有些太过复杂，有没有简单一点的方法让我自己动手实现资产配置？"答案是肯定的。接下来，让我用一个具体案例，帮助大家更好地理解如何自己动手实现资产配置。

在这里，我用支付宝作为案例来为大家讲解。用支付宝作为案例的原因，是大部分人手机上都有支付宝，而且操作相对简单，比较容易理解。在搞懂了这个简单的例子之后，其中的逻辑可以延伸到其他场合。

每个人在支付宝账户中的资金，都可以分为3部分：余额宝、理财和基金。余额宝的功能是管理现金，包括大部分和日常生活消费相关的现金流进出；理财的功能是获得比银行利息更高、相对来说比较安全稳妥的固定收益；而基金的功能，则是承担更大的风险，获得更高的回报。

我们首先需要做的，是计算自己平时大概需要多少现金。这部分现金需要用来支付房租或者按揭贷款，支付水、电、煤气费用，以及每个月的衣食住行等，工资收入也可以导入这个部分。在除去自己和家庭的现金需求后，剩下的那部分资金可以被归为"可投资资金"。

可投资资金分为两大类：固定收益类即支付宝中的理财，以及股票投资类即支付宝中的基金。两者之间的划分比例需要视自己和家庭的具体情况而定。如果可投资资金不多，投资知识和经验有限，无法承受忽高忽低的股市波动，那么就应该把大部分资金都放在理财里，只放少部分资金在股市里。反之，如果能够承担更多的风险，想要追求更高的回报，则可以考虑增加基金投资。

如何决定可投资资金里理财与股票的分配比例，需要结合投资者的自身情况来考虑。举例来说，目前已退休的王太太在支付宝里有23万元。王太太日常消费不多，投资的主要目的是想在安全的前提下，获得比银行存款更高的利息收入。老人家的风险承受能力比较低，十分看重收益的稳定性和安全性。

如图14-7所示，根据这些情况，王太太可以划约3万元到余额宝，满足日常生活需要。剩余的20万元，按照3∶1的比例划分，即买15万元的理财产品，5万元的基金产品。

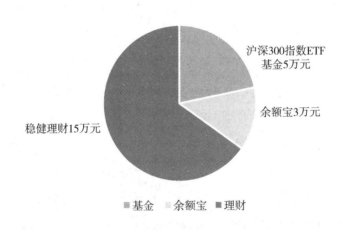

图14-7　王太太的资产配置明细

接下来，继续以王太太的情况为例，做进一步分析。上文提到，王太太可以在余额宝中配置3万元，理财产品中配置15万元，基金中配置5万元。这样，理财和基金的资产配置比例为3∶1。

图14-7显示的是我为王太太设计的资产配置明细。在支付宝的理财中，我只推荐王太太选择稳健型理财产品。这个类别有点类似银行理财中的R1和R2级

别[1]，安全级别比较高。严格来讲，在2018年4月《关于规范金融机构资产管理业务的指导意见》实施之后，理财产品不再保本，但是稳健型理财产品发生本金损失的概率很低，是相对比较安全的理财品种。王太太这样的投资者可以选择6～12个月的理财产品。

在基金类别里，购买一只ETF就够了，比如沪深300指数ETF。追踪沪深300指数的ETF有多只，比如华夏、易方达、嘉实等，我的建议是挑选其中费用最低，规模最大的ETF。

图14-8显示的是王太太这样的资产组合从2009年到2018年的模拟回测投资回

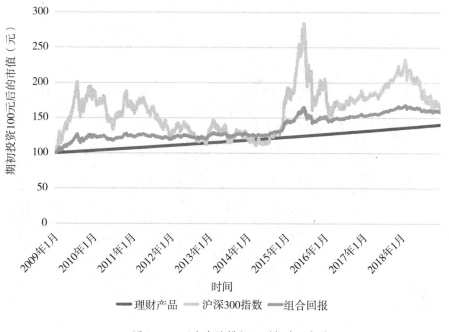

图14-8　王太太的模拟回测投资回报率

---

[1]　银行理财主要分为了5个等级：R1（谨慎型）、R2（稳健型）、R3（平衡型）、R4（进取型）、R5（激进型）。R1也就是常见的低风险理财投资产品，主要投资渠道为国债、保险理财、大额存单、银行理财等低风险投资。R2也就是常见的中低风险理财产品，也是市场银行理财的主流产品，主要投资国债、逆回购、保险理财、大额存单、银行理财、货币基金、信托等低风险、中低风险的产品。

报率。在这个回测中，我假设理财产品的年回报率在3.5%。

我们可以看到，理财产品的市值呈现出一条向上延伸的直线。而沪深300指数的价格，则呈现出比较大的上下波动。

两者以3∶1的比例组合以后，市值的变动情况在图14-8中显示为组合回报。股市的优点是长期回报不错，但是风险很高，价格波动非常大。比如2011年、2015年和2018年都有不同程度的价格下跌，让很多投资者难以适应。理财的优点是风险比较小，但是其缺点是回报不够高。两者组合以后的投资方案吸取了理财产品和股市的优点，在不损失太多回报的前提下，大大降低了投资组合的风险。

图14-9显示了沪深300指数和该投资组合在2009年1月到2018年1月9年间的回撤对比。我们可以看到，在绝大部分时间内，投资组合的回撤程度要远小于沪深

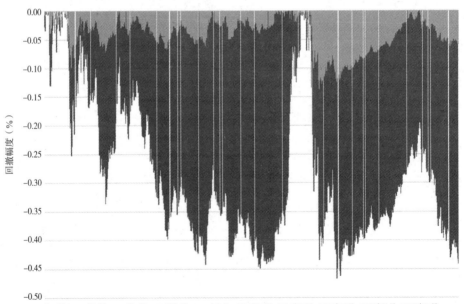

图14-9　沪深300指数和投资组合回撤对比

300指数。

这一点非常重要。很多投资者不敢买股票，主要就是害怕股市的回撤。一听到自己的本金可能损失30%、40%甚至更多，他们就对股市产生了极大的畏惧，完全不想碰。但是如果可以把投资组合的回撤控制在20%以内，那么很多谨慎的投资者可能会愿意试一试，并且有更强的信心坚持长期持有，从而在更长的时间维度内获得更好的投资回报。

这也是为什么即使像王太太这样保守的投资者，也能在资产配置中包含股票。如果让她单独购买股票指数或者个股，那她肯定不愿意。但是，包括股票的投资组合能够有效降低投资风险，成为一个让王太太可以接受的投资工具。投资组合的方法，可以帮助很多和王太太类似的投资者降低对股市的恐惧，并解决因害怕把握不好买卖时机而不敢进入股市的问题。

最后，我们来对比分析一下投资组合的回报和风险。

如表14-2所示，以2009年到2018年这9年为例。沪深300指数在这9年中的年化回报率为4.8%（不包括红利）。我们假设理财产品的年回报率为3.5%，那么两者以3∶1配置的投资组合年化回报率为4.7%，只比沪深300指数差了一点点而已。但是在这9年中，沪深300指数的波动率很高，最大回撤高达46%。而理财和沪深300指数相结合的投资组合，其最大回撤仅为13%，远小于沪深300指数。因此，投资组合获得了比较高的回报，又没有经历股市过山车般的大起大落，可谓鱼和熊掌兼得。

表14-2　不同投资类型对比

投资类型	年化回报率（％）	年波动率（％）	最大回撤（％）
理财	3.5	0	0
沪深300指数（不包括红利）	4.8	24.5	46
3∶1投资组合（加再平衡）	4.7	6.4	13

再平衡

心细的读者可能会在上一节的表中注意到"再平衡"这3个字。在本节中，我将为大家详细解释再平衡的概念和价值。

再平衡的意思，是当投资组合中不同的资产市值发生变化时，我们需要对它们做出一定的调整，把不同资产的配置比例恢复到目标权重。

比如我们原来的目标权重是：理财产品75%，股票25%。那么当实际的投资组合市值偏离这个配置比例时，我们就需要通过买卖操作，把投资组合中理财和股票的市值比例调整回3∶1的标准。

再平衡可以为投资者提供以下好处。首先，从长期来看，股票的价格上涨较多，价格波动也较大。因此，如果一个投资组合没有再平衡，那么假以时日，该投资组合就会有越来越高的股票配置，并且其波动率也会越来越受股票波动率的影响。如果投资者想要保持一个真正多元分散的投资组合，就必须要对其投资组合进行再平衡。其次，再平衡可以强迫投资者将高价的资产卖出，买入低价的资产。当投资组合中的股票市值上升时，通过再平衡，投资者会卖出股票。而当股票市值下跌时，投资者会在再平衡时买入更多的股票。如此低买高卖，可以帮助投资者提高投资回报。

关于如何优化资产配置再平衡程序，很多人都研究过这个问题。比较常见的再平衡方法有以下3种：

（1）定时再平衡：每个月、每个季度或者每年进行资产配置再平衡。

（2）动态不定期再平衡：当某一个资产组成的权重超过一定程度的偏离时，就可以启动再平衡系统，将整个资产组合再平衡到原来的目标配置。

（3）定时加动态再平衡：将上述两个标准结合起来的一种稍微复杂的再平衡方法。

五福资本设计了一个三资产模型（包括标准普尔500指数、美国债券、全球债券），基于1988—2015年的历史数据，对比了不同再平衡方法的效果。

从表14-3的分析结果中可以发现，各种不同的再平衡方法都提升了投资者资产组合的质量，即降低了该投资者资产组合的风险（年波动率）和最大回撤的幅度。

表14-3　不同再平衡策略的效果

再平衡策略	年波动率（%）	最大回撤（%）
购买并持有	13.92	45.70
定期再平衡（每年一次）	11.70	39.95
定期再平衡（每半年一次）	11.71	39.87
定期再平衡（每季度一次）	11.74	38.63
定期再平衡（每月一次）	11.69	39.87
动态再平衡（5%）	11.47	34.05
动态再平衡（10%）	11.89	41.14
动态再平衡（20%）	11.88	34.54
动态再平衡（25%）	12.15	39.56
动态再平衡（30%）	11.83	35.47
定期＋动态再平衡（20%＋每年一次）	11.99	40.41
定期＋动态再平衡（25%＋每年一次）	11.90	36.70
定期＋动态再平衡（30%＋每年一次）	11.86	35.09

数据来源：五福资本

那么，在这么多不同的再平衡方法中，我们应该选择哪一种呢？根据对比可以发现，不同的再平衡方法对于资产组合质量的提高幅度是类似的。也就是说，不管是定期再平衡还是动态再平衡，或者是定期加动态再平衡，它们对于资产组合质量提升的效果不分伯仲。

在这种情况下，我对投资者的建议是采取最简单的再平衡策略，即每年定期再平衡一次。因为再平衡涉及的交易规则越简单，交易次数越少，投资者出现失误的可能性就越小，付出的交易费用也越少，因此每年定期再平衡一次就足够了。

接下来，让我再用上文提到的王太太的案例，帮助大家更好地理解再平衡。

图14-10显示的是王太太的组合策略在过去9年的资产市值分配。可以看到，每年年初的市值分配都有一个比较大的变动，那就是再平衡导致的资产配置比例的变化。

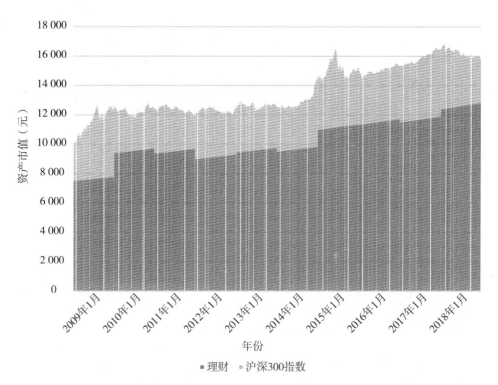

图14-10　王太太的资产再平衡策略

举例来说，2009年是一个牛市，沪深300指数上涨了90%左右。因此在年末再平衡时，再平衡策略会要求王太太卖出股票基金，买入理财产品，将投资组合重新调整回3∶1的市值比例。接下来的2010年是个熊市，沪深300指数下跌了12.5%左右。因此，在2010年年尾，再平衡策略又要求王太太卖出理财产品，买入股票基金。每年这样操作，其实就是在低位买入，高位卖出，可以帮助王太太控制风险，提高回报。

增仓和减仓

在实际的投资活动中，可供投资者使用的投资资金并不是固定不变的，而是会基于实际情况经常发生变化。举例来说，当投资者年终发了一笔奖金，或者多了一笔闲散资金，他想把这笔钱投入金融市场时，或者家里需要买辆车、买套房，需要一定的现金时，应该如何决定买什么、卖什么、什么时候买卖呢？在本节中，我就和大家讲讲如何处理增仓和减仓的问题。

我的建议是不要试图判断市场的涨跌，而只根据自己的需求决定增仓或者减仓。以王太太为例，在增仓时，每次她都可以按照相同的3∶1比例，增加购买理财产品和股票基金。而减仓时，也可以按照3∶1的比例，同时卖出理财产品和股票基金。这样，不管是增仓还是减仓，都可以持续保持自己的投资组合配置比例在3∶1左右，不影响一开始定下来的投资目标。这个方法的另一个重要价值，是省却了投资者对于市场涨跌的无谓担心。大量的研究表明，择时是非常困难的，哪怕是基金经理，也无法靠择时盈利，更别说普通个人投资者了。每次在资产层面进行增仓和减仓时，可以有效化解不会择时的难题，并保持我们的投资组合始终多元分散，不会突然发生巨大的盈亏波动。

投资传奇巴菲特曾说过：投资很简单，但却不容易。事实上，很多复杂的投资策略没几个人搞得懂，导致投资者损失惨重。美国著名的经济学家、诺贝尔奖得主萨缪尔森曾经说过："投资是很无聊的，就像看着油漆慢慢干掉或者草慢慢长出来，如果你想要刺激，那就拿上800块钱去拉斯维加斯好了。"

这就是大道至简的智慧精髓。在我看来，只有像这样简单易用的投资方法，才是广大投资者最需要的。

每个投资者和每个家庭情况都不一样，投资者应该基于自己的财富情况、知识水平、投资经验和风险偏好来确定配置比例，同时，也不一定只购买沪深300指数基金。我在这里举沪深300指数基金的例子，主要是想告诉大家，哪怕只买一只基金，也能轻松实现资产配置的目的。最后需要讲清楚的是，我们不是只能在支付宝里实现资产配置，相同的逻辑也可以放到银行理财或者基金理财中实现。比如通过银行进行资产配置，可以购买R1和R2级别的理财产品，以及ETF联接基金。其背后的逻辑和上文提到的支付宝中的资产配置逻辑是类似的。

海外资产配置

截至目前，我在本章为大家解释了不同资产的优缺点，应该将多少资金投入投资活动，如何决定投资组合中的资产比例，以及如何解决再平衡、增仓和减仓的问题，并通过一个简单的例子，即如何运用支付宝进行资产配置，向大家分享了在国内基于人民币实现资产配置的方法。有些读者除了有配置国内人民币的需求，同时在海外还有美元需要配置。在这一小节中，我就来和大家讲讲如何进行海外资产配置。

从投资原理上说，海外和国内资产配置的底层逻辑是相似的，都是基于一些共通的投资原理，并辅以重要的投资原则，根据自己的实际情况制定最合理的投资策略。当然，两者之间也有很大的不同。首先是投资范围不同，国内的资产配置仅限于以人民币计价的国内资产，而海外的资产配置则囊括全球，包括多种货币，以及多个国家的不同资产。除了投资范围和可选资产不同，海外资产配置还会涉及一些特殊问题，比如预扣税。

美元债券

目前的国际金融市场上，美元是最主要的交易和投资货币。因此对于大多数有海外资产配置需求的中国投资者来说，他们在海外的资产和投资主要以美元计价。那么顺理成章地，在他们的投资组合中，美元债券就应该处于一个很核心的位置。在各种美元债券中，美国国债是重要的可投资资产之一。和现金相比，美国国债最大的优点是：在保证本金不受损失的前提下（假设投资者购买以后持有到期，而不是中途卖出），投资者可以获得更高的利息收入。

图14-11显示的是不同期限的美国国债，分别在2017年年底和2022年年底的到期收益率。这张图里隐藏的信息量很大，让我在这里为读者仔细解读一下。

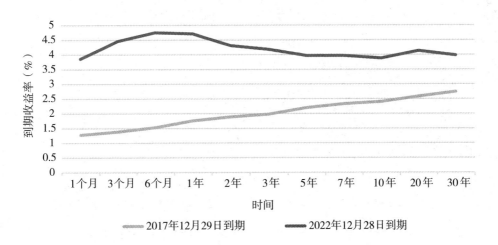

数据来源：美国财政部官网

图14-11　不同期限美国国债到期收益率

首先，我们可以看到，从2017年到2022年，美国国债的到期收益率有了明显上升。比如1个月期的国债，其收益率从1.3%左右上升到了3.9%左右。这背后的主要原因，是美联储在2022年连续升息，其基准利率从0.25%左右一路上升到4%左右。基准利率的上升，推高了整个国债的收益率曲线，也就是不管是短期、中期还是长期国债，其收益率都有了明显上升。

其次，美国国债的收益率曲线形状也发生了本质的变化。在通常情况下，国债收益率曲线是一条从左到右慢慢上升的曲线，也就是2017年年底到期时的形状。这主要是因为，一般来说短期国债的收益率比较低，而长期国债的收益率则比较高。背后的逻辑是投资者需要在流动性和投资回报之间取舍。如果投资者需要流动性，也就是购买短期国债，就需要牺牲投资回报；但如果投资者需要更高的回报，就需要牺牲短期的流动性，购买更长期的政府债券。

但是，国债持有时间越长，其到期收益率越高的规律，并不是每时每刻都奏效，有时候也会发生特殊情况。比如图14-11中2022年年底到期的收益率曲线就是一个典型案例。在这个例子中，短期的国债，比如6个月国债的收益率（4.75%），要高于长期国债，比如30年国债的到期收益率（3.98%）。这种情况我们称为"收益率曲线倒挂"，这是什么意思？

收益率曲线倒挂的意思是短期国债到期收益率高于长期国债到期收益率。一般来说，短期的国债到期收益率都会比长期国债到期收益率低，这就好比我们去银行存钱，活期利率一般会比10年期定存利率低。但是在特殊时期，两者之间的关系会逆转，也就是短期的利率反而比长期利率高。

回顾过去60年，美国国债的收益率曲线倒挂一共发生过8次。其中有7次，当收益率曲线发生倒挂后接下来都发生了经济衰退。唯一的一次例外是1966年，当时的3个月国债到期收益率高于10年期国债到期收益率，但是美国经济并没有马上发生衰退。直到1969年，收益率曲线再度发生倒挂，美国在1970年就经历经济衰退。

为什么收益率曲线倒挂对经济衰退有这么高的预测准确率？关键原因在于，长期国债的到期收益率主要由市场的供求决定。像美联储这样的中央银行能够控制短期的国债收益率（比如每次会议定下的基准利率），但是它不会直接干预长期国债的到期收益率。因此，如果长期的国债收益率下降，背后主要反映了市场上的参与者，比如养老基金、保险公司、各国政府主权基金等，选择买入美国长期国债。

相对来说，债券市场上的参与者大多为机构，个人散户非常有限，也就是有更多的"聪明钱"。因此，债券市场的理性程度会比股市高一些。如果经济增速下降，衰退风险上升，那么这些"聪明的投资者"会预期中央银行降息，并买入长期债券；如果买盘大大超过卖盘，那么长期债券的收益率就会比短期债券收益率下降得更快，因此导致国债收益率曲线发生倒挂。

当然，所谓的"聪明钱"并不是百发百中，它们也经常犯浑。比如在2008年，绝大多数机构投资者都没有预见到金融危机的到来，更没有预测到2009年之后的股市大涨。但是如果"聪明钱"正在行动，我们也不应该完全忽略它们发出的信号。

美国最近的两次收益率曲线倒挂发生在2000年和2007年，随后的2001年和2008年都发生了经济衰退，GDP增速为负。从2019年5月开始，国债收益率曲线再度发生倒挂，因此，不难理解市场对于美国经济可能发生衰退的担忧。虽然从历史上来说，收益率曲线发生倒挂之后，经济衰退的概率非常高，但是谁也不能保证经济衰退一定会发生，更别说预测衰退发生的时间了。毕竟，收益率曲线每一次发生倒挂的经济状况和国际宏观环境都不相同，政府和中央银行的应对策略也各有千秋，因此我们不能教条地将收益率曲线倒挂和经济衰退强行等同起来。

一个读者比较关心的问题是：在收益率曲线发生倒挂的条件下，我们作为投资者，是否应该卖出股票、买入债券？

这个想法表面上看挺有道理的：收益率曲线发生倒挂意味着经济很可能会发生衰退，那么股市就会下跌，债券会上涨，卖出股票、买入债券就是合理的选择。

但是问题在于，现实世界是否会按照这个逻辑和规律运行？收益率曲线发生倒挂后，股票的投资回报是否会比债券更差？

美国的金融教授尤金·法马和肯尼思·弗伦奇专门写了一篇论文来研究这个问题。[1]两位作者收集并回测了12个国家的资本市场（美国、英国、意大利、比利时等）1975—2018年的股票和债券回报数据，试图来回答这个问题。

我们先来看看作者是如何进行回测的。主要的逻辑如下：

第一，假设有一位"傻瓜"投资者购入美国股票并长期持有，不管发生什么事，他都无动于衷，什么都不做。

第二，另一位"聪明"的投资者会根据市场变化灵活应对。当国债收益率曲线没有发生倒挂时，他和上面那位"傻瓜"投资者一样，购入并持有股票。但是当收益率曲线发生倒挂时，"聪明"的投资者会卖出股票，买入1月期的国债。

同时，这位"聪明"的投资者选择卖出股票和买入国债的数量，取决于之前收益率曲线倒挂持续的时间。比如之前收益率曲线倒挂了3个月，那么这位投资者可以在这3个月中卖出股票，买入并持有债券，以此类推。也就是说，收益率曲线倒挂的时间越长，这位投资者就会卖出更多的股票，买入更多的债券，直到他的投资组合百分百都是债券为止。

那么，回测的结果如何呢？我们来看一下：

从1975年到2018年，美国历史上共发生过差不多7次收益率曲线倒挂。注意，我这里用了"差不多"这个字眼。因为严格来说，倒挂的次数取决于我们衡量的是哪两个收益率之间的差别。比如，1个月和5年期国债的收益率曲线倒挂共发生了6次，1年期和10年期国债收益率曲线倒挂共发生了9次。

每次倒挂的持续时长介于6个月到9个月之间，平均持续8个月。在1975—2018年的516个月中，1个月和5年期国债收益率曲线倒挂共持续26个月，占总样本的5%。1年和10年期国债收益率曲线倒挂共持续55个月，占总样本的10.6%。

---

[1]　　FAMA E, FRENCH K. Inverted yield curves and expected stock returns [EB/OL]. (2019-07-30) [2020-06-01]. https://famafrench.dimensional.com/essays/inverted-yield-curves-and-expected-stock-returns.aspx.

现在我们对比"傻瓜"投资者和"聪明"投资者在这段时间内的投资回报。如果不管是哪段久期的国债收益率发生倒挂（1个月—5年、1个月—10年、1年—5年等），在倒挂后，"聪明投资者"都开始实行卖股票、买债券的投资策略，那么在接下来的1年、2年、3年和5年中，其投资回报均不如啥都不做的"傻瓜型"投资策略。

在美国以外的其他发达国家市场，平均发生过13次国债收益率曲线倒挂，每次平均持续时间为19个月，比美国长得多。

在其他国家采取"聪明"的投资策略，得到的投资结果和美国大同小异。除了少数几种情况（比如在2年期—10年期国债收益率曲线发生倒挂后卖股票、买债券，在那之后的2年时间内可以获得更好的投资回报），绝大部分情况下，"聪明"投资者的投资回报均不如"傻瓜"投资者。

因此，作者最后在研究中得出结论：

没有证据表明收益率曲线倒挂可以帮助投资者避免在股市里亏钱。从1975年到2018年，尤金·法马和肯尼思·弗伦奇对比了24种不同类型的被动和主动（即上文所说的傻瓜和聪明）投资策略。在美国，24种主动型策略的回报都不如被动策略。在美国以外，24种策略中的19种主动策略回报不如被动策略。收益率曲线倒挂对于股票回报并没有预测作用。

有些读者可能会问：既然收益率曲线倒挂和经济衰退高度相关，为什么却对股市回报没有预测作用？这背后主要有3个原因：

第一，影响股市回报的因素是非常复杂的。收益率曲线倒挂可能只是千万个因素中的一个而已。举例来说，如果中央银行看到有经济衰退的苗头，可能会主动降息，或者推出刺激性的货币政策。这些举动反而有可能会被解读为利好消息，推动股市上涨。

第二，股票价格体现的不光是过去和现在，还有对未来的预期。当越来越多的人理解收益率曲线倒挂可能意味着经济衰退时，他们就可能提早做出应对策略，卖出自己手中的股票。有一种说法叫作"利空出尽"，指的就是股市当前的价格可能已经完全消化了收益率曲线倒挂带来的利空影响，接下来如果有其他利多消息，那么股市可能不会下跌，而会上涨。

第三，大量的证据表明，要想战胜市场是非常困难的，哪怕是职业基金经理，也很少有人能做到，更别说广大散户投资者了。"聪明"的意思就是要有自知之明，知道自己的能力边界，仅在自己擅长的领域做主动投资。这是每个投资者在自我学习和修炼过程中必须要牢记的。

从这些研究中可以看出，国债是一个重要的投资理财工具，每个投资者都应该考虑购买并持有一些国债。但是，国债的投资方法要比看上去复杂得多。假设投资者购买一只10年期国债，那么他唯一不亏钱的方法是从该国债发行的第一天就购入，并且一直持有该债券10年直到到期日。如果投资者从中途买入债券（比如买一只还剩8年的10年期国债），或者中途卖出（比如卖出一只还剩5年的10年期国债），那么投资者的盈亏则完全看当时的市场行情，可能赚也可能亏。

如果投资者决定投资国债，还有一个问题不得不考虑。比如投资者在2016年1月买了一只美国10年期国债，那么它的时限是2016年1月1日—2025年12月31日，现在问题来了：购买该国债的投资者，会得到历史平均3.6%的回报吗？答案是否定的。原因是投资者购买的这个国债每过一年，其久期就会缩短一年。也就是说，如果想得到上述研究中提到的历史平均国债收益率，投资者需要做的是每隔一定时间就把购买的国债替换成最新的10年期国债。同时，投资者也需要把之前国债得到的利息进行再投资，购买更多的国债。

所以说，如果真的想要获得美国国债的历史平均收益，投资者需要进行的投资活动是比较复杂的。但是现代金融行业的创新为我们提供了一些简单易用的金融工具，帮助我们以比较低的成本相对简单地获得我们想要的投资回报，这个工具就是指数基金。

预扣税的影响

想要实现海外资产配置的投资者绕不开的另一个问题，是预扣税的影响。

首先介绍一下预扣税的定义。预扣税是一国政府在源头征收的一种所得税，该税收主要在非本国居民收到股票红利和债券利息时被征收。在这里大家需要注意几个重点：首先是该税种只针对非本国居民，比如居住在美国的美国人购买美国股票时就没有预扣税，而居住在中国的中国人购买美国股票，则会被扣除预扣税。其次是该税种主要针对股票的分红和债券的债息。

一个居住在中国的投资者如果购买在美国上市的ETF，那么他就会受到美国预扣税的影响。一般来说，如果中国和美国政府没有税务双边协定，那么标准的预扣税为30%。根据目前中美之间的双边协定，中国投资者适用的美国预扣税的税率为10%。

10%的预扣税对投资者的影响有多大呢？举个例子，标准普尔500指数的红利率为2%左右。一个中国投资者如果购买标准普尔500指数ETF，他的回报就会被扣除0.2%左右。对于其他ETF，这个道理也是类似的。ETF发的股息越多，被扣除的预扣税就越多。

每个国家的预扣税税率都不相同。如表14-4，如果ETF的注册地在德国，那么中国投资者需要支付的预扣税为10%（分红）和25%（债息）。如果ETF的注册地在爱尔兰或者卢森堡，那么预扣税税率为零。

照上面这个逻辑，是不是中国投资者都应该去购买注册地在爱尔兰和卢森堡的ETF？也不尽然，因为投资者需要分析该ETF的投资范围。

如果在爱尔兰和卢森堡注册的ETF是一只欧洲地区的ETF，那么根据欧洲国家之间的税务协定，这些ETF可以免去预扣税，因此任何外国投资者（包括中国投资者）购买该ETF时，就可以享受免预扣税的待遇。

表14-4　中国投资者购买不同注册地的ETF的预扣税

ETF注册所在地	股票分红预扣税（%）	债券利息预扣税（%）
美国	10	10
德国	10	25
法国	10	0
爱尔兰	0	0
卢森堡	0	0
日本	10	10

数据来源：各国政府官网，数据基于2022年12月31日。

但是如果该ETF投资的是美国的资产（比如标准普尔500指数），那么该ETF首先要按照爱尔兰和美国之间的税务协定，被扣除适用的预扣税。然后再根据爱尔兰和外国投资者之间的税务协定，扣除第二层预扣税（如果有任何税的话）。这个过程有点复杂，所以我用图14-12来解释一下。

图14-12　投资美国资产的爱尔兰的ETF预扣税扣除流程

根据美国和爱尔兰之间的税务双边协议，爱尔兰适用的预扣税税率为15%。也就是说，一只标准普尔500指数ETF如果注册地在爱尔兰，那么它在分红时需要被美国政府扣除的预扣税税率为15%。如果一个中国投资者购买了在爱尔兰注册的这只ETF，由于爱尔兰对中国投资者免预扣税，所以投资者需要支付的预扣税税率为0。因此加起来，中国投资者需要支付的总预扣税税率为15%。

下面我再用一个具体的案例帮助大家分析一下。

如表14-5所示，假如投资者想要购买标准普尔500指数ETF，那么他可以购买在美国注册的VOO或者在爱尔兰注册的CSPX。VOO的基金总费用率比CSPX稍微低一些（低0.04%）。同时，中国的投资者在VOO上需要支付10%的预扣税，在CSPX上要支付15%的预扣税，因此综合比较，中国投资者购买VOO更加划算。

表14-5　中国投资者购买VOO和CSPX的对比

ETF	VOO	CSPX
基金投资范围	美国	美国
基金注册地	美国	爱尔兰
投资者报税地点	中国	中国
基金总费用率（%）	0.03	0.07
美国—基金注册地预扣税（%）	0	15
基金注册地—投资者报税地预扣税（%）	10	0
投资者支付总预扣税率（%）	10	15

接下来，我再以投资者在新加坡为例向大家解释一下。由于爱尔兰对外国投资者的预扣税为零，因此新加坡投资者需要支付的预扣税也为零。但是处在新加坡的投资者需要支付的美国预扣税为30%。在这种情况下，新加坡投资者面临的情况就不一样了。

表14-6显示的是一个相同的ETF对于一个在新加坡的投资者的情况分析。相较于爱尔兰的CSPX，新加坡投资者购买VOO，需要多支付15%的预扣税。我们假设标准普尔500指数的平均红利率为2%。那么在这个例子中，新加坡投资者选

择VOO需要多支付的预扣税相当于0.3%左右。由于VOO的基金总费用率比CSPX低0.04%，该投资者购买VOO需要支出的总额外费用率为0.26%左右，因此，该新加坡投资者购买在爱尔兰注册的CSPX更加划算。

表14-6　新加坡投资者购买VOO和CSPX的对比

ETF	VOO	CSPX
基金投资范围	美国	美国
基金注册地	美国	爱尔兰
投资者报税地点	新加坡	新加坡
基金总费用率（%）	0.03	0.07
美国—基金注册地预扣税（%）	0	15
基金注册地—投资者报税地预扣税（%）	30	0
投资者支付总预扣税率（%）	30	15

所以说，对于不同的投资者而言，最适合他们的指数基金不尽相同。投资者在对比各种不同的ETF时，除了要对比费用、规模、安全度等指标，税务影响也是一个非常重要的考量。投资者需要根据自己的交税情况，综合对比并选出最适合自己的ETF组合。

现金再投资

要提高自己资产配置的回报，投资者需要做的另外一件事就是再投资。在一个全球性的多资产配置组合中，投资者会不定期收到不同的现金流收入，主要来自于指数基金分发的现金红利和利息。要想获得最大的回报，投资者应该尽量减少账户中的现金余额，将这些多余的现金及时再投资到配置策略中，这样才能保证每一美元都不被闲置，发挥钱生钱的最大功用。

自己动手实现海外资产配置

在上文中，我为大家介绍了挑选哪些资产，以及如何确定最佳资产比例。接下来，我将通过五福资产配置的具体案例，帮助大家更好地理解如何自己动手实现海外资产配置。

如表14-7所示，我在这里和大家分享的投资组合分别被称为五福配置5号、10号和20号。我们可以看到，3种投资组合的风险偏好由低到高排列。

表14-7　3种五福资产投资风险及持有周期

投资组合	投资风险	持有周期
五福配置5号	比较保守	5年以上
五福配置10号	适中	10年以上
五福配置20号	比较激进	20年以上

这些投资组合的名称并不是随便乱起的。其背后的逻辑，是投资组合最恰当的持有周期分别为5年、10年和20年，因此有了5号、10号和20号的名称。

如图14-13所示，在五福配置5号中，我们配置了25%的偏风险资产和75%的

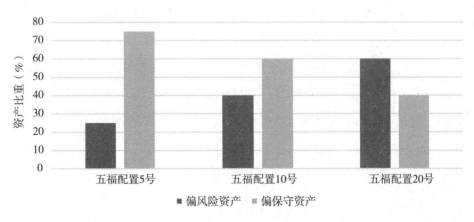

图14-13　3种五福资产配置比重

偏保守资产。投资组合的风险随着号码的变大，不断变高。比如在五福配置20号中，偏风险的资产比例为60%，偏保守的则为40%。

值得一提的是，这里的配置比例都是一个约数，投资资产配置的比例并不是一个能够精确到个位数的精细数字。在实际操作中，我们需要根据具体情况做出适当的调整，以最合理的方式达到配置目标。

有些读者可能会问："为什么将资产分为偏风险和偏保守的呢？"

如表14-8所示，一般来说，我们将股票和房地产信托归入偏风险资产，长期政府债券和防通货膨胀债券归入偏保守资产，公司债券兼有风险和保守资产的性质，而短期政府债券则属于无风险资产。

表14-8　不同类别的资产

类别	资产
偏风险资产	股票、房地产信托
偏保守资产	长期政府债券、防通货膨胀债券
兼有风险和保守的资产	公司债券
无风险资产	短期政府债券

如表14-9所示，顺着上面的逻辑，五福配置5号、10号和20号中分别包括以下不同的资产类别。在最保守的五福配置5号中，股票占20%，房地产信托占5%，两者加起来占25%。同时，政府债券占70%，公司债券占5%，两者加起来占75%。达到了上面提到的风险资产占25%，保守资产占75%的配置目标。在五福配置20号中，偏风险资产即股票和房地产信托的投资比例大大上升，达到65%。而偏保守资产，即政府和公司债券，则下降到35%，也达到了上面提到的配置目标。

很多读者可能会问，现在我明白了五福配置5号、10号和20号之间的差别，那么我应该选哪一个呢？

表14-9　三种五福资产配置明细

资产策略	五福配置5号	五福配置10号	五福配置20号
股票	20%	32.5%	55%
房地产信托	5%	7.5%	10%
长期政府债券	55%	42.5%	20%
防通货膨胀债券	10%	7.5%	5%
公司债券	5%	5%	5%
短期政府债券	5%	5%	5%
总和	100%	100%	100%

个人和家庭投资者，可以通过以下方法来衡量自己的风险偏好。

首先，投资者的投资周期越长，那么他的风险偏好就越高。比如，20年的投资周期就要比5年的投资周期更能够接受风险。其次，投资者的金融知识水平越高，那么他能够承担的投资风险就越大。最后，投资者的家庭经济实力越强，那么他能够承担的投资风险也越大。投资者需要综合考虑这几个因素，再确定最适合自己的投资组合。

顺着上面的逻辑，我们不难发现，五福配置5号适合那些投资周期比较短、投资知识和经验有限，或者家庭经济情况比较普通的投资者，他们是相对来说比较保守的投资者。五福配置10号更适合那些投资周期在10年左右，有一定投资知识和经验，经济情况在中产以上的投资者。而五福配置20号则适合那些投资周期在20年或者更长，有比较丰富的投资知识和经验，以及经济情况明显高于平均水平的投资者。

历史回测业绩

很多读者一定有这样一个疑问："如果按照这样的逻辑去设计配置策略，投资者可以获得怎样的回报？"

表14-10显示的是从2002年1月初到2017年12月底（16年）五福配置5号、10号和20号的历史回测结果与明晟全球股票回报指数（MSCI ACWI）的对比分析。

表14-10　3种五福资产配置与明晟全球股票回报指数对比

项目	五福配置5号	五福配置10号	五福配置20号	明晟全球股票回报指数（MSCI ACWI）
年收益率（%）	5.11	5.66	6.46	3.98
年波动率（%）	5.15	6.69	10.10	15.63
夏普比率	0.99	0.85	0.64	0.25
最大回撤（%）	20.55	28.68	42.28	59.98

数据来源：五福资本，彭博社

注：表中显示的回报是扣除费用后的净回报，假设年管理费为0.4%。

以五福配置5号为例，在16年中，该策略的年收益率为5.11%，年波动率为5.15%，因此夏普比率为0.99。五福配置10号和20号由于偏风险资产配置比率更高，因此回报也更高。当然，由于其波动率也更高，因此夏普比率反而比五福配置5号更低。

3种配置方案的回报都超过了全球股票给予投资者的回报，但是它们的波动率都远小于股票市场。对于投资者来说，这应该是他们最想追求的投资目标之一：以低于股票市场的风险，获得接近或者超过股票市场的回报。

同时，3种配置策略的最大回撤也都远小于全球股票的最大回撤。这样的多资产组合能够减少投资者在金融危机时的损失，让他们对自己的投资组合更有信心，减少紧张情绪和压力。

值得一提的是，表14-10中五福配置5号的夏普比率比较高的原因之一，是在过去30年我们经历了一个债券大牛市，这在世界各国百年的历史中都比较罕见。

没人知道接下来的30年里，债券是否会持续给投资者如此好的回报，因此投资者在选择资产配置方案时，还是应该更多地遵从更长时段的历史证据，防止自己的判断被"后视镜偏见"过分影响。

很多中国的投资者对国际资产配置有很大的兴趣。但是市场上有成百上千的基金和理财产品，如何选出最适合自己的配置策略，或者自己如何动手实现海外资产配置，是广大投资者较为关心的问题之一。通过上面的分享，我希望给大家一些有用的信息。我们应该时刻牢记以证据主义为中心的投资哲学，坚持"控制成本""有效系统"和"长期坚持"这三大投资原则，用知识武装自己，帮助自己和家人做出最理性的投资决策。

致　谢

首先，我要感谢我的太太和父母。其次，我要感谢我的朋友奥利维尔·博纳韦罗（Olivier Bonavero）。没有家人和朋友们的支持，我不可能完成本书。我也要感谢蓝狮子的编辑团队，他们在本书的写作过程中给了我很多帮助。

由于金融行业的高速发展，投资者面对的是一个犹如大商场般琳琅满目的金融超市。在这么多的选择面前，投资者应该如何做出理性的选择？如何判断产品的优劣？在这么多大型职业机构面前，每个个人投资者都是那么微不足道，没有任何信息和资金优势。作为一个投资圈内的弱者，我们应该如何保护自己的利益？

这就是我写这本书的第一个原因。金融行业的本质，是为广大投资者提供有价值的金融服务。但是一些违背道德甚至法律的做法，在损害投资者利益的同时，也让整个金融行业蒙羞。巴菲特等投资大师对基金经理收费过高、金融行业是否真正为投资者创造价值等问题，长期以来持有高度批评的态度。在鱼龙混杂的金融市场里，投资者唯一能采取的保护自己的措施，就是加强自我教育，用知识和证据主义武装自己，通过尽职调查抵御"金玉其外，败絮其中"的金融产品的诱惑。同时，投资者也需要去粗取精，在反复研究和比较之后，选择最适合自己的金融服务。

我写本书的第二个原因，是我发现很多投资者需要一套行之有效的投资哲学和方法，帮助他们做出正确的投资决策。

我提倡的投资哲学，就好像《龟兔赛跑》中小乌龟采用的赛跑策略。为了赢得比赛，小乌龟为自己设定的策略系统很简单：心无旁骛，不停地向前跑。不管刮风下雨还是各种诱惑，它都不为所动。小乌龟没有和兔子硬拼速度，而是充分发挥自己耐力强的优点，通过长期坚持赢得了比赛。对于小乌龟来说，重要的是合理分配体力，最大限度控制消耗，就好比投资中的成本控制。短期内，成本控制的作用可能没那么明显，但是假以时日，累计的投资成本支出足以对投资者的投资回报产生质的影响。把控制成本、有效系统和长期坚持这3个原则结合起来并付诸实践，就是"小乌龟"能够战胜"兔子"的秘密。

沃伦·巴菲特说过："投资很简单，但却不容易。"投资不是百米赛跑，而是马拉松。为了我们自己，为了心爱的家人，我们需要储蓄，需要选择合理的金融产品，并制定一套行之有效的投资策略，实现自己的理财目标。希望读者能从本书中获取对自己有价值的知识和方法，提高自己的财商，成为人生的赢家。

伍治坚于新加坡

2023年1月